Solo tienes que pedírmelo

Solo tienes que pedírmelo

Emily Blaine

Traducción de Gemma Moral Bartolomé

VERGARA

Título original: *Si tu me le demandais*

Primera edición: febrero de 2019

© 2017, Emily Blaine
© 2017, HarperCollins France
© 2019, Penguin Random House Grupo Editorial, S. A. U.
Travessera de Gràcia, 47-49. 08021 Barcelona
© 2019, Gemma Moral Bartolomé, por la traducción

Printed in Spain - Impreso en España

ISBN: 978-84-16076-81-9
Depósito legal: B-25.948-2018

Compuesto en Infillibres, S. L.

Impreso en Romanyà Valls, S.A.
Capellades (Barcelona)

VE 7 6 8 1 9

Penguin
Random House
Grupo Editorial

A mi marido, por su paciencia,
por su indulgencia.
Aquí, solo estás tú

A mis hijos, por su amor
incondicional y sus risas contagiosas.
Aquí, solo estáis vosotros

Pocas cosas hay que decir sobre la felicidad; se contenta con ser ella misma, plácida, casi somnolienta. Es un estado que se adopta con el ánimo ligero, pero con un espíritu en ocasiones torturado.

JIM HARRISON

PRIMERA PARTE

Signed, Sealed, Delivered, I'm Yours

Junio de 2015

Desenrollé el plano de Jackson y lo mantuve sobre la superficie inclinada deslizando a un lado y a otro dos reglas T de madera de haya. Se estaba poniendo el sol, pero yo me negaba a encender la lámpara articulada, sujeta al borde superior; lo más probable era que me cegara en lugar de ayudarme a ver con claridad. Unos rayos anaranjados que entraban por la ventana iluminaban el plano y trazaban líneas oscilantes.

Me apreté el puente de la nariz y respiré profundamente. De tanto estudiar ese plano, ya ni lo veía: las líneas se desdibujaban. Tiré de la silla de trabajo, de piel agrietada y ruedas recalcitrantes, y me desplomé en ella. Me aflojé la corbata, me la quité, luego me arremangué la camisa y me incliné sobre la mesa de dibujo, resuelto a encontrar una solución. La segunda planta del inmueble era un auténtico rompecabezas y el cliente se mostraba voluble, cambiando de opinión cada semana, esperando que fuéramos tan buenos como para encontrar una solución milagrosa. Borré el dibujo a lápiz de Jackson, dejando tan solo las paredes principales e indispensables, antes de reflexionar rápidamente sobre el espacio que debía volver a crear.

Un jardín interior, quizá.

¿Un gimnasio?

¿O bien una cafetería adaptable como espacio creativo?

No me gustaba ninguna de estas soluciones. Al cliente no le gustaría ninguna de estas soluciones.

Me hundí en la silla e hice que el respaldo bajara un poco más. Paseé la mirada por el dibujo mutilado. En el lugar donde se situaba la segunda planta había ahora un enorme espacio en blanco. Me metí el lápiz detrás de la oreja y crucé las manos sobre la nuca. Luego volví la cabeza hacia la ventana en busca de inspiración. Había pocas posibilidades de que surgiera una idea fabulosa esa tarde. En general yo prefería la tenue luz del alba; durante el crepúsculo, me abandonaba la inspiración y la oscuridad engullía poco a poco mis pensamientos.

Me enderecé, luego me incliné sobre la mesa y meneé la cabeza para espantar a mis demonios. Finalmente, acabé por arrojar el lápiz sobre el plano antes de levantarme de la silla. Estiré los músculos anquilosados y doloridos. Me oprimí el hombre izquierdo con la mano derecha e hice una mueca de dolor.

—¿Agujetas por el squash?

Sin mirar siquiera a mi ayudante, percibí un asomo de sonrisa en su comentario. Me volví hacia ella y arqueé una ceja al descubrir su inusual y colorido atuendo.

—Una cita —explicó ella.

—¿Con los Pirates?

Desconcertado, señalé su camiseta negra y roja con el emblema del equipo de hockey sobre hielo de Portland. Apoyada contra el marco de la puerta, mi ayudante dejó que una sonrisa de regocijo se dibujara en sus labios maquillados. Emma y su cálida mirada del azul de la noche me acompañaban cada día desde hacía más de cinco años. En un principio su paso por el despacho había de ser solamente temporal. Pero muy rápidamente su eficiencia y su buen humor me habían convencido de seguir con ella.

—La opción «restaurante romántico, velas y conversación íntima» no funciona conmigo, así que he decidido seguir otro plan.

—¿Palomitas, música atronadora y olor a sudor? —resumí entre risas.

—¡Usted se burla, pero reconozca que le encanta que luego le cuente cómo han ido mis citas!

—¡Debo admitir que el relato de su cena de la semana pasada con aquel hombre absolutamente perfecto que acabó dándose a la fuga por la salida de servicio fue muy jugoso!

—Tan jugoso como lo cuenta, de hecho —respondió ella sin ocultar su mal humor. Veamos las cosas por el lado bueno, el perrito caliente de esta noche será mucho menos caro.

La búsqueda del alma gemela de Emma se había convertido en un tema habitual de nuestros viernes por la tarde, su día predilecto para las citas. Yo conocía buena parte de su guardarropa para salir: una multitud de vestidos negros, unos cuantos vestidos azules, un llamativo vestido rojo... y en adelante una camiseta del equipo de hockey de Portland.

—Quizá debería probar usted también —me propuso.

Nuestras miradas se cruzaron y un penoso y pesado silencio flotó en el ambiente. Emma me desafió con la mirada e insistió ante mi silencio.

—Debería probar, en serio.

—Ceno con bastante regularidad —contesté evasivamente.

—¿Con una mujer?

—En ocasiones —respondí, y me dirigí hacia mi escritorio.

Emma no hizo ningún comentario, tanto si se había percatado de mi voz estrangulada como si no. Se irguió y entró con prudencia. Hacía años que era mi ayudante, pero yo sabía que al entrar en mi despacho todos los viernes por la tarde, Emma ensanchaba los límites de nuestra relación profesional. No podía decirse que fuéramos amigos, pero ella siempre estaba ahí, perspicaz y benevolente.

—¿Cuándo? —preguntó.

—¿Cuándo qué?

—¿Cuándo fue la última vez?

—¡Ceno todas las noches! —bromeé, esperando poner punto final al tema.

—Detesto cuando hace eso. ¡Es como Jackson delante de una nota de gastos que no sabe cómo justificar!

Posó las manos delicadamente sobre el respaldo de una silla e inclinó la cabeza hacia delante para animarme a responder en serio a su pregunta. Fruncí el entrecejo, levemente irritado. No me gustaba hablar de mi vida privada, no me hacía gracia que se entrometieran en ella por poco que fuera, y detestaba que la juzgaran. Cerca ya de cumplir los treinta y ocho, no tenía por qué rendir cuentas a nadie.

—Mi último partido de hockey se remonta al año pasado —expliqué finalmente.

—¿Y qué tal fue?

Comprendí entonces cómo conseguía Emma gestionar mi agenda y mis peticiones de última hora siempre con brillantez. Definitivamente era muy combativa.

—¿El partido? —pregunté yo con falsa inocencia.

—Cooper, vuelve a parecerse a Jackson. Y sé que no es eso en realidad lo que usted quiere.

Me cuesta contener una sonrisa. Emma mostraba una expresión hosca y contrariada. Impaciente, tamborileó con los dedos sobre el respaldo de la silla, esperando que me explicara mejor. Agarré la bola de béisbol que reposaba sobre mi mesa y la pasé de una mano a la otra con gesto nervioso.

—El partido estuvo bien. Yo pagué el perrito caliente.

—Le divierte pincharme, ¿verdad?

—¡No se hace usted idea! —dije, riendo—. Debería marcharse, al final acabará llegando tarde. Los Pirates siempre juegan mejor en la primera parte, se va a perder el espectáculo.

Ella exhaló un suspiro de exasperación, atropellando una vez más los límites profesionales de nuestra relación. Emma no era la única en interesarse por mi vida privada, pero era la única en mostrarme su desaprobación con una franqueza desconcertante.

—A veces me pregunto si sabe en realidad... patinar —terminó diciendo con una gran sonrisa de complicidad.

Abrí la boca, dispuesto a replicar, pero Emma giró sobre sus talones y se encaminó a la puerta, retirándose al mismo tiempo, con un fluido gesto, la pinza que le sujetaba los cabellos. El contraste entre sus elegantes botines y la camiseta de hockey me hizo sonreír de nuevo. Lancé la bola al aire y la recuperé con la mano izquierda.

—¡Que disfrute de la velada, Emma!

Ella alzó la mano para saludarme, luego giró sobre sí misma con gracia. Reculando hacia la puerta, me señaló con el dedo.

—¡Y antes de que me lo pregunte, he recogido su esmoquin y le esperan a las nueve en el Nine!

Emma plantó una alegre sonrisa en sus labios mientras yo fijaba en ella una mirada perdida. Por más que rebuscaba en la memoria, no recordaba ninguna cena o cita, ningún evento social cualquiera para el que se precisara esa clase de ridícula vestimenta. No era demasiado amigo de los eventos que me imponían un atuendo concreto; ese era el motivo, por cierto, de que dejara a Jackson ocuparse de las relaciones públicas del despacho. Él apretaba manos, organizaba cenas y se aseguraba de la buena reputación de nuestra firma, mientras que yo me quedaba con sumo gusto encorvado sobre los planos, participaba en las reuniones de proyectos y los discutía con los equipos.

Ante mi silencio, la sonrisa de Emma se fue borrando poco a poco.

—Y no tiene la menor idea de qué le hablo —dedujo, con una leve inquietud.

—¡Ni la más mínima!

—Cena de la Asociación de Arquitectos de Oregón. Jackson me dijo que se lo comentaría.

—¿Ahora se cree lo que dice Jackson cuando le hace esa clase de promesas? —dije con asombro sentándome en mi sillón de despacho—. Ya sabe que yo no asisto a esas veladas.

Apreté la bola entre las manos. Habitualmente me servía como fuente de buenas ideas. En aquel instante, desempeñaba más bien el papel de antiestresante; hasta tal punto que sentí un dolor fugaz cuando la costura de la bola se me clavó en la palma de la mano.

—Es la cena de la asociación. Por lo visto van a homenajear a este despacho por el proyecto Collins.

—Lo que sigue sin explicar por qué debo asistir a esa cena. Normalmente es Jackson quien se ocupa de ese tipo de eventos —dije con irritación.

—Creo que él esperaba que fuera usted.

Emma apretó los labios, incómoda. Yo pasaba la bola de una mano a otra, tratando de desentrañar la lógica tan particular de Jackson. Nos conocíamos desde hacía años, y él sabía hasta qué punto me desagradaban las relaciones públicas. Me había dedicado a aquel negocio para diseñar planos y crear lugares, no para perder el tiempo en cenas mundanas, aburridas e interminables.

—¿Qué ha dicho?

—Ha dicho que el despacho va a recibir un premio y que...

—No —la corté yo enérgicamente—. ¿Qué ha dicho realmente?

Emma exhaló un suspiro nervioso y paseó la mirada por la estancia sin llegar a fijarla en nada. Por el modo en que se aferraba al pomo de la puerta, adiviné que no se sentía a gusto. Tiró de la camiseta, buscando las palabras adecuadas, luego farfulló una explicación vaga con los dientes apretados.

—Repítamelo en un lenguaje que yo pueda escuchar y comprender —dije con tono exasperado.

—Ha dicho que el oso debía salir de su cueva.

Arqueé una ceja mientras mi ayudante se balanceaba sobre los pies, sonrojándose y dispuesta a emprender la huida. Sofoqué mi irritación al darme cuenta de que ella no era más que la mensajera de las caóticas maniobras de mi socio.

—¿Está segura?

Su sonrojo se acentuó y me costó contener la risa. Dejé la bola sobre mi mesa y me hundí en mi sillón. Crucé las manos en la nuca, coloqué los pies sobre la mesa y esperé a que Emma acabara por mirarme. Cuando nuestras miradas se cruzaron, dejó escapar un pesado suspiro.

—Si me responde, la invito a comer.

—Le denunciaré a Jackson por corrupción —replicó ella, sonriente.

—Adelante. ¡Suéltelo sin miedo, Emma!

—Ha dicho que el oso con mala leche y tristón debería

salir de su puta cueva para... eh... ir a arrugar unas cuantas sábanas.

Una sonrisa brotó de mis labios. Jackson tenía una rotunda opinión sobre mi vida amorosa. En fin, la ausencia de vida amorosa. Según él, había llegado ya la hora de que me ocupara de nuevo de ese aspecto de mi existencia. Que se sirviera de un evento relacionado con nuestro despacho para alcanzar sus fines no me sorprendía. La sutileza no había sido nunca su punto fuerte.

—Escuche, voy a anularlo y a decir que...

Me incorporé con viveza y salvé la corta distancia que me separaba de Emma. La retuve por el codo antes de que se esfumara en dirección a su mesa. Tenía un destello de inquietud en su mirada, como si temiera haber vendido un secreto diplomático a un Estado enemigo.

—Váyase a su cita y dígame dónde está mi esmoquin.

—¿Está seguro?

—Desde luego. Ya que se ha anunciado mi presencia, iré. Aunque solo sea para patearle el culo a Jackson y tomar un whisky o dos.

—Y pensar que me lo voy a perder... —dijo ella con fingida desesperación.

—¡Y pensar que yo me voy a perder el partido de los Pirates!

Se le escapó la risa y consultó su reloj. Alzó los hombros y añadió:

—¡Yo me voy a perder los diez primeros minutos como mínimo! Será buena señal si el amigo de Annah me espera en la puerta de la pista de patinaje.

—¿¡Mi hermana le arregla citas con hombres?!

—Y su socio conspira para obligarle a salir del despacho. ¿Cuál de nosotros dos es más patético?

—*Touché.*

—Tiene el traje dentro de su armario. Annah me ha dicho que prefería el gris oscuro, el negro es demasiado solemne.

—¿Mi hermana es cómplice de todo esto?

Emma me lanzó una mirada afligida antes de continuar.

—La cena empieza a las nueve, así que me parece que seguramente también usted se va a perder los diez primeros minutos.

—Ya ve lo preocupado que estoy. Que lo pase bien, Emma.

—Igualmente. ¡Y no me olvido de que me debe una comida! —me soltó, al abandonar mi despacho.

Volví a cerrar la puerta cuando salió y contemplé mi vacío despacho. Enrollé el plano de Jackson y lo dejé sobre mi mesa. Después me desabroché los primeros botones de la camisa al tiempo que me dirigía al minúsculo cuarto de baño, instalado en un rincón del despacho. El cuarto disponía de una estrecha ducha, un espejo y una repisa donde había colocado mi maquinilla y mi perfume habitual.

Me quité la camisa y me pasé una mano por el fatigado rostro. Tenía oscuras bolsas bajo mis ojos azules y no me había afeitado desde principios de semana. Estaba lejos de lucir un aspecto deslumbrante. Me lavé la cara con agua fría e hice una mueca cuando mi agarrotada nuca me recordó su existencia. Unas cuantas gotas de agua me cayeron por el torso y se deslizaron sobre el único tatuaje que exhibía. En un segundo, mi fatiga y mi mal humor se disiparon.

Pensar en mi hija me hacía sonreír siempre. En mi sombría y melancólica vida, ella encarnaba la luz que me mantenía en pie. Según mis padres, Cecilia era mi vivo retrato. Yo tenía mis dudas: a veces, por una sonrisa casual o cuando la miraba sin que ella se diera cuenta, detectaba en ella una actitud familiar, una gracia, un gesto que me recordaban a Laura.

Respiré hondo y me aferré a ambos lados del lavabo. Encorvado y con la cabeza gacha, intenté relajar el cuerpo y forzar el retroceso de la oleada de recuerdos que empezaba a abatirse sobre mí.

Con el paso de los años, había aprendido a controlar las imágenes del pasado. Elegía cuidadosamente los momentos en los que podía entregarme a ellos y controlaba los recuerdos a los que permitía la invasión. A veces, derramaba una lágrima necesaria.

Pero, en todos los casos, el control lo tenía yo.

Me erguí y regresé al despacho para ir en busca del esmoquin. Me cambié de ropa, me ajusté la corbata frente al espejo y me pasé una mano resuelta por los castaños cabellos.

Salí del despacho con la chaqueta en el brazo y fui en busca del coche mientras intentaba hablar con mi hija. En vano: su teléfono sonó cuatro veces, luego me saltó el contestador.

Como era habitual en ella, debía de haberse dejado el teléfono en el fondo del bolso y se encontraría con mi mensaje al despertarse.

—Buenas noches, cariño, seguramente has salido con Anita o Emmy. Solo quería... solo quería hablar contigo. Hasta mañana, un beso.

Colgué y me instalé al volante de mi coche. Vislumbré mi reflejo en el retrovisor y dejé escapar un nuevo suspiro: necesitaba unas vacaciones.

El Nine estaba a unos kilómetros del despacho. Sin embargo, por culpa del atasco típico a la salida del trabajo, tardé casi una hora en llegar al hotel. Sesenta minutos durante los cuales sentí la tentación de dar media vuelta una quincena de veces.

Había decidido hacerme arquitecto observando a mi padre mientras dibujaba planos en su despacho. Aún recordaba la luz amortiguada de su lámpara, su taburete gastado que mi madre soñaba con ver desaparecer, y su manera de sujetar el lápiz entre los dientes cuando reflexionaba. Jamás había visto a mi padre pavoneándose en inauguraciones y cócteles. Así pues, al asociarme con Jackson, había establecido mis normas: los eventos sociales entraban dentro de sus atribuciones, en cuanto a mí, permanecía recluido en mi despacho dibujando. A pesar de ello, comprendía por qué Jackson deseaba mi presencia esa noche: recibir el homenaje de la Asociación Americana de Arquitectos no era nada desdeñable, sobre todo para un despacho tan joven como el nuestro.

Aparqué el coche delante del hotel y dejé el motor encendido unos minutos más. Un aparcacoches se acercó y me abrió la puerta no dejándome más opción que la de afrontar aquella velada. Me bajé del coche, me abroché la chaqueta, tiré de las mangas con nerviosismo y recorrí los cuatro pasos que me separaban del vestíbulo del hotel.

Al entrar, me recibió una sonriente azafata con traje pantalón rojo.

—Buenas noches, señor. ¿Es usted uno de los invitados a la boda de los Gardner?

—No. Vengo a la velada de la Asociación de Arquitectos. Me temo que la cena ha debido de empezar ya.

—¿Su nombre es?

—Garisson. Cooper Garisson.

Recorrió una lista de nombres con el dedo, luego me dedicó una cálida sonrisa. Francamente, no me habría molestado que no me hubiese encontrado en la lista y que entonces me hubiera pedido educadamente que abandonara el lugar.

—Señor Garisson, acompáñeme, por favor.

Enfilamos el largo pasillo del vestíbulo, amortiguados nuestros pasos por la espesa moqueta roja con rayas blancas que cubría el suelo. Subimos por un tramo de escaleras antes de desembocar en un nuevo pasillo ricamente decorado con obras contemporáneas.

—Es la puerta de la derecha —me indicó la azafata—. Le deseo una agradable velada.

—Gracias. Igualmente.

Su sonrisa se ensanchó y me pareció percibir un leve temblor en su mirada. Abrí con cuidado la puerta del salón de recepciones, esperando pasar desapercibido. En el estrado, el presidente de la asociación, con un vaso en la mano, pronunciaba su discurso de apertura. Paseé la mirada por la inmensa sala y sus mesas adornadas con flores y velas. Tras unos segundos, localicé la silueta de mi hermana. Al instante, mi socio —y traidor preferido— levantó una mano para hacerme una seña.

Me acerqué a su mesa con paso resuelto. Con su sonrisa arrogante, Jackson disimulaba mal su satisfacción al verme. Cerca de él, mi hermana fingía escuchar el discurso, apretando los labios para no echarse a reír.

—No sé qué es peor, que hayáis encontrado por fin el modo de entenderos o que yo haya acabado aceptando participar en vuestros retorcidos planes —protesté.

Por toda respuesta, me dirigieron media docena de miradas furiosas y un montón de muecas de enojo. El presidente de la asociación hizo una pausa en su discurso. Los focos azules que iluminaban su atril y su semblante me permitieron distinguir claramente su expresión de descontento. Al parecer, yo había alzado demasiado la voz.

Agaché la cabeza como acto de contrición, luego separé una silla para sentarme en ella. Me incliné sobre Jackson y seguí hablando en voz baja, igual de irritado que antes.

—Y el oso te va a patear el culo.

Mi hermana sofocó una nueva carcajada e intercambió una mirada con Jackson. Su súbita e inesperada complicidad no me tranquilizó. Aquellos dos se habían comportado como el perro y el gato durante años, y yo solía actuar de árbitro enviando de vuelta a los interesados a sus despachos respectivos cuando la conversación se animaba demasiado.

—Tranquilízate, sigo en guerra con Jackson —declaró mi hermana, dándole un fuerte codazo en las costillas.

Jackson reprimió una palabrota, luego le dedicó una sonrisa. Rodeó la silla de mi hermana con el brazo y bebió un sorbo de champán.

—¿Te acompaño a casa esta noche?

—Antes me arrancaría las uñas.

—Ya que insistes, me tomaré una última copa.

—¿Qué te parece un digestivo con arsénico?

—Tu hermana me adora —me dijo Jackson—. Un día me casaré con ella.

—Dame una buena razón para no matarlo —me pidió ella exasperada.

—Ponte a la cola —repliqué—. ¡Venga, contadme qué hago yo aquí! Sabéis que detesto este tipo de eventos.

Un *maître* se materializó junto a mí y me propuso servirme una copa de champán. Acepté secamente, irritado aún por la situación. Estallaron unas risas a nuestro alrededor y aplaudí cortésmente el final del discurso. Esbocé una leve mueca a modo de sonrisa cuando el murmullo de las conversaciones se intensificó en torno a nuestra mesa.

—Si tanto te aburre esto, ¿por qué no te has quedado en el despacho? —me interpeló finalmente mi socio.

—Porque te conozco. Has incluido mi nombre en la lista y has convertido a mi ayudante en cómplice de tus fechorías, por lo que he supuesto que era importante que asistiera.

—Tu ayudante opina igual que yo —afirmó Jackson—. Cree que deberías...

—¿Salir? —concluí yo por él.

—Salir con mujeres —me corrigió Jackson. Invitarlas a cenar, luego tomar una última copa y, si se da el caso, despertarte en una cama que no sea la tuya.

Me dedicó una mirada severa, recordándome curiosamente a la que yo le lanzaba a Cecilia cuando cuestionaba mi autoridad como padre. Hacía mucho tiempo que no recibía órdenes, y en cuanto a mi vida privada, me negaba a contestar a los comentarios y a los consejos de mis allegados.

Aún no estaba preparado.

Agarré mi copa de champán y la apuré de un trago. Me quité la chaqueta y me arrellané cómodamente en la silla, además de aflojarme el nudo de la corbata. Tenía la sensación de que me ahogaba, rodeado por la multitud y las miradas inquisitivas de mis dos colaboradores más cercanos. El cansancio de varios días que acumulaba me parecía ahora imposible de superar, me inmovilizaba en la silla y me dejaba sin fuerzas para replicar sus argumentos.

—Coop —insistió mi hermana con voz dulce—, no puedes seguir viviendo así para siempre. Tú... Incluso Cecilia lo dice.

Arqueé una ceja, encajando dolorosamente el comentario de mi hermana. Que ella conociera mejor que yo los estados de ánimo de mi hija hería mis sentimientos.

—Cecilia está bien —la contradije yo con voz ronca.

—Lo sabemos. Pero ahora ha llegado el momento de que te preocupes por ti mismo. Esta velada no es más que un pretexto para obligarte a reaccionar. El despacho va a recibir un premio, no podías faltar. Es de tu trabajo del que se habla. Jackson puede ocuparse de muchas cosas, pero cuando se trata de hablar de la trayectoria del despacho, tú eres el más indicado.

—¿Así que os habéis confabulado para obligarme a venir? ¿Por qué no decírmelo directamente?

—¿Quieres hacernos creer que habrías aceptado? —intervino Jackson—. Venga ya, Coop, que hace ya más de ocho años. Rechazas todas las invitaciones, cada vez te aíslas más.

Alzó el brazo para llamar al *maître*. Yo lo miré fijamente, sorprendido por su respuesta. Crispado en su asiento, hacía lo imposible por reprimir la cólera sorda que lo invadía, como si ya no pudiera contenerla más. Hasta ese preciso instante no me había fijado en sus sienes plateadas y sus mandíbulas demasiado salientes. Con un nudo en la garganta y la horrible sensación de haber caído en una trampa, me erguí, buscando el apoyo en la mirada de mi hermana. Mis ojos se cruzaron con sus iris de color avellana —herencia de mi madre—, que sondearon los míos unos segundos, luego volvió el rostro hacia el escenario y se echó un mechón de su larga cabellera castaña por detrás de la oreja derecha. Mi hermana mostraba un semblante fatigado y, por primera vez, me percaté de las pequeñas arrugas que marchitaban su mirada. Con el rostro tenso, nos miraba a Jackson y a mí como si temiera que la conversación fuera a degenerar. Cuando por fin sus ojos brillantes de tristeza se reencontraron con los míos, supe que la había atormentado el mismo recuerdo que a mí. Un recuerdo con el que yo vivía desde hacía ocho años, un recuerdo que lógicamente solo me pertenecía a mí. Sin embargo, en la mirada demacrada de mi hermana, en el rostro colérico de Jackson, ese recuerdo también estaba.

Laura estaba ahí. Mi hermana y mi socio sufrían por su ausencia igual que yo. Comprendí entonces que sufrían el mismo dolor que yo, igual de insoportable y cegador.

En la mesa se había instalado un pesado silencio. La amargura de Jackson era omnipresente y sobrepasaba incluso la sensación de tristeza que yo percibía en los ojos de mi hermana. Siempre había supuesto que era el único al que atormentaba el recuerdo de Laura, el único al que asaltaba la imagen de mi mujer, el único que recordaba su risa. Me di cuenta ahora de que Jackson y Annah sufrían también por su ausencia y que su muerte nos había alejado poco a poco los unos de los otros.

Otro daño colateral provocado por su desaparición, que actuaba como un veneno lento, insidioso y de gusto amargo. Un veneno que terminaba por paralizarte del todo. Al verlos sentados uno al lado del otro, el brazo protector de Jackson rodeando a mi hermana, comprendí que hacían frente común. Quizá habían hablado de Laura, quizá habían llorado juntos, quizá se habían abrazado esperando que al volver a abrir los ojos la pesadilla hubiese cesado.

Cada mañana, yo abría los ojos esperando que cesara la mía.

El *maître* volvió a llenarnos la copa y yo decidí romper aquel opresivo silencio. No quería pelearme con Jackson ni discutir con mi hermana. Habíamos perdido ya demasiado con la muerte de Laura: nuestra complicidad, nuestras interminables veladas, nuestras alegres carcajadas.

Con la muerte de Laura habíamos perdido una parte de nosotros mismos y una parte de nuestra amistad. Nos habíamos reencontrado enfrentados a la tristeza, a las lágrimas, a la incomprensión. Yo me había sumido en el dolor, le había dejado envolverme hasta el punto que se había convertido en un rasgo dominante de mi personalidad. Solo ahora me daba cuenta de que me había impedido afrontar la realidad y me había alejado de mis seres queridos, los cuales compartían sin embargo mi dolor. Separado del mundo y enrocado en mi tristeza, había olvidado que no era el único que había perdido a Laura. Al perder a Laura, Annah había perdido a su mejor amiga, su confidente, casi una hermana. Yo jamás me había atrevido a preguntarle cómo se sentía, pero sospechaba que su soledad era similar a la mía. En cuanto a Jackson, él había perdido a una de sus mejores amigas, la que chillaba con él viendo un partido, la que analizaba sus preocupaciones, y para la que había escrito un panegírico tan hermoso como difícil.

Ese insidioso dolor, ese duelo había congelado nuestras vidas como si de un día para otro divertirnos se hubiera convertido en un acto vergonzoso y malsano.

Como si ya no tuviéramos derecho a estar juntos, como si nos castigáramos por seguir vivos.

—Es verdad —admití yo, tragándome la cólera—. Seguramente no habría aceptado venir si me lo hubieras dicho.

Jackson clavó sus ojos en mí para asegurarse de mi franqueza. Levanté la copa en su dirección, en señal de paz. Él esbozó una sonrisa, tomó su copa y la levantó a su vez.

—Por tu corbata —se burló.

—Por tu cuestionable sentido del humor —repliqué.

Su sonrisa se ensanchó y ambos bebimos un sorbo de champán. Annah dejó escapar un pequeño suspiro y, poco a poco, vi cómo se relajaban sus hombros. Me dedicó una cálida sonrisa que no obstante no logró enmascarar su estado de ánimo. Sirvieron unos aperitivos y volvió a oírse el guirigay de las conversaciones.

—He vuelto a trabajar sobre el plano del inmueble y... ¿qué? —pregunté, al ver la expresión consternada de mi hermana y mi socio.

—¿Te vas a poner a hablar del trabajo? —preguntó Jackson.

—Técnicamente esta es una cena profesional —le respondí.

—Técnicamente, una cena con champán no puede calificarse como cena profesional. De lo contrario, tendré que exigir a tu hermana que lleve ese precioso y minúsculo vestido negro a todas nuestras reuniones de trabajo. Yo llevaré el champán —precisó él en voz baja, inclinándose hacia Annah.

Al instante, ella le dio un manotazo en el antebrazo y eso me hizo reír. Mi hermana y mi socio formaban un dúo cómico que conseguía renovarse continuamente: él la provocaba y ella le llevaba la contraria, en una especie de juego del que solo ellos conocían las reglas.

Jackson se frotó el brazo riendo antes de volver a la carga.

—También puedes venir sin él, no soy quisquilloso.

—Gracias por ese maravilloso cumplido. Estoy pensando muy seriamente en estrangularte con una de mis medias.

—La violencia no resuelve nada, querida mía.

—Lo sé. Solo quiero hacerte callar. Y te prometo hacer durar el placer —añadió en tono sarcástico, clavando violentamente el tenedor en un trozo de tomate—. ¿Y si hablamos mejor del discurso que va a tener que improvisar mi hermano?

—Excelente idea —afirmé yo—. Jackson, ¿has preparado una nota?

Por toda respuesta, el principal afectado enarcó una ceja con incredulidad. Lancé una mirada a mi hermana, que se encogió de hombros, abrumada.

—Verte en esta velada es algo excepcional, pero no por eso voy a cambiar mi modo de actuar habitual —explicó él.

—¿Entonces improviso?

—Perfecto.

—¿Voy a tener que improvisar delante de la Asociación Estatal de Arquitectos? —repetí yo, atónito.

—Te sugiero que de ahora en adelante te pases la vida improvisando. A veces hay que dejar que actúe el azar —añadió él, lanzando a mi hermana una mirada cargada de sobreentendidos.

Ella se contentó con soltar una carcajada mordaz, frenando así la danza de seducción iniciada por Jackson. Si la terquedad de mi hermana no tenía parangón, debía admitir que mi socio daba muestras de una abnegación sin límites: hacía años que intentaba atraer la atención de mi hermana. Al ver mi aire inquieto, él intentó tranquilizarme.

—Haz como yo, imagínate a toda esta gente desnuda. Es lo que hago cuando hablo con tu hermana.

—Que te imagines a mi hermana desnuda es un motivo potencial de despido.

—Coop, conviérteme en un mártir y ya está, seguro que me acoge entre sus brazos —fanfarroneó él con su arrogancia habitual.

Annah le dio un palmetazo en la nuca entre risas, luego su mirada se posó en el escenario. Detrás del atril se hallaba entonces el presidente de la asociación, acompañado de su mujer, que llevaba los cabellos sujetos en un impresionante moño. Su vestido largo y de un rojo vibrante contrastaba con el sombrío traje de su marido. Me miró fijamente unos largos segundos e, instintivamente, me reajusté la corbata, como pillado en falta. El presidente de la asociación —no recordaba ya si se llamaba McCain o McCann— sacó un papel de un bolsillo y, al igual que su mujer, dirigió su mirada hacia mí.

—Es tu momento —murmuró mi hermana con voz cálida.

Un foco iluminó la cara del hombre del escenario mientras el resto de la sala se sumía en la oscuridad. De repente tuve unas ganas enormes de huir. Con el corazón desbocado, mi mirada se cruzó con la de varios colegas mientras, en mi mesa, Jackson se arrellanaba en su asiento, disfrutando del espectáculo.

—Iconoclasta y poseedor de una visión moderna de la arquitectura, el hombre al que premiamos esta noche es el digno heredero de su padre, Jack. Licenciado por Berkeley, fundador del floreciente despacho Garisson & Whyatt, Cooper es un hombre brillante y un arquitecto eminente. Le debemos en especial la reforma de la biblioteca de Portland y el diseño del ala sur del hospital. Así pues, esta noche tengo el enorme placer de premiar a Cooper Garisson por el conjunto de su trabajo de arquitectura al servicio de la ciudad de Portland.

Un foco iluminó repentinamente nuestra mesa. Sonó una salva de aplausos y, cegado por la luz blanca, no distinguía más que sombras a mi alrededor. El clamor de la multitud se intensificó y percibí algunos silbidos admirativos. Varias manos se abatieron sobre mí, me apretaron el hombro para felicitarme, noté que tiraban de mi silla hacia atrás. Estuve a punto de tropezar, deslumbrado por los brillantes *flashes* de las cámaras de fotos, aturdido por el ambiente festivo y sorprendido por el entusiasmo de la multitud.

El *shock* fue aún mayor por cuanto me había esmerado durante años en evitar aquel tipo de acontecimientos. Era como volver a la vida después de una larga hibernación: violento, inesperado y desconcertante.

Acabé levantándome, tambaleándome, y caí en los brazos de mi hermana, que me estrechó en ellos con entusiasmo.

—Laura habría estado tan orgullosa de ti... —musitó.

Desde el día en que la mano de Laura, helada e inerte, se había soltado de la mía, no había pasado un solo instante sin que yo la echara de menos. Contrariamente a lo que pensaba la mayoría de las personas, no eran los aniversarios, y aún menos las fiestas de fin de año o las reuniones familiares, lo que resultaba más doloroso.

Era el ruido de las llaves en la cerradura, el café solitario del alba; era el instante en el que me deslizaba entre las frías sábanas de nuestra cama, era la ausencia de abrazos como el de mi hermana ahora. Aquella noche no fue una excepción, y me sorprendí haciendo lo que había hecho con Laura durante tantos años. Giré la cabeza esperando encontrar su mirada bondadosa y feliz posada en mí.

Al darse cuenta de mi gesto, mi hermana me apretó un poco más fuerte, como para aliviar mi dolor, como para aligerar mi carga. Jackson se unió a nuestro abrazo y oí a Annah conteniendo un sollozo. Mi socio se apartó y, con una palmada en la espalda, me animó a subir al escenario.

—Deberías ir, antes de que cambien de opinión.

Mi hermana me apretó las manos entre las suyas y yo me decidí a ir al escenario. Los aplausos se redoblaron mientras zigzagueaba entre las redondas mesas y los invitados de la cena. Al subir los escasos escalones que conducían al estrado, seguía teniendo un nudo en la garganta. Me movía un cúmulo de emociones: desde el orgullo teñido de una abrumadora culpabilidad hasta la alegría ensombrecida por los recuerdos de Laura y, siempre, la cruel ausencia de mi mujer que, durante ocho años, había ocupado el sitio del amor que le tenía.

El presidente de la Asociación de Arquitectos me entregó el premio de cristal con mi nombre grabado en letras de oro. En mis manos me pareció que el objeto pesaba una tonelada. De repente, todo aquel reconocimiento, toda aquella gloria, resultaron demasiado difíciles de soportar. Me acerqué al atril con la boca seca, buscando una fórmula hecha que me permitiera abandonar aquel sitio con la mayor rapidez posible.

Instintivamente busqué la mirada emocionada de Jackson y Annah. Mi socio había colocado las manos sobre los hombros de mi hermana, que estaba de pie delante de él. Esa noche, como todas las demás noches desde hacía ocho años, ellos me apoyaban, me hacían comprender sin hablar que estaban presentes, por mí. Y por ella.

Apreté el premio con las manos y volví la cabeza hacia el hombre que me lo había entregado. Tras una breve vacilación, acentuada por un paciente silencio por parte de mis colegas, acabé tomando la palabra.

—Durante mucho tiempo he creído que la única cosa que había heredado de mi padre era su mal carácter —empecé.

—¡Es cierto! —gritó mi hermana, provocando carcajadas en la sala.

—También heredé sus ojos azules, al parecer. Así pues, si esta noche he heredado efectivamente una parte de su talento, lo añadiré a mi lista. Mil gracias por este premio, que deseo compartir con mi socio, Jackson, con mi hermana, Annah, y con mi hija, Cecilia. Ellos son los tres pilares esenciales de mi vida. Aunque solo fuera por soportar mi carácter, son admirables y merecen todo el respeto. Gracias una vez más.

—¡Es cierto! —gritó Jackson, y mi hermana se enjugó una lágrima del rostro.

Mi socio se inclinó hacia ella y Annah estalló en risas, ahuyentando así la emoción. Volví a dar las gracias al presidente de la asociación y bajé del estrado lo más rápido que pude. Me aflojé la corbata con nerviosismo y regresé a la mesa, donde deposité el premio.

—Ya ves que se te da bien improvisar —comentó Jackson.

—Ya solo queda sobrevivir a dos horas de ceremonia —ironizó mi hermana.

Contuve una carcajada sarcástica. Mi buena voluntad tenía sus límites y había cumplido con mi deber al recoger mi premio delante de una multitud de desconocidos, así que contaba con encontrar la salida del hotel y regresar a casa.

—¿No pensarás irte, eh? —preguntó ella clavando la vista en mí con inquietud.

—Yo...

—No puedes irte, vas a entregar un premio. De aquí a una hora larga —precisó Jackson, consultando su reloj.

—¡¿Qué?!

—Y como todo el mundo te ha visto en el escenario, sería terriblemente grosero dejarnos plantados ahora —añadió.

—¿También sería terriblemente grosero patearte el culo ahora? —dije con enojo y las manos crispadas sobre el respaldo de mi silla.

—Terriblemente —confirmó mi hermana.

—¿Puedo al menos salir unos minutos a tomar el aire? —les pregunté, exasperado.

—Me encanta cuando pides permiso —ironizó Jackson—. Toma ejemplo, Annah.

Su semblante se retorció de repente en una mueca de dolor y se echó hacia delante en el asiento, a punto de volcar el vaso que tenía en la mano.

—Maldita sea, Annah, para, ¡eso duele del carajo! —gruñó, tratando de zafarse de la mano de mi hermana que le aferraba el muslo.

—Manicura francesa —explicó ella, soplando teatralmente sobre sus uñas. Muy eficaz. Ve a airearte, Coop, seguramente aún tardarán un cuarto de hora o más en servir los entrantes.

—Muy amable —me burlé.

A paso vivo y dominado aún por la irritación, abandoné la sala. Necesitaba respirar y dar salida a mis emociones. En ocho años había logrado limitar las interferencias entre mi vida privada y mi vida profesional. Ir allí, estar en aquella sala, intercambiar miradas de desolación, sentir el peso de los recuerdos, era demasiado abrumador. Me ahogaba.

En cuanto franqueé la puerta y escapé así al murmullo

continuo, exhalé un suspiro de alivio. Me desabroché el primer botón de la camisa y me dirigí a la escalera. En la última planta del hotel había una terraza con una fabulosa vista panorámica de Portland. Empujé la puerta batiente y me reencontré con el aire tibio de la primavera propio de Oregón: los días eran hermosos y las noches, dulces. Fijando la mirada a lo lejos, vislumbré los árboles nuevamente frondosos que daban color a la ciudad con toques verdes.

Avancé por la terraza arbolada; habían enrollado unas guirnaldas de luces en torno a las ramas de los árboles y unos focos iluminaban sobriamente el lugar. La terraza estaba rodeada por un bajo muro de piedra adornado con pequeñas lámparas halógenas que proporcionaban un ambiente íntimo permitiendo apreciar la vista de la ciudad. Las manos apoyadas en el muro, la espalda encorvada... respiré profundamente y reprimí de inmediato el ataque de nostalgia que amenazaba con invadirme. Aunque pensar en Laura, en nuestra historia, siempre me hacía bien al principio, cada vez que recordaba que ya no estaba conmigo toda la dicha que sentía al recordarla la arrasaba salvajemente la lava ácida de mi cólera y mi amargura.

—¿A usted también le deprime esta boda?

Me volví hacia la joven mujer morena que tenía a mi derecha. Con los ojos fijos en la vista de Portland saboreaba una copa de champán. La melena suelta le tapaba parcialmente la cara, pero adiviné que un esbozo de sonrisa adornaba sus labios.

—Yo... ¿Perdón?

Ella se echó hacia atrás los cabellos castaños y se volvió hacia mí. Llevaba un vestido de color turquesa y zapatos de tacón a juego, así que seguramente debía de desempeñar un papel principal en la boda en cuestión. El yugo del vestido y de las convenciones de dama de honor no conseguía disimular su aspecto rebelde. Al ver su cabellera volando libremente en el aire tibio, percibí incluso un punto de desparpajo.

O quizá era de desobediencia. Una sonrisa afloró a mis labios. Ella cerró los ojos unos segundos, como buscando tranquilidad a pesar del lejano runrún del tráfico de Portland.

—¡Borre esa sonrisa burlona de sus labios! —me espetó abriendo un ojo.

Lejos de parar, tuve incluso que contener una carcajada. Ella rio a su vez y apuró su copa de champán de un trago. La dejó a sus pies, luego se volvió sutilmente hacia mí. Se echó los cabellos detrás de las orejas y apoyó el codo sobre la barandilla de granito gris. Con el mentón apoyado en el hueco de la mano, me examinó entonces con sus chispeantes ojos de color avellana.

—Llevo un vestido horroroso, no he atrapado el ramo y he venido sin caballero, ¿cuál es su excusa?

—¿Mi excusa?

—Para hacerse el solitario en esta terraza —precisó ella, observando la vista que tenía frente a ella.

—Yo... simplemente necesitaba tomar el aire, hacer una pausa.

—Me gustaría mucho hacer eso, hacer una pausa. Ya sabe, que todo se quedara congelado y que pudiéramos tener tiempo para reflexionar, hacernos preguntas. ¿El color turquesa es realmente bonito?

—¿Y si me muevo hacia la izquierda estaría en la trayectoria del ramo? —continué yo por ella.

—¡Exactamente! Hacer una pausa. O acabar rebobinando. Y así evitaría presentar a mi mejor amigo a mi vecina y acabar aquí sola.

Se calló un instante y aproveché para observar su perfil. Su rostro me intrigó: ojos brillantes de regocijo, el rastro de una sonrisa todavía presente. Aunque se quejara del vestido, lo hacía sin perder su evidente buen humor. Un camarero pasó cerca de nosotros y, siguiendo un impulso espontáneo, le pedí dos copas de champán. Mi vecina hizo un mohín de aprobación, luego se irguió.

—Julianne —se presentó, tendiéndome la mano.

—Cooper.

Su cálida palma se juntó con la mía y, en su mirada, percibí un asomo de picardía que nuevamente me hizo sonreír. Con una punzada en el corazón, me di cuenta de que nadie me había mirado así desde la muerte de Laura. Mi entorno conocía mis estados de ánimo e, inconscientemente, sus miradas los reflejaban con la misma fidelidad con la que un lago reflejaba un cielo gris e indeciso.

—Encantada, Cooper.

Me dedicó una sonrisa luminosa, de esas que ahuyentan las nubes; luego, lentamente, retiró su mano. La palma me quemaba y una dulce calidez envolvió mi cuerpo tenso, como una manta en invierno. Mi corazón se desheló, entumecido y herido. Al parecer aún podía latir con una agradable sacudida.

—Encantado, Julianne —musité con voz ronca.

El camarero apareció con nuestras copas de champán, ofreciéndome una bienvenida distracción. Julianne entrechocó su copa contra la mía y bebió un sorbo. Se hizo un silencio mientras yo me sumía en la contemplación de Portland, testigo de nuestro encuentro.

—Y llegó el momento incómodo en el que no sabían qué más decirse —comentó ella al cabo de unos segundos de silencio—. Ocurre con frecuencia en las primeras citas.

—¿Esto es una cita? —exclamé entre risas.

—Yo llevo vestido, usted lleva esmoquin, y bebemos champán. Es una primera cita excelente, más prometedora que la mayoría de las últimas que he tenido. Venir a buscarme en limusina le ha dado muchos puntos.

—¿Eso he hecho?

—Evidentemente. Yo he cedido después del quinto ramo de rosas rojas. El último era realmente ostentoso, por cierto.

—Siempre he pensado que era el ramo del día después el que contaba —dije yo para seguirle el juego.

Ella dejó escapar una carcajada y bebió otro sorbo de champán. Yo me incliné, con los antebrazos apoyados en el muro, el rostro vuelto hacia mi interlocutora, que me dirigió una sonrisa tímida. Su espontaneidad de las primeras frases había dado paso a una súbita indecisión.

—¿Chapado a la antigua, entonces? —preguntó.

—Mucho. Terminaremos la velada con un beso en la mano y la acompañaré a casa de sus padres sana y salva.

—Me corrijo: ¿un hombre casto?

—Eso me temo —confesé yo con una mueca de desolación.

—Lo que me confirma que este vestido es demasiado corto para una primera cita.

Mis ojos recorrieron sus piernas desnudas. Ella se tiró del vestido, pero le llegaba apenas a la altura de la rodilla. Mi mirada volvió a subir progresivamente, siguiendo los pliegues del vestido, hasta llegar a un escote discreto y unos tirantes imponentes. Mi ojo de arquitecto se impuso: había un desequilibrio en aquel vestido que no realzaba el valor de la mujer que lo llevaba.

—Debería haberme puesto el blanco —comentó Julianne, tratando de ajustárselo. Este parece demasiado... como de uniforme, ¿no?

Clavó sus ojos en los míos, esperando oír mi parecer. Nuestra conversación me parecía cada vez más atípica.

—El blanco habría sido inapropiado. Quiero decir, teniendo en cuenta su... esto... misión.

—¡Y menuda idea además la de proponerme una cita el día de esta boda! —exclamó ella, riendo.

Julianne redujo el espacio que nos separaba y su brazo rozó el mío. Nuevamente nos sumimos en la contemplación del horizonte y de las luces de la ciudad. El cielo adquirió un tinte rosado, anunciando el crepúsculo.

—¿Vive en Portland? —preguntó ella después de apurar su copa.

—En las afueras. Necesito espacio.

—Yo llevo tres años aquí. Procedo de una ciudad muy pequeña, desde luego necesitaba sentirme... rodeada —dijo ella después de buscar la palabra adecuada—. Es la primera vez que veo Portland desde lo alto.

Observé de nuevo su perfil. Ella abarcaba el encanto de la ciudad con la vista, fascinada por lo que veía, feliz por la posibilidad de estar allí. Bajo su mirada, Portland se convirtió en una ciudad preciosa.

Me erguí y busqué subrepticiamente al camarero. Habíamos bebido ya una copa, pero tenía ganas de quedarme allí. Quería sentir su mirada cálida sobre la mía, lejos de la inquietud de Annah o de los reproches de Jackson. Para Julianne, yo era Cooper, su cita improbable y sin consecuencias, bajo el crepúsculo en una terraza.

Y eso me convenía a la perfección.

—¿Va a pedir la segunda copa o qué? —se impacientó Julianne.

Sus ojos cobrizos se iluminaron. Con un gesto teatral, le dio vueltas a la copa, recordándome que estaba vacía. Le hice un gesto con la cabeza al camarero, que estaba en la otra punta de la terraza. Estaba listo para una segunda copa.

—Sana y salva no significa sobria —bromeó ella.

—¿Tan terrible es entonces esta boda?

—Para responder a esa pregunta, primero tendrá que responder a la mía: ¿ha venido por la parte del novio o de la novia?

—No soy uno de los invitados. Asisto a otro evento que se celebra en el hotel.

Una sonrisa enigmática se dibujó en sus labios y el camarero se presentó con dos nuevas copas de champán. Julianne las tomó y me tendió una. De nuevo entrechocó su copa contra la mía. Un viento ligero revolvió sus cabellos y yo le eché hacia atrás un mechón que le tapaba la frente. Atónito por mi gesto, me detuve de golpe y retrocedí un paso. Julianne se quedó inmóvil, mirándome fijamente sin comprender, casi atónita.

—Sana y salva —me recordó Julianne en un murmullo.

Asentí en silencio. Tenía la sensación de ser un niño, avergonzado por haber sido sorprendido en plena travesura. No había hecho nada malo, pero notaba un doloroso picor en la palma de la mano y un nuevo e insidioso recuerdo había reprimido severamente mi audacia: ¿cuántas veces había hecho ese mismo gesto con Laura? Incluso cuando llevaba los cabellos sujetos, un mechón rebelde encontraba siempre el modo de escapar. Varias veces al día, yo le echaba hacia atrás ese mechón y se lo colocaba detrás de la oreja.

—Bueno, ¿y la boda? —pregunté para reiniciar una apariencia de conversación.

—Encantadora. Un poco convencional, sosa. Estoy segura de que jamás tuvieron una cita como la nuestra —añadió ella con una sonrisa.

Su humor había cambiado, pasando de la incomprensión a la alegría en un abrir y cerrar de ojos. Me dirigió una mirada cómplice, animándome silenciosamente a seguir con nuestro juego.

—¿El violinista? Estoy de acuerdo, ha sido un poco exagerado —dije yo con falsa contrición.

—Quizá la cena fuera un poco extravagante. ¡Reconozca que ha dudado entre la comida india y la mexicana!

—Culpable. De ahí el pícnic improvisado.

Ella soltó una sonora carcajada, después meneó la cabeza, como si sopesara el interés de semejante iniciativa. Después me dirigió una mirada amistosa y se mordió el labio inferior. Quizá fuera el alcohol, quizá fuera el hecho de que ella no me conociera, quizá fuera la puesta de sol, pero entre Julianne y yo ocurría algo indefinible, entre la curiosidad y la atracción.

—Bien jugado —me felicitó—. La mayoría de los hombres habría propuesto otra especialidad.

—Habremos de creer entonces que yo no soy como la mayoría de los hombres.

—¡Y con una réplica él rompió el hechizo! Un poco incongruente, ¿no?

—Culpable.

—¿De qué planeta procede exactamente?

Me observó pensativa, después, ante mi silencio, siguió hablando.

—Bueno, flores, cena, champán. ¿Qué espera de mí, Cooper?

—¿Otra copa quizá?

—¿Ni siquiera otra cita?

—Será usted quien acabará pidiéndomela —le aseguré yo con aplomo antes de beber un sorbo de champán.

Nuestras miradas volvieron a cruzarse. Julianne me escrutaba con insistencia, absteniéndose de reírse de mi súbita arrogancia. El silencio que se instaló entre nosotros ya no tenía nada de incómodo. Estaba cargado de promesas, de cosas que no se habían dicho y de citas imaginarias. Jugábamos a un juego, una comedia ligera de la que no conocíamos el final. Me hacía sentir bien: compartía con aquella mujer un universo que solo nos afectaba a nosotros, un secreto que nos divertía, un instante lejos de mi rutina. Y resultaba vigorizante.

—¿Sabe, Cooper? Hay algo en usted que exuda indecisión: pide una copa de champán sin saber si acierta, pero me deja a mí la decisión de una posible segunda cita.

—Le he propuesto esta segunda copa únicamente para prolongar la conversación. Estoy convencido de que a una mujer como usted la abrumarán con montones de peticiones para una cita.

Ella se acercó un poco y agarró mi corbata con delicadeza.

Ese mismo gesto, Laura lo había hecho miles de veces: cada mañana cuando nos separábamos delante del despacho con un beso; cada noche, cuando se empeñaba en quitármela en cuanto entraba en casa. Pero en aquella terraza, hecho por una mujer a la que yo apenas conocía, ese gesto familiar se teñía de amargura.

Contuve la respiración y la cortante hoja de la culpabilidad me hizo retroceder un paso. Rechacé de nuevo recuerdos que, bajo la apariencia de nostalgia, me hacían sentir repentinamente avergonzado de estar allí con otra mujer que no era la mía. Nuestros cuerpos estaban demasiado cerca, su perfume estaba demasiado presente, su gesto era demasiado íntimo.

No podía.

Y no quería.

Mi cuerpo se tensó, delatando mis inquietudes. Julianne soltó mi corbata y un frío glacial me penetró hasta los huesos. Mi culpabilidad se redobló cuando el rostro de Julianne se ensombreció brevemente por la decepción, antes de que una sonrisa distante la ahuyentara.

—Lo siento —me excusé—. Yo... Me ha pillado por sorpresa.

—Y lleva corbata, pero aflojada. Definitivamente es un indeciso.

Devolví la corbata a su sitio nerviosamente con la palma de la mano. En un segundo había arruinado la atmósfera desenvuelta de nuestra conversación. A veces me preguntaba si algún día conseguiría volver a ser yo mismo, encontrar un nuevo equilibrio que me permitiera hablar con una mujer sin tener la sensación de que se me rompía el corazón.

—¿Tiene todavía algo de tiempo? —preguntó Julianne antes de terminar la copa de un trago.

Eché un vistazo a mi reloj. Técnicamente me estaban esperando. Tal como era mi hermana, debía de estar forzando el cuello constantemente para mirar la puerta de la sala. En cuanto a Jackson, seguramente estaría impaciente, dando golpes con el pie en el suelo, preguntándose si me había dado a la fuga.

Mi fuga se llamaba Julianne y me miraba con atención, como si mi respuesta fuera a cambiar el resto de su velada.

—Y después le dejo retomar el curso de su vida —añadió ella.

Una vez más apretó los labios y se pasó una mano por la cabellera. En aquel momento, el curso de mi vida era de lo más lúgubre. Nuestra conversación espontánea, su risa, su ironía, la manera misma que tenía de mirarme bastaron para convencerme.

—Tengo tiempo. Tanto tiempo como usted quiera.

Ella me miró sorprendida antes de sonreírme con malicia.

—¿Sabe?, antes de acompañarme a casa de mis padres, ha sabido marcarse unos cuantos puntos.

—¿En serio? ¿Qué he podido hacer para ganarlos? —me

pregunté, contemplando la ciudad—. El paseo en calesa siempre me ha parecido demasiado tópico.

—Los excrementos de caballo no tienen nada de romántico. No, ha sido más bien una cosa absurda y espontánea.

—Recapitulemos: hemos comido, hemos bebido, le he enviado flores, he sido absolutamente educado —enumeré yo contando con los dedos de la mano.

Julianne rompió a reír.

—No me va a creer nadie cuando les cuente esta cita —afirmó—. ¿Dónde estaba usted mientras yo encadenaba una cita desastrosa tras otra?

—Pues en esta terraza. Esperándola —afirmé en un falso impulso romántico.

Sus risas se redoblaron y vi que algunos rostros se volvían hacia nosotros. Me reí yo también, apreciando la atmósfera eufórica y serena del instante. Julianne no utilizaba esa cortesía frecuente y desagradable que me exasperaba y que obligaba a mis interlocutores a tratarme con cautela y prudencia, como si fuera a romperme de un momento a otro. Sin embargo, yo sabía que no era tanto el miedo a verme derrumbándome como el miedo a no saber cómo reaccionar lo que incomodaba a la gente.

—¿Y bien? —dijo Julianne, mirándome con intensidad.

—¿Y bien qué?

—Vamos a bailar.

Extendió la mano delante de mí, haciendo así oficial la invitación. Mis ojos pasaron de su rostro a su mano, antes de reencontrar su mirada centelleante. Con la garganta seca, no logré articular un solo sonido. Tenía ganas de reír, de huir, de aceptar su mano, de prolongar el instante.

De bailar, quizá.

De quedarme con ella, desde luego.

—Van a iniciar el baile de aquí a unos minutos. Ya he tenido bastante con perder el ramo, encima no voy a quedarme sentada en la mesa esperando que me invite un viejo tío libidinoso.

—¿Espera que la invite?

—Lo temo, en realidad. ¿Vamos? Vacila.

—Reflexiono. Si la piso, corro el riesgo de arruinar la perfección de esta cita.

—¿No sabe bailar?

—Algunos, entre ellos yo, lo llamamos «bailar», otros lo llaman «una auténtica masacre» —confesé yo, algo avergonzado.

Jamás había sabido bailar, jamás había sabido encontrar el ritmo adecuado, coordinar con gracia pies, manos y cabeza. Laura lo hacía por mí. Ella me sujetaba contra ella y, lentamente, con sus caderas contra las mías, nos movíamos siguiendo un ritmo que nos pertenecía solo a nosotros. Julianne me dedicó una larga sonrisa y arqueó una ceja provocativa.

—¡Vamos!

Sin que supiera realmente cómo, mi mano encontró la suya y Julianne tiró de mí tras ella. Atravesamos la terraza para llegar a la escalera. En la oscuridad, me apretó la mano con mayor fuerza y bajamos los escalones a toda velocidad, como niños temerosos de ser castigados tras una fechoría. El ruido de sus tacones resonaba en medio del silencio. Impulsado por la adrenalina, mi corazón intentaba seguir el ritmo que ella me imponía.

Después de la escalera, enfilamos un largo pasillo con parqué, débilmente iluminado por unos apliques. Los cabellos de Julianne danzaban sobre su espalda, tan libres como ella. Al llegar ante una gran puerta doble de madera, se volvió hacia mí y se llevó el dedo índice a los labios. En aquel espacio sombrío, yo apenas adivinaba los rasgos de su cara.

Percibía nuestra respiración jadeante. Ella me soltó la mano antes de volver a tomarla y entrelazar sus dedos con los míos. Intercambiamos una sonrisa de complicidad y yo di un paso para salvar la distancia que nos separaba. Con la mano libre, toqué su mejilla y acaricié la línea de su mandíbula. Ella apoyó la espalda contra la pared mientras yo, hipnotizado por su sonrisa, acercaba el rostro al suyo.

Tras nuestro encuentro fortuito, nuestra improbable conversación y nuestra loca carrera escaleras abajo, aquel instante de calma y de silencio nos impedía toda evasión. Julianne me atraía y la facilidad con la que había logrado hacerme hablar y reír me fascinaba. Era como si, con una carcajada, pudiera pulverizar mis miedos, ahuyentar mi tristeza y reavivar una parte de mi ser que yo creía muerta para siempre.

Se le escapó un suspiro y apretó nerviosamente los labios. Fijé la vista en su boca, aún en vilo. Mi mano volvió a encontrar su mejilla y se hundió delicadamente entre sus cabellos. El corazón me latía con fuerza en el pecho, pero sabía que no se debía ya a nuestra loca carrera de antes.

Era ella, apoyada en la pared, abandonada entre mis manos, quien aceleraba mi corazón ofreciéndome una escapatoria a mi monótona vida. Era su risa contagiosa que ahogaba mi melancolía, era su cuerpo envuelto en aquel vestido turquesa, era el modo mismo en que me había atraído hasta allí, con confianza y determinación, eran todas esas cosas que yo ignoraba aún de ella, pero que ardía en deseos de conocer, era también esa mezcla embriagadora de atracción, de lo prohibido y de la necesidad apremiante de tocarla, de asegurarme de que ella era real, de comprobar que aún podía abrazar a una mujer.

Como antes.

—Sana y salva —musitó ella.

—No hay testigos, lo negaré todo. Tu virtud permanecerá intacta.

Ella rio suavemente, luego cerró los ojos. Mis labios acariciaron levemente los suyos. Su aliento me embriagó y sentí su corazón vibrando contra el mío. Entre mis manos, su cuerpo se relajó repentinamente al tiempo que respondía a mi beso con pudor. De su boca, rocé el labio superior una primera vez, luego una segunda, esforzándome por ignorar el calor de su cuerpo contra el mío. La abracé delicadamente, dejando que mi lengua se acurrucara entre sus labios. Un gemido resonó en su pecho y me sujetó el rostro con ambas manos, tirando de mí resueltamente hacia ella. Rodeé su cintura con los brazos y nuestro beso se intensificó. Ella inclinó el rostro y mi lengua se introdujo en su boca. Ya no había nada púdico, ni contención ni timidez. Por primera vez después de ocho años, sentía un deseo violento y feliz, una atracción poderosa y profunda por una mujer. Su lengua jugó con la mía en una deliciosa y lánguida danza. En la oscuridad, pegado a ella, nuestro beso tenía un sabor a prohibido: dos fugitivos pillados en su propio juego.

Me separé de ella sin resuello. Su pecho subía y bajaba siguiendo un ritmo frenético y tenía la mirada empañada. Era hermosa y deseable.

—Pintalabios —susurró, pasándome el pulgar por la boca.

—Virtud intacta —respondí yo, haciendo el mismo gesto.

—Me debes un baile.

Asentí con la cabeza, absteniéndome de decirle que en mi opinión le debía mucho más. Ella tiró del vestido para ajustárselo, se recompuso el peinado y exhaló un profundo suspiro antes de preguntarme:

—¿Qué pinta tengo?

—La de una encantadora dama de honor. Casta, pura y deseable —añadí.

—No me va a creer nadie cuando hable de esta cita. ¡Nadie!

Abrió la doble puerta del gran salón de baile del hotel y, tomándome de nuevo de la mano, nos hizo entrar. Ante nosotros, los recién casados cortaban el pastel con precaución bajo los *flashes* de los invitados. Julianne me hizo caminar a lo largo de la pared, como dos invitados clandestinos.

—Van a abrir el baile dentro de unos minutos —dijo ella en voz baja, quitándose los zapatos.

Yo la miré, boquiabierto.

—No quiero que nuestra cita acabe en Urgencias. ¿Te dejas la corbata?

—¿Crees que debería quitármela?

—Creo que yo debería quitártela —respondió ella, sujetándola con las manos.

Julianne me dejó un instante de reflexión. Yo aún podía echarme atrás, aún podía poner distancia entre los dos y fingir que no la había besado en el pasillo. Pero, en el instante en que ella había clavado su mirada en la mía, me había decidido a dejar de huir. Una sonrisa flotó sobre sus labios y se aplicó a deshacer el nudo que me rodeaba el cuello. Me subió el cuello de la camisa, retiró la corbata, me desabrochó un botón y volvió a colocar el cuello con una rapidez desconcertante.

—¿Haces este tipo de cosas a menudo?

—A menudo, sí —admitió ella, guiñándome un ojo con malicia.

El animador de la boda anunció el inicio del baile y la multitud se apartó para dejar libre a los recién casados la pista de baile. La mujer siguió grácilmente al marido y se colocaron en posición: el brazo de él rodeando la cintura de su mujer, al tiempo que unían las manos. Un estremecimiento me recorrió el cuerpo y, durante un segundo apenas, me vino a la cabeza la imagen de Laura con su largo vestido de color marfil, y de mí, con esmoquin. Se me hizo un nudo en la garganta mientras sonaban las primeras notas de *Signed, Sealed, Delivered*, de Stevie Wonder.

Los recién casados dieron sus primeros pasos de baile. Se miraban con ternura, perdidos en su burbuja, ajenos a las miradas de sus invitados. La orquesta se impuso a la voz del cantante y los metales aumentaron su potencia. Me sorprendí siguiendo el ritmo con golpecitos de la mano en el muslo. A mi lado, Julianne meneaba la cabeza, tarareando la letra. De repente se agachó y, de un golpe seco, tiró de la tela del vestido para abrir una raja lateral.

—Para estar más cómoda —dijo, estirando la pierna derecha. Ya debería habérmelo imaginado al verla.

La rotura de la tela ofrecía una vista fabulosa de su muslo. Aparté la mirada de su pierna desnuda y Julianne me dedicó una sonrisa, luego, con un movimiento de cabeza, me indicó la pista de baile. Asentí y ella entrelazó nuestros dedos. Me llevó hasta el centro de la multitud que acompañaba a los recién casados en su primer baile. Rodeé su cintura con el brazo, Julianne puso una mano sobre mi hombro. Yo estaba obsesionado por la perspectiva de aplastarle los pies.

Inmóviles, sumidos en la mutua contemplación, nos permitimos un último segundo pensativo. Julianne me digirió una sonrisa traviesa y mi corazón empezó a latir con intensidad frenética. Era la señal para empezar a bailar. Un instante después, mis pies se deslizaban por el parqué encerado. Focos multicolores iluminaban la pista, la música subió de volumen, impidiéndome incluso oír mis confusos pensamientos, y Julianne marcaba el ritmo. Ella guiaba mis pasos, haciéndonos dar vueltas, esquivando a los demás invitados.

La música transmitía energía, la percusión excitaba los sentidos y, a nuestro alrededor, yo percibía un ambiente festivo y eufórico. Entre mis manos, Julianne bailaba como si su vida dependiera de ello.

—Hazme dar una vuelta —exclamó.

—¿Qué? ¿Cómo lo hago...?

Ella soltó mi hombro y, con una pirueta inverosímil, se enroscó en mi brazo haciendo que su vestido se arremolinara en un torrente de seda azul. Luego apretó la espalda contra mi torso, jadeando levemente. Su pecho subía y bajaba con rapidez y me miró con una sonrisa de complicidad. La música parecía zumbar en mis oídos y, durante unos breves instantes, en el centro de la pista no hubo nadie más que nosotros dos.

—Así. Y ahora, nos desenredamos.

—¿Có... cómo?

Julianne apretó mi mano con más fuerza y giró sobre sí misma. Sin pensármelo demasiado, la atraje hacia mí con un gesto vivo y le rodeé la cintura con los brazos. Ella meneó la cabeza, retiró mis manos, se separó de mí y volvió a girar sobre sí misma. Yo moví los pies sin saber si realmente estaba bailando.

Ella repitió el mismo movimiento varias veces, pegando la espalda contra mi torso con la mayor frecuencia posible. Meneaba las nalgas contra mi entrepierna, su risa resonaba agradablemente en mis oídos, su alegría de vivir se expandía por todas partes, recorriendo el salón. Incluso en medio de aquel baile improvisado, incluso en medio de desconocidos, incluso siendo incapaz de mover los pies, me sentía increíblemente bien, calmado, libre de un dolor sordo y lacerante.

Al desgranarse los últimos segundos de la canción, callaron los instrumentos y solo la voz del cantante se dejó oír en el salón. Julianne retomó nuestra posición inicial, una mano sobre mi hombro, la otra sujeta a la mía, la respiración jadeante. Clavó la mirada en mis ojos, murmurando las últimas palabras, como una promesa secreta entre nosotros.

Era la señal de que nuestra escapada tocaba a su fin. Tras nuestro feliz encuentro y nuestra animada conversación, debíamos separarnos, dulcemente, progresivamente, como el final de aquella canción. Entonces hice lo que habíamos convenido: le tomé la mano y me la llevé a los labios. Julianne no pestañeó, siguiendo mi gesto con la mirada sin delatar sus emociones.

Separarse como buenos amigos. Romper con delicadeza. Retomar nuestras vidas respectivas. Un montón de expresiones con tacto, ligeras, fáciles, cuando realmente nuestro encuentro me había alterado por completo y me sentía decepcionado por poner fin a nuestra velada.

—Buenas noches, Julianne —musité contra su piel.

—Buenas noches, Cooper.

Apreté la boca contra el dorso de su mano, detectando que un leve estremecimiento recorría su cuerpo. O quizá fuera el mío.

Me eché un paso atrás, luego solté su mano. Julianne permaneció inmóvil en el centro de la pista, incluso cuando una nueva canción empezó a sonar en el salón. En sus labios se dibujó una sonrisa, antes de quedarse fijada. Yo di media vuelta y llegué a la salida, reprimiendo rápidamente las ganas de quedarme allí. Mi vida era demasiado complicada, mi corazón aún era demasiado frágil, mis sentimientos estaban demasiado enmarañados y vinculados a mis recuerdos de Laura. Al marcharme así, mantenía nuestro secreto, limitaba las preguntas, evitaba las miradas afligidas y las condolencias inútiles. Evitaba volver a sufrir.

Al marcharme así, mi escapada con Julianne seguiría siendo un feliz paréntesis.

Volví a subir una planta y, aprovechando la entrega de un premio y las luces centradas en el escenario, me colé por la puerta para reunirme con mis colegas. De inmediato mi mirada se cruzó con la de mi hermana, mientras que Jackson estaba concentrado mirando el escenario. Me deslicé hasta mi silla, tratando de ser invisible. Annah me miró con perplejidad antes de inclinarse hacia mí.

—¡¿Pero dónde has estado?!

—Fuera. Necesitaba respirar —añadí, conteniendo una sonrisa.

Ella asintió con la cabeza. Mi respuesta debía de haberla contentado. Se volvió hacia el escenario, al tiempo que Jackson se volvía para mirarme de arriba abajo. Intenté eludir su escrutinio, temiendo que acabara por traicionar el secreto que compartía con Julianne.

—A mí tampoco me gustaba mucho esa corbata —comentó él, llevándose su copa a los labios.

SEGUNDA PARTE

Crazy Little Thing Called Love

El chirrido de la puerta de mi despacho ni siquiera me hizo levantar la nariz de la carpeta sobre la anexión de un ala al museo de Arte Moderno de Portland. Aunque Jackson me había proporcionado un boceto, yo aún debía trabajar sobre la armonía del conjunto.

—¡Emma, llega en el momento justo! En el último *Archdaily* había un artículo sobre la reforma del auditorio Keller, con las normas acústicas y ecológicas. Búsquelas y...

Me callé al descubrir el atuendo de mi ayudante. Dejé los documentos de trabajo sobre la mesa, me recosté en el sillón y me tomé unos instantes para examinarla. Llevaba un vestido negro, elegante y refinado que le llegaba hasta las rodillas. Las cortas mangas ocultaban la parte alta de sus brazos y se había recogido los cabellos en un impecable moño. Contuve la risa al verla retorciéndose, cambiando el apoyo de uno a otro pie con una mueca de dolor.

—¿Zapatos nuevos?

—Sí —respondió con un suspiro.

—Y tiene los cabellos más... ¿ha ido a la peluquería?

—Culpable. ¿Y sabe qué es lo que más me irrita? —preguntó ella, avanzando prudentemente hacia mí—. Que seguramente será usted el único hombre que se dé cuenta.

Se quitó los zapatos y su rostro se relajó de inmediato. Exhaló un nuevo suspiro, de alivio esta vez.

—Creía que había terminado con las citas tradicionales —le recordé.

—Y he terminado. Es nuestra segunda cita; es más decisiva.

—¿Decisiva?

—Ya sabe... ¿Me besará en el umbral de mi puerta? ¿Me hablará de un recuerdo embarazoso de su infancia? Esa clase de cosas. Decisiva, vamos.

Le ofrecí una sonrisa de simpatía. Emma se fijaba objetivos para cada cita, como si llevara un proyecto de envergadura en el que bastara con marcar las casillas pertinentes cada vez que culminara una etapa. Yo tenía la sensación de que aplicaba una forma de lógica imperiosa a cada una de sus relaciones; se cuestionaba su funcionamiento, rastreaba las señales de una futura evolución, estudiaba y diseccionaba cada gesto, cada palabra. No había espacio alguno para lo desconocido o la improvisación.

—Las cosas han cambiado muchísimo en poco tiempo —dije para mí mismo.

Ella enarcó una ceja y respondió con tono mordaz.

—En su época, las mujeres acababan de adquirir el derecho a votar.

Me llevé una mano al corazón, fingiendo una indignación extrema. Desde luego había perdido la costumbre de los códigos amorosos. Sin embargo, eso no me impedía desaprobar la moda actual. Chapado a la antigua, sin duda.

«Hombre casto», recordé, con una sonrisa.

—En mis tiempos, las relaciones amorosas no eran tan complicadas.

—¿Fue simple entonces? Quiero decir... la de Laura y usted —preguntó Emma con cierta vacilación en la voz.

De inmediato un desagradable silencio llenó la habitación. Era un hecho, Laura era una sombra que planeaba sobre el despacho. Estaba presente desde el vestíbulo de la entrada en las fotos de la inauguración, en la época en la que el estudio Garisson & Whyatt no contaba más que con tres despachos repartidos en un tercio de una planta del inmueble. Ahora poseíamos dos plantas completas en las que se amontonaban los equipos. Cada día que pasaba estaba más clara la necesidad estratégica de una mudanza.

En mi despacho, había retirado rápidamente todas las fotos de mi mujer, negándome a enfrentarme a su rostro a riesgo de languidecer cada día un poco más. En las paredes, las huellas negruzcas de los marcos me desafiaban como últimas cicatrices de mi vida con Laura. No había tenido jamás el ánimo suficiente para reemplazarlas.

—Perdón, no era... He... Annah me ha hablado de ella y...

—Era simple. Fácil y simple. ¿Mi hermana le ha hablado de ella?

—En realidad no. Hemos... Annah y yo hemos comprobado los artículos de prensa sobre el despacho en su totalidad. Hay fotos de ustedes dos. Hacían una gran pareja —añadió después de un corto silencio.

—Gracias, Emma —repliqué, para zanjar la conversación.

—No quería incomodarlo.

Su sonrisa vaciló y me incorporé para volver a concentrarme en mi carpeta. No quería hablar de Laura, no quería notar cómo se reabría la cicatriz dolorosamente, no quería volver a sumergirme en un millón de recuerdos amargos. Bastante me costaría ya soportar las semanas siguientes. Regresaría a Barview, el lugar en el que Laura y yo nos habíamos conocido y donde habíamos comenzado nuestra historia.

—Y Annah me ha pedido que le entregue esto —dijo Emma, tendiéndome un paquete que había disimulado sujetándolo a la espalda.

—¿Un regalo?

—Me ha dicho que no pintaba nada en su despacho.

Al quitar el papel multicolor, descubrí el premio que había recibido durante la cena de la Asociación de Arquitectos hacía dos meses. Una sucesión de imágenes fugaces me cruzaron el pensamiento: Julianne, su rostro, sus pies desnudos, nuestro beso en la oscuridad, nuestra cita imaginaria. Pasé el objeto de cristal azulado de una mano a la otra y descubrí mi nombre grabado en una placa dorada.

—Muy bonito —comentó Emma—. ¿Quiere que lo ponga en el estante?

Contemplé el objeto. Era pesado e imponente, pero en realidad carecía de elegancia y no era bonito de ver. Y el mero hecho de que llevara mi nombre me hacía sentir ganas de guardarlo en un armario. Pero me recordaba a Julianne.

Y me recordaba la canción de Stevie Wonder, como si hubiéramos sellado nuestro destino furtivo con las palabras de esa canción. Hacía tiempo que nuestro baile había terminado, las palabras se habían desvanecido en el aire, y sin embargo, mi encuentro con Julianne me había dejado huella. Ella había despertado una parte de mí mismo que yo me había esforzado por enterrar durante años. Dos meses más tarde, la emoción de nuestro encuentro seguía estando presente, entremezclada con una nostalgia feliz. Durante unos minutos, con ella, había olvidado a Laura. La culpabilidad había surgido al día siguiente, pero no había enturbiado el recuerdo de Julianne. No sé cómo, yo había logrado salvarla de la sombra persistente de mi aflicción.

—Voy a dejarlo sobre mi mesa —respondí, colocando el premio cerca de la lámpara.

Procuré que la placa con mi nombre quedara oculta, dándole la vuelta; lo mantendría sobre mi mesa por lo que representaba, no por mi ego.

—¿Cerrará usted? —preguntó Emma.

—¿Qué hora es?

Rápidamente recogí mi plano, lo metí en una carpeta y luego apilé otras dos carpetas encima. Me había quedado a trabajar hasta tarde, sin darme cuenta de que faltaba poco para que anocheciera.

—Cerca de las ocho —respondió Emma finalmente.

—¡Había prometido a mi hija que volvería a la hora de cenar!

Agarré las tres carpetas y las metí en mi maletín. Emma se retiró mientras yo me afanaba en torno a mi mesa sin dejar de maldecir mi incapacidad para mantener las promesas que le hacía a mi hija. Iba a enfadarse conmigo una vez más y el trayecto en coche del día siguiente seguiría el ritmo de la marcha fúnebre y de su enojo. Desde hacía unos meses, había descubierto las alegrías de ser padre de una adolescente.

Me puse la chaqueta a toda prisa, apagué la lamparita de mi mesa y comprobé el estado de mi despacho abarcándolo con la mirada. Estaba casi seguro de que había olvidado planos o mezclado carpetas, pero llegaba tarde y sabía que además iba a sufrir el tráfico del final del día. Cuando llegara a casa, Cecilia estaría recluida en su habitación para echar pestes de su padre ausente.

—¿Cerrará usted? —pregunté a Emma.

Hundí las manos en los bolsillos en busca de las llaves de mi coche. En vano. Volví a abrir el maletín de piel, lo coloqué sobre la mesa y hurgué en el interior, aún más irritado. Con las prisas, tiré el recipiente de los bolígrafos y el premio de la Asociación de Arquitectos vaciló antes de caer estrepitosamente al suelo.

—¡Mierda!

—¿Cooper?

Me volví hacia Emma, presa de la frustración. La vi en el umbral de mi puerta, haciendo girar mis llaves en torno a su dedo índice. Me apreté el puente de la nariz un momento y luego me tomé unos segundos para volver a colocar el premio en la mesa. Después me di la vuelta hacia mi ayudante y alargué la mano.

—Realmente necesita vacaciones —dijo Emma lanzándome las llaves del coche.

—Con respecto a eso, estaré inaccesible para el mundo entero durante dos semanas, ¿de acuerdo?

—Recibido —dijo ella, esbozando un saludo militar.

Salimos del despacho y yo me dirigí al ascensor. Mi maletín parecía pesar una tonelada y temía el momento de franquear la puerta de mi casa para encontrarme con un silencio deprimente y un frío siberiano. Oí a Emma sofocar un gemido de dolor, luego la vi quitarse los zapatos con un gesto airado.

—Si al final de la cena me lleva en brazos, me casaré con él —afirmó, exasperada.

—¿Me lo contará?

Las puertas del ascensor se abrieron. En la recepción, Emma se masajeó el pie derecho, manteniendo el equilibrio con la otra mano sobre su mesa. Alzó la vista hacia mí y asintió con la cabeza.

—Con todos los detalles sangrientos de mis ampollas en los pies.

—Que vaya bien la velada, Emma.

—¡Que vayan bien las vacaciones, Cooper!

Llegué a mi coche, lancé el maletín al asiento de atrás y

arranqué. Llevaba ya más de una hora de retraso. Encendí la radio y dejé que el torrente ininterrumpido de noticias invadiera el vehículo. Cuando salí del aparcamiento era ya de noche y la radio anunciaba un embotellamiento colosal en la I5.

—Genial —masculló.

Seguramente mi hija me lo haría pagar.

«Que vayan bien las vacaciones, Cooper.»

Al aparcar el coche en el acceso privado, vi inmediatamente a través de los grandes ventanales que la planta baja estaba sumida en la oscuridad. Alcé los ojos hacia la ventana de la habitación de mi hija, de donde surgía una luz tenue. Recogí el maletín y subí al porche de madera blanca que rodeaba la casa. Jugueteé nerviosamente con las llaves, buscando la mejor forma de redimirme a los ojos de mi hija. Desde hacía unos meses, notaba que entre nosotros se estaba abriendo una brecha cada vez más profunda. Ella se alejaba y yo no lograba el modo de impedirlo. El amor incondicional de mi hija se transformaba poco a poco en dudas y vacilaciones.

Entré en casa y me encontré directamente en la gran estancia principal en la que había el salón, que daba al lago; el comedor, decorado con una gran mesa de ébano, y la cocina, delimitada por una gran isla lacada en blanco sobre la que Cecilia y yo deberíamos haber cenado. Excepto por las dos lámparas que colgaban sobre la isla, todas las demás luces estaban apagadas.

Dejé el maletín en una de las butacas del salón, luego me quité la chaqueta. Sobre la encimera de la cocina encontré mi plato, tapado con papel de aluminio, además del vaso y los cubiertos.

Ahora sí que me sentía miserable al saber que mi hija había cocinado y que yo no había tenido ni siquiera la decencia de llegar a la hora. Me agarré con las manos al borde de la encimera y mi cuerpo entero se dobló bajo el peso de la cólera. Exhalé un profundo suspiro antes de erguirme y reprimir un gemido de dolor. Me dolía el hombro, y la nuca, tensa, se contrajo un poco más. Me pasé una mano por la cara y me decidí a afrontar la cólera de mi hija.

Abandoné la cocina y me desvié hacia la izquierda para subir por la escalera abierta. Cecilia ocupaba la habitación grande del final del pasillo. La luz se filtraba bajo la puerta y la oí reír. A pesar del cartel de «no molestar», llamé a la puerta y, sin esperar respuesta, giré el pomo para abrir.

Mi sorpresa fue mayúscula al descubrir que se había encerrado en su habitación. Apliqué la oreja, luego volví a llamar con suavidad.

—¿Cecilia? Soy yo.

Volví a girar el pomo, adivinando una leve conmoción detrás de la puerta. Al cabo de unos segundos, mi hija dio la vuelta a la llave y entreabrió la puerta.

—¿Ahora te cierras? —la interrogué.

Cecilia había heredado los delicados rasgos de su madre, sus pómulos prominentes y su espesa melena morena. Últimamente, se había presentado en casa con mechas azuladas. Sus grandes ojos azules, igual que su forma de escrutar intensamente a sus interlocutores, me recordaban siempre a Laura.

—Quería un poco de intimidad —respondió ella, ajustándose la holgada chaqueta de punto que le cubría los hombros.

—Lo siento mucho. No me he fijado en la hora y...

Los tristes ojos de mi hija me cortaron la respiración. Con los labios apretados, me miró con ira despreciativa, esperando los argumentos que ella desmontaría uno por uno. Cecilia también había heredado el temperamento volcánico de su madre.

—... y la he cagado.

—¿Eso es todo? —me preguntó ella.

—Escucha, no quiero enfadarme contigo. ¿Quieres...? ¿Quieres que veamos juntos una peli? Puedo hacer palomitas y...

—¿Palomitas?

—Me he disculpado —me defendí yo.

—¡Papá, ni siquiera sabes dónde se guardan las palomitas!

Un destello desafiante iluminó su melancólica mirada y cruzó firmemente los brazos sobre el pecho. Se parecía muchísimo a su madre. Verdaderamente no podía contradecirla; Myra, la asistenta, se ocupaba casi siempre de hacer la compra y de preparar la comida, que yo me contentaba con calentar. Cecilia cocinaba a veces, y comía, casi siempre, sola. Su mejor amiga, Christie, se encargaba de hacerle compañía de vez en cuando.

—Es verdad. Pero sé dónde está el helado y creo que seré capaz de preparar alguna cosa.

Ella dejó escapar un suspiro, sopesando el interés de mi proposición.

—Cuando eras pequeña, te encantaba el helado de chocolate recubierto de caramelo.

—Papá, ya no tengo cinco años.

—¿Te crees que no me doy cuenta? Cada vez estás más guapa.

Ella bajó los ojos y apretó los labios. Después volvió la cabeza hacia la cama, comparando en silencio sus dos opciones: quedarse en su cuarto, hojeando una revista, o comer helado con su taciturno padre y en la cocina. No se lo habría podido reprochar si me hubiera cerrado la puerta en las narices.

—Y si no quieres helado, creo que queda aún tarta de peras.

Ella me sonrió, luego abrió la puerta del todo para salir de la habitación. Tuve tiempo de vislumbrar que había una pared cubierta de fotos de ella con sus amigas. Me pregunté brevemente si habría también una foto de ella con su padre. Lo dudaba.

—¿Es nueva esta chaqueta de lana? —pregunté mientras bajábamos por la escalera.

—Me la ha dado Myra.

Cecilia eludió mi mirada y se apretó la chaqueta en torno al cuerpo. En un segundo comprendí de dónde había salido la chaqueta. Imaginé claramente a Laura, acurrucada en nuestro viejo sofá, en nuestro antiguo apartamento, cerrando sobre su abultado vientre aquella chaqueta negra. Se me formó un nudo en la garganta y aceleré el paso para llegar a la cocina.

Por costumbre, yo no hablaba jamás de Laura. A nadie le gusta que un puñal hurgue continuamente en lo más profundo de su alma.

Por miedo, no hablaba jamás de Laura con mi hija. Temía dejarme llevar por la pena. Cecilia no había hecho nunca preguntas, como si hubiera asimilado y comprendido esa barrera que yo había levantado.

—¿Chocolate? —pregunté, mientras mi hija se instalaba en uno de los taburetes.

Asintió con la cabeza. Permaneció silenciosa mientras yo preparaba postre para dos. No comprendía cómo habíamos llegado a esa situación, a observarnos como dos extraños, a no poder ya romper el pesado silencio que había entre nosotros.

—¿Qué tal has pasado el día? —preguntó ella al fin.

—Bien. Estoy trabajando en un proyecto un poco difícil. Y he contado los tantos que se marcan Jackson y tu tía entre sí —añadí, tendiéndole el helado.

—¿Han...? En fin, ¿tía Annah y Jackson ya han...?

—¿... estado juntos? No. Annah es una persona demasiado práctica para él. Jackson la volvería loca en unos días. ¿Has devuelto los libros al colegio?

—Sí —musitó antes de tragar un bocado de helado.

Alcé la vista hacia ella y, observándola, la vi incómoda, retorciéndose en el asiento. Esperé unos segundos y, finalmente, la mirada de Cecilia se cruzó con la mía.

—¿Qué pasa? —la interrogué.

—Me preguntaba... En fin, tú estás ausente a menudo y quizá...

—¿Quizá qué?

—Quizá yo podría cambiar mi situación y...

—¿Quieres ir de interna al colegio? ¿Dormir allí? ¿Pero de dónde ha salido esa idea?

Su mirada se ensombreció por la cólera y apartó el helado con un gesto vivo. Me erguí, dispuesto a enfrentarme con mi hija. Podía aceptar su cólera, podía intentar comprender sus razones, pero me negaba a dejarla partir. La brecha que había entre nosotros acabaría convirtiéndose en un abismo y la perdería.

Ya había perdido a mi mujer. Perder a mi hija era impensable.

—Papá —dijo ella con un suspiro—, tú no estás nunca en casa de todas formas. Casi no nos vemos y...

—¿Y qué?

—Y esta casa es siniestra.

Aparté mi helado con un gesto nervioso bajo la ardiente mirada de mi hija. Ella esperaba una reacción. Cólera quizá, quizá irritación. En todo caso, su último comentario no tenía más objetivo que el de provocarme. De todos modos, yo tenía el papel de malo: tanto si discutíamos como si fingía que ella no había dicho nada.

—Cecilia, tomar una decisión impulsiva no es...

—Lo he meditado mucho.

—¿Por qué no me habías dicho nada antes?

Arqueó una ceja y sofocó una sonrisa irónica. Luego se levantó del taburete y se metió el móvil en el bolsillo de los tejanos antes de cerrarse la chaqueta en torno al cuerpo y cruzar los brazos sobre el pecho.

—No hablamos nunca, papá. Tú no me hablas nunca. No sabes cómo se llaman mis amigos, no sabes cuál es mi plato preferido, llegas tarde cuando teníamos que cenar juntos. Sinceramente, no será muy diferente si me quedo o si me voy.

—Quiero que te quedes —rogué yo, repentinamente cansado.

Suspiró y, con el dedo índice, se enjugó una lágrima. Un pesado silencio cayó sobre ella, alterada y con los labios apretados, y yo, paralizado en mi taburete. Ver a mi hija llorando, delante de mí, me dejó clavado. Constatar que ya había tomado una decisión me aterraba. Lentamente, Cecilia huía de mí, se desentendía de mis demonios, y yo ni siquiera podía echárselo en cara. Estábamos en un callejón sin salida: yo no conseguía hablarle de su madre y ella no esperaba otra cosa. Hacer tan desgraciada a mi hija me torturaba.

Al final me levanté y me acerqué a ella. Cecilia dio un paso atrás y alargó la mano para mantenerme a distancia. Este sencillo gesto bastó para reflejar su muda cólera. Ya no contuvo más las lágrimas y lloró, delante de mí, en medio de un silencio de catedral, como si temiera molestar. Envuelta en la chaqueta de punto de su madre, demasiado grande para ella, mi hija daba la impresión de querer desaparecer.

Y eso haría, si se iba de casa.

—Me gustaría discutirlo —le propuse finalmente—. Discutirlo con calma.

Avancé prudentemente hacia ella y, con el dorso de la mano, se enjugó las lágrimas, dejando tras de sí un rostro triste y pálido. Inseguro, con un nudo en la garganta, avancé un paso más. Por mucho que me devanaba los sesos no encontraba la solución para tranquilizarla y resolver el problema de su posible marcha.

—Ya sé que tú querrías que estuviera más en casa, que... que tu vida no se parece en nada a la de tus amigas.

—Nunca hablas de ella.

Su respuesta resonó como una bofetada; una bofetada cortante como una cuchilla y tan dolorosa como un puñetazo en la boca del estómago. Me detuve en seco por la conmoción, encajando su mirada glacial. El silencio, que ya era abrumador, se volvió insostenible, cargado de reproches silenciosos y de preguntas mudas.

—Escucha...

—¿Por qué no hablas nunca de ella? —añadió, espoleada por la cólera.

—Ahora estábamos hablando de ti.

—Tú sabes de dónde ha salido esta chaqueta, ¿verdad?

Su mirada despidió una chispa desafiante. De repente todo mi cuerpo parecía pesar una tonelada, el aire que respiraba me parecía casi tóxico. Me ahogaba. Miré a mi hija fijamente, tenso y sin aliento. Finalmente acerqué un taburete y me desplomé en él. Todo el tiempo transcurrido, todos los recuerdos, todas las preguntas se abatieron sobre mí en el momento en que menos lo esperaba. Había aprendido a soportar los reproches de Jackson y las miradas desoladas de Annah, pero notar la rabia que emanaba de mi hija era algo inédito.

No estaba preparado, me había negado a ver lo que ahora era obvio: Cecilia quería saber, quería conocer a su madre de otro modo que no fuera por una serie de fotos y una casa demasiado grande para nosotros dos solos.

—Tu madre llevaba esa chaqueta —musité yo con la voz ahogada por la emoción—. A tu madre le encantaba esa chaqueta y... ella... se acurrucaba en ese sillón gris de ahí.

Señalé el objeto con mano vacilante. Hablar de Laura equivalía a permitir el gran desfile de recuerdos. La veía, sentada en aquel sillón, arrebujándose en la holgada chaqueta, abrigándose para admirar la vista del lago.

Cecilia me miró, asimilando cada una de mis palabras entrecortadas por el nudo que me cerraba la garganta. Mi hija no lloraba, y yo reprimía el dolor de esa herida siempre en carne viva, abierta e invisible, que guardaba en secreto.

—Le haría feliz ver que la llevas tú ahora —dije con una sonrisa temblorosa—. Le haría feliz ver cómo has crecido.

—Quiero que me hables de ella.

Meneé la cabeza. ¿Qué podría decirle sin morir de sufrimiento? Siempre me había negado a compartir mi dolor. Y más aún con mi hija. Había asumido mi duelo, lo había convertido en un traje que me enfundaba por costumbre. No quería que mi hija me imitara. Ella tenía toda la vida por delante; un montón de esperanzas, de deseos, de sueños. Yo no tenía derecho a condenarla a cargar con ese sombrío fardo.

—Cecilia, yo... no creo que sea una buena idea.

—¡¿Pero por qué?! ¿Por qué has de ser tú el único que esté triste?

Me pareció estar oyendo las palabras de Jackson como un eco de la gala de los arquitectos. Miré a mi hija, sopesando rápidamente los pros y los contras: sumergirme en mis recuerdos, revivir el dolor, permitirle que conociera a su madre. Ciertamente no era el único que había perdido a Laura.

—¿Por qué no he de tener derecho a saber cosas sobre ella?

Su tono se había dulcificado. Salvó la pequeña distancia que nos separaba y se acercó tanto que alcancé a oler su perfume. Me tragué el nudo de la garganta, reprimí mi amargura y respiré profundamente antes de hablar en un murmullo.

—Porque cada uno de los recuerdos que eso despierta me produce un dolor insoportable. Es como si me arrancaran el corazón, una y otra vez. Hablar de tu madre es...

Me faltaban las palabras. Era incapaz de explicar lo que sentía, tan entremezclados estaban mis sentimientos. Tristeza, cólera, sentido de la injusticia, también amor, todo exacerbado por un dolor agudo y continuo.

—Papá, no tengo ningún recuerdo de ella. Ninguno —repitió con los ojos húmedos.

—No puedo, Cecilia.

La voz me temblaba por la emoción. Tenía la impresión de que me había pasado por encima una apisonadora. Estaba destrozado, sin fuerzas. El silencio que nos envolvía iba cargado de nuevos reproches, de una nueva cólera y de una nueva desazón. Mi hija se echó atrás y envolvió aún más el delgado cuerpo en la chaqueta de punto. Me lanzó una mirada perdida y bañada en lágrimas contenidas.

—Intenta comprenderlo —le supliqué, irguiéndome.

Ella sacudió la cabeza, negándose a continuar con nuestra conversación. Su pálido rostro palideció aún más. Mostraba una decepción sin límites, que me rompió el corazón. En fin, lo que quedaba de él. Finalmente Cecilia salió de la cocina a paso vivo y subió corriendo por la escalera. Yo me quedé sentado con la vista clavada en los dos postres, contemplando los destrozos: mi hija me odiaba y nos íbamos de vacaciones al día siguiente.

La estancia se iba a hacer interminable.

—¿Lo tienes todo? —pregunté, y subí al coche.

Por toda respuesta, mi hija adolescente se colocó los cascos en las orejas y volvió el rostro hacia la ventanilla. Yo exhalé un suspiro y me quité el jersey para estar más cómodo. Teníamos dos horas de trayecto por delante, y teniendo en cuenta los últimos tórridos días, aún haría más calor a lo largo de la jornada. Con un poco de suerte la brisa oceánica nos refrescaría.

—Supondremos que sí —comenté, tratando de retomar el diálogo con mi hija.

Su respuesta no se hizo esperar: subió a tope el volumen de su reproductor de MP3 y me dedicó una expresión de malas pulgas y una mirada asesina. La música traspasó sus auriculares y yo le sonreí haciendo un esfuerzo. La tensión seguía viva entre nosotros y yo había dormido demasiado poco para afrontar un nuevo conflicto.

Puse el motor en marcha y salimos de la propiedad. Para las vacaciones de verano, teníamos por costumbre ir a la costa, a casa de mis padres. Pasábamos allí tres semanas y yo me reunía con mi familia y mis amigos de la infancia para sobremesas interminables, lecturas bajo la brisa marina y los trabajos de decoración de mi madre. Cada año, mi madre emprendía obras de pinturas, de papel pintado o de parqué en una de la estancias de la casa. No era más que un pretexto para arrastrarme a conversaciones sin fin.

Abandonamos Portland, su frenesí, su tráfico caótico, su bullicio; dejaba mis recuerdos, mi casa, mis estados de ánimo para reencontrarme con Barview, sus ocho mil habitantes y un paréntesis de calma y sosiego. En Barview me permitía dejarme llevar por los recuerdos. Sin comprender verdaderamente el porqué, pensar en Laura cerca del océano me resultaba menos doloroso. Quizá porque por allí no tenía ningún recuerdo de Laura enferma. Solo tenía recuerdos de momentos felices y despreocupados.

Tras unos cuantos kilómetros de recorrido, temiendo que mi hija se pasara el viaje con la nariz en la ventanilla y la música pegada a las orejas, encendí la radio y me dejé arrullar por una canción familiar. Subí el volumen y me sorprendí sonriendo. Volví la cara hacia mi hija y puse una mano sobre la suya. Ella levantó un poco los cascos y me fulminó con la mirada.

—¿Vas a estar enfurruñada todas las vacaciones?

—Ya no tengo cinco años, papá. No estoy enfurruñada, sino... disgustada.

—Preferiría que tuvieras cinco años.

—¿Para hacerme el truco del helado?

Cecilia retiró la mano y frunció el ceño. Me tragué la decepción y opté por otro método.

—Cuando tenías cinco años y estabas... y estabas disgustada, las cosquillas eran un método casi infalible. Me pedías que parara y yo lo hacía. Luego volvías a hacerte la enfurruñada, perdón, fingías estar disgustada solo para que yo volviera a hacerte cosquillas.

Cecilia no dio muestras siquiera de que le gustara mi anécdota. Volvió a ponerse los cascos sobre las orejas y se acurrucó aún más contra la ventanilla. Fue en ese momento cuando me di cuenta de que seguía en su poder la chaqueta de punto de su madre y de que la estaba usando para apoyar la cabeza. Suspiré y me rendí a la evidencia: mi hija ya no tenía cinco años y, si yo no encontraba una solución, acabaría perdiéndola. Nuevamente tendí la mano hacia la suya antes de detenerme. Ya sabía lo que esperaba de mí. Intentar retomar el diálogo ahora funcionaría quizá durante un tiempo, pero no serviría más que para posponer el problema: ella quería que le hablara de su madre, que respondiera a sus preguntas, y yo no tenía fuerzas para hacerlo. Esperaba que las vacaciones la apaciguaran tanto como a mí.

Llegamos a Barview a la hora de cenar. Cecilia salió del coche a toda prisa, sin llevarse nada más que una mochila. Con las manos apretadas sobre el volante, seguí su silueta encorvada que subía por el largo sendero de grava que llevaba a la puerta trasera de la casa. Mi madre nos esperaba con una sonrisa en los labios, vestida con unos tejanos y una camiseta manchados de pintura: indicio de nuestra futura actividad estival. Cecilia le dio un beso fugaz en la mejilla, luego entró en la casa.

Bajé del coche a mi vez. Estaba fatigado por el viaje y agotado ya ante la perspectiva de responder a las preguntas de mi madre. La vi avanzar hacia mí para reunirse conmigo mientras abría el maletero y sacaba las dos maletas. Con una glacial mirada gris y los brazos cruzados en gesto severo, el interrogatorio quedó zanjado: mi madre sabía que se cocía algo y había elegido bando. Siempre había protegido a Cecilia.

—Todo va bien —la tranquilicé yo mientras sacaba las maletas.

—Tiene catorce años, ¡nunca va nada bien a esa edad!

—Y yo también estoy bien.

—¿Parezco preocupada? —preguntó mi madre con cierta ironía.

Cerré el maletero del coche y besé a mi madre en la mejilla. Ella abandonó la expresión de enojo y se enganchó de mi brazo para subir por el sendero. Desde la muerte de mi padre, mi madre se había apasionado por el jardín. El césped estaba impecablemente cortado, los árboles podados, los setos recortados. Utilizábamos poco la parte posterior de la casa. Aprovechábamos sobre todo la parte de delante, con su gran terraza de madera sombreada por rosales y glicinas, que daba directamente a la playa. Esa terraza era el orgullo de mi madre: allí recibía a sus amigos, daba cenas y nos proponía cada mañana desayunos copiosos.

Subí las maletas a nuestras habitaciones respectivas. Cecilia ocupaba mi habitación infantil mientras que yo dormía en lo que había sido el estudio de mi padre durante años. Para sorpresa de todos, el estudio había sido la primera estancia convertida en objeto de las reformas estivales de mi madre. No obstante, había conservado el escritorio y la lámpara de mi padre, colocados cerca de la ventana.

Volví a reunirme con mi madre en la terraza, donde estaba poniendo una ensalada y un plato de pescado en la mesa. Había cubiertos para los tres, pero yo temía que Cecilia evitara la cena. Dirigí la mirada hacia la playa y descubrí a mi hija sentada en la arena con los ojos fijos en el mar.

Solté un suspiro de desánimo que no escapó a la atención de mi madre.

—¿Quieres ir a buscarla? —preguntó ella, sirviéndome el vino.

—No serviría de nada. No quiere hablar conmigo.

Meneé la cabeza, consciente de mi mentira a medias. Mi hija sí quería hablar conmigo, más bien era yo quien rehuía la conversación. Estábamos en un auténtico callejón sin salida. Me equivocaba al pensar que ir allí serviría para suavizar nuestra relación.

—También tú tuviste tu crisis de la adolescencia —dijo mi madre con una sonrisa.

Nos dispusimos a cenar. Encendí la lámpara de petróleo que tenía cerca y volví de nuevo el rostro hacia la playa. De lejos, con los cabellos al viento y sentada cerca de las olas, Cecilia se parecía más que nunca a su madre.

—Pasabas todo el tiempo con Peter y... ¡por Dios! ¿Cómo se llamaba el otro? Ya sabes, ese moreno, alto y delgaducho, con los tejanos deshilachados. Siempre llevaba un cigarrillo detrás de la oreja.

—James —respondí yo, volviendo la mirada hacia mi madre.

Me senté y ella se instaló cerca de mí. Bebió un sorbito de vino y puso una mano sobre mi antebrazo.

—¡James, eso es! Por aquel entonces yo quería prohibirte que frecuentaras su compañía, ¡pero tu padre estaba convencido de que eso no haría más que animarte a andar todo el día con él!

Alzó los ojos al cielo al tiempo que meneaba la cabeza con una sensación de impotencia. Mi madre siempre había tenido tendencia a sobreprotegernos, a ahorrarnos las malas noticias, a impedirnos que cometiéramos errores. Mi padre, por su parte, nos dejaba una cierta libertad. La mayor parte de nuestras conversaciones —en las que le preguntaba su opinión o le pedía consejo— terminaban invariablemente con una pregunta, remitiéndome así a mis propias reflexiones.

—Ahora James es abogado y seguramente iré a tomar algo con él durante las vacaciones.

—Sé que escondías un paquete de cigarrillos bajo el colchón —añadió mi madre en tono de chanza.

Volví mi atención de nuevo hacia la playa. No tenía la menor idea de las compañías que frecuentaba mi hija y no entraba jamás en su habitación. Quería a mi hija, pero debía de haber heredado el temperamento de mi padre: la dejaba a su aire. A tenor de nuestra conversación de la víspera, no había sido la idea del siglo, teniendo en cuenta que se quería ir.

Mi madre me sirvió ensalada.

—¿Te acuerdas de Maureen? —me preguntó.

—¿Tu pareja de bridge?

—Ha dejado el bridge. Ahora hace krav magá.*

Escupí en parte el vino que estaba bebiendo en ese mo-

---

* Sistema de defensa personal y combate cuerpo a cuerpo desarrollado en Israel en la década de los cuarenta del siglo XX. Del hebreo *kvav* (combate) y *magá* (cuerpo). (*N de la T.*)

mento. Mi madre tenía un círculo de amigas tan fantásticas como imprevisibles: que Maureen, con sus cabellos plateados y su cadera de titanio, practicara el krav magá no debería haberme sorprendido.

—Ella también tiene su crisis de adolescencia —comentó mi madre encogiéndose de hombros. En fin, la hija de Maureen ha tenido el mismo tipo de problema con su hijo. Su psicólogo les ha aconsejado realizar actividades en común para favorecer un nuevo acercamiento.

Miré a mi madre con los ojos como platos. La idea no tenía nada de estrambótica, pero yo estaba convencido de que mi hija acabaría por tranquilizarse. Estaba en una fase difícil, pero superable.

—Solo era una idea —se defendió mi madre al ver mi expresión estupefacta.

—Me las apañaré, mamá. No he estado mucho en casa últimamente, pero las cosas se van a arreglar.

—A su edad, quizá sea mal de amores. Los adolescentes siempre se lo toman todo muy a pecho. Con el final del curso escolar quizá tenga...

—No es eso, mamá. Y Cecilia es demasiado joven para esa clase de cosas —aduje para reforzar mi argumento.

Mi madre rompió a reír y se echó un mechón de cabellos entrecanos detrás de la oreja. Yo tenía que admitir que aún no había imaginado la posibilidad de que mi hija pudiera tener novio.

—Shelly tuvo en casa a su nieta de quince años durante las vacaciones de Navidad. Un día, al levantarse, la encontró con el hijo del vecino en la cama.

—¿Y Shelly se ha recuperado? —pregunté, conteniendo la risa.

Shelly era una de nuestras vecinas y había tenido el gran privilegio de enseñarme el catecismo durante dos años. Era una referencia en cuestiones de moralidad y de buenos modales. Imaginar a una Shelly horrorizada al encontrar a su nieta con un chico era hilarante.

—Fue a rezar a la iglesia todos los días durante tres semanas —replicó mi madre, tronchándose de la risa. Y se ha gastado un dinero en cirios. Si hubiera sido posible, habría llamado a un exorcista.

Se redoblaron nuestras risas y me hice la promesa de contárselo a James, que también había sufrido los cursos de catequesis. Al final nos calmamos y nuestras miradas convergieron en mi hija. Cecilia se había levantado y se sacudía la arena de los tejanos mientras caminaba hacia la casa.

—¿Quieres que pruebe yo? —preguntó mi madre—. Puede que conmigo se muestre más comunicativa.

—Eso seguro. Es conmigo con quien está enfadada, con nadie más.

—¿Y le va todo bien en el colegio?

Mi madre enumeraba todas las hipótesis imaginables. No obstante, no había mencionado aún la más evidente, por costumbre quizá; por amor, sin duda. Desde el día del entierro, desde el día en que había comunicado a mi familia que no volvería a hablar de mi mujer, mi madre había respetado escrupulosamente mis deseos. Cuando me sorprendía sentado en una tumbona, sumido en mis pensamientos, se contentaba con apretarme la mano, aceptando mi silencio. Al mirar a mi madre, no vi un semblante confuso o afligido, sino bondad ensombrecida por un asomo de inquietud: quería que yo rehiciera mi vida.

Mi hija llegó a la terraza. Llevaba la chaqueta de su madre firmemente cerrada en torno al cuerpo. Cerca de mí, percibí que la mía se ponía tensa y un frío estremecimiento nos envolvió reptando entre los tres.

—Voy a deshacer la maleta y cenaré un poco más tarde.

—Como quieras, cariño —respondió mi madre tras un breve silencio.

Mi hija me miró y pude constatar que había llorado. Pasó cerca de mí y me erguí en un movimiento instintivo.

—¿No quieres cenar primero con nosotros? La vista es magnífica y...

—Y en la nevera hay el postre favorito de tu padre —adujo mi madre.

Mi hija se quedó inmóvil y adiviné que el comentario de mi madre no la retendría. Abatido, me di cuenta de que yo ni siquiera sabía cuál era su postre preferido. Me había quedado atascado en sus cinco años. Con cinco años, a Cecilia le gustaba el helado. ¿Y después? Francamente, no tenía la menor idea.

—¿Y cuál era el postre preferido de mi madre?

El comentario de mi hija me sentó como una bofetada. Poco a poco se agrandaba la brecha entre nosotros y, si no encontraba una solución, acabaría por tragarse nuestra relación. Mi madre se quedó callada, pero vi claramente por su expresión que se debatía entre la voluntad de tratarme con delicadeza y sus ganas de responder a mi hija. El corazón me golpeó con fuerza el pecho, como si me aprestara a cometer un acto ilícito. Laura estaba en todas partes: en mí, en aquella casa, en todos mis recuerdos, en la chaqueta que llevaba mi hija; sin embargo, me resultaba imposible articular un solo sonido con referencia a ese tema.

—¿Sigues sin responder?

—Cecilia, no es el momento —le respondí yo entre dientes.

—¡Y por tu culpa no será nunca el momento!

Entró en la casa y el perfume de su cólera flotó unos segundos más en la terraza. Volví a sentarme, alterado todavía por nuestro enfrentamiento. Cecilia siempre había sido tranquila, sosegada y razonable. En unas horas, yo acababa de descubrir una nueva faceta suya. Aparté mi plato y un silencio de plomo se adueñó de la mesa. Mi madre puso una mano sobre la mía como tenía por costumbre. No sabía si quería contener mi cólera o consolarme en mi dolor.

—Cooper...

—No quiero hablar de ello.

—Sabía que acabaría pasando esto, que ella acabaría haciendo preguntas.

—Se calmará.

Mi madre reprimió una risa burlona que me decidió a levantarme de la mesa para huir de la conversación. Me ahogaba y me debatía entre mis recuerdos. Mi madre me agarró por el brazo y me obligó a girar sobre mí mismo para encararme con ella.

—Cooper, siempre he hecho lo que tú querías con respecto a Laura, ¡pero ya no se trata de ti!

—¡Es mi hija, claro que se trata de mí!

—También es la hija de Laura. Quiere conocer a su madre, necesita saber cómo era y solo tú puedes contárselo.

—¿Y si yo no quiero? ¿Y si... si todo esto fuera aún demasiado doloroso? ¡No sé si soy capaz de hacerlo!

—Has afrontado cosas peores. Laura no debe ser... Laura era maravillosa —musitó mi madre con lágrimas en los ojos—. Dale a tu hija la oportunidad de descubrir hasta qué punto era fantástica su madre.

Me puso una mano sobre la mejilla y vi una lágrima que rodaba por la suya. Los ojos me quemaban, tenía un terrible nudo en la garganta y el corazón hecho pedazos, pero me negaba a dejarme llevar.

—¿Y si le hablaras tú? Tú podrías responder a todas sus preguntas.

—Ella espera tus respuestas, no las mías. Estoy segura de que encontrarás el modo de hablar con ella. Pero no puedes empecinarte en no hablar, no es justo para ella.

—Toda esta situación es injusta —recordé a mi madre con amargura.

—Lo sé. Guardar silencio no hará nada por mejorarla. Habla con tu hija, Cooper. Será increíblemente doloroso, te costará encontrar las palabras, sentirás ira, emoción, rabia, cansancio. Y por todas esas cosas, ¡te autorizaré excepcionalmente a beber del whisky de tu padre!

Una leve sonrisa acarició los labios de mi madre. Aquella botella de whisky se había convertido en una leyenda familiar, testigo de todos los acontecimientos importantes de nuestra vida y fuente de innumerables bromas. Exhalé un profundo suspiro. Mi madre tenía razón, debía encontrar el modo de reparar el vínculo con mi hija.

—¡Confío en ti, Cooper, estarás a la altura! —me aseguró ella, dándome unas palmaditas afectuosas en la mejilla.

—¿De verdad lo crees?

—Se trata de Laura; tú eres el más indicado para hablar de ella.

Me desasí de mi madre, dispuesto a encararme con mi hija y hablar con ella. Mi madre me retuvo nuevamente. Chasqueó la lengua para mostrar su desaprobación y me apartó la silla.

—Estás demasiado alterado. Siéntate, voy a buscar esa botella de whisky.

—Mamá, no necesito...

—¡Es para mí! —exclamó ella, regresando al interior de la casa.

Cecilia no volvió a aparecer. Encerrada en su cuarto, sin duda maldecía a su egoísta padre. Tenía razón. Al pasar por delante de su puerta, sentí la tentación de verla para reanudar el contacto. Pero me vinieron a la cabeza las palabras de mi madre: aún estaba alterado por la provocación de Cecilia y ante todo debía encontrar el modo de hablarle de Laura, algo que me ayudara a mantener la cabeza fría y a afrontar mi dolor.

Llegué a mi habitación con paso cansino y, tras una ducha abrasadora, me tumbé en la cama. Me dejé invadir por los recuerdos, tratando de separar lo que podía interesar a Cecilia de lo que no tenía importancia. ¿Querría saber cómo le había pedido a Laura que se convirtiera en mi mujer? ¿Desearía saber que su madre tenía mal perder? ¿O que había pintado con sus propias manos la habitación de bebé cuatro veces antes de afirmar que sería mucho mejor el papel pintado? El recuerdo me hizo sonreír, pero no atenuó la ausencia. Esa sensación de vacío estaba a veces tan presente que tenía la impresión de perderme en mí mismo. La ausencia de Laura ocupaba todo el espacio en mi vida, su recuerdo atormentaba mis pensamientos.

Al hundirme en el sueño, mi último pensamiento fue para Laura y sentí una dolorosa opresión en el corazón.

Quería que mi mujer volviese.

Me despertó el ruido de las ramas del sauce que azotaban la puerta vidriera de mi habitación. Me froté la cara y comprobé la hora en mi reloj. No eran más que las cuatro de la madrugada y fuera parecían haberse desencadenado los elementos. Abrí la puerta vidriera con cautela y de inmediato me asaltó el olor salino del mar. Tiré con esfuerzo de los postigos chirriantes y logré cerrarlos. El viento soplaba en el exterior, pero el ruido de las ramas quedó amortiguado. Yo sabía, no obstante, que me sería difícil volver a dormir. Una más de las cicatrices de mi vida sin ella. Suspiré. Estaba cansado de vivir así, en vilo, flotando entre mis recuerdos; era Orfeo ascendiendo eternamente desde los Infiernos.

Vagué por la habitación en busca de un libro para huir del insomnio. Abrí los cajones uno a uno y encontré sucesivamente los libros de arquitectura de mi padre, las recetas de mi madre, sus revistas de jardinería y los álbumes de fotos familiares. El primero, con sus tapas en raso de color marfil y un elegante cordón rojo, llamó de inmediato mi atención.

Aquel álbum era perfecto para empezar a hablarle de Laura a mi hija. Lo saqué del cajón, pasé la mano por la suave tela pero no tuve ánimos para abrir la tapa. Hacerlo solo era demasiado difícil. Con Cecilia estaba seguro de conseguirlo, de tener fuerzas para sobreponerme a lo que sentía. Arranqué una hoja de la libreta que había sobre el escritorio y garabateé una nota, luego me puse una camiseta y recorrí el pasillo que llevaba a la habitación de mi hija.

Dejé el álbum con cuidado, rehuyendo el análisis de la situación. Quería quedarme con la idea inicial: progresar con mi hija y recuperar nuestra relación de complicidad. Si me lo hubiera pensado dos veces, habría dado media vuelta y habría vuelto a meter el álbum en el cajón.

Laura habría dicho que era una señal.

Aquel álbum era exactamente eso: una señal de parte de mi mujer, una incitación.

Laura habría dicho que era una patada en el culo.

Por primera vez en meses, pensar en ella me hizo reír.

Había logrado dormirme con bastante facilidad, como aliviado por haber encontrado una solución potencial a mis problemas con Cecilia. Al día siguiente por la mañana, me reuní con mi madre en la cocina, que estaba lavando pinceles y rodillos de pintura en un barreño de agua. Por el color del agua, adiviné que le había echado el ojo a una escala de azules. Se secó las manos en la camiseta y sacó una taza para servirme un café. Me instalé en la terraza extrañamente tranquila tras la tempestad de la noche.

—¿Has dormido bien? —preguntó mi madre, tendiéndome el café.

—Más o menos. Me ha despertado el viento. El sauce golpeaba los cristales.

—No he tenido ánimos para algunas ramas. Si te molestan mucho...

—Déjalo, mamá. Me dio una idea para Cecilia.

—Lo sé.

La sonrisa benevolente de mi madre me tranquilizó. La entrega del álbum a Cecilia tenía dos efectos posibles: o bien lo aceptaba y lo interpretaba como una prueba de mi buena voluntad, o me lo devolvía. Mi hija esperaba recibir mis explicaciones y aquel álbum de fotos no contenía todas las respuestas a sus preguntas.

—¿Qué estás pintando?

—El desván. Lo he revisado, he tirado lo que no servía y he guardado unas cuantas cajas de cartón con cosas tuyas y de tu hermana. Échales un vistazo cuando tengas un momento.

—¿Y qué vas a hacer con el desván?

—Ni idea. Simplemente quiero darle una mano de pintura. Seguramente el suelo también tendrá que renovarse. Un día u otro, Annah acabará por tener hijos —dijo mi madre con un dramático suspiro.

—Puede que sí. ¿Sabes dónde está Cecilia?

—La he enviado en bicicleta a comprar unas cosas en la tienda de comestibles del pueblo. Creo que necesitaba tomar el aire.

Mi madre dejó que se hiciera un breve silencio, esperando sin duda que yo hablara de mi decisión nocturna. Quizá debería haber esperado a tener a Cecilia delante para darle el álbum. Quizá debería haberme quedado con ella para mirarlo. Pero seguía convencido de que íbamos a encontrar un equilibrio entre su voluntad de saber más cosas y mi necesidad de limitar mi dolor.

—A mí también me ha gustado ver esas fotos. Me han traído muchos buenos recuerdos.

Me quedé paralizado por un dolor que me traspasaba la boca del estómago, como una aguja al rojo vivo. Tragué con dificultad un sorbo de café, respiré hondo y me volví hacia mi madre. Ella me miró con atención, tratando de juzgar si estaba listo.

No lo estaba. Y seguramente no lo estaría jamás. Tampoco había estado listo para ver a mi mujer apagándose día a día junto a mí y, sin embargo, había sobrevivido a la tempestad.

Podía sobrevivir a esta.

—Cooper, si...

—No, adelante. Dilo. Cuéntamelo —logré decir con voz ahogada.

—Recuerdo... Ayudaba a Laura a ponerse el vestido aquel día y la cremallera se rompió. Me entró el pánico y pensé que le había arruinado el día. Laura se mantuvo tan serena, fue impresionante.

Mi madre meneó la cabeza, sonriendo. Efectivamente, Laura mantenía una calma olímpica bajo cualquier circunstancia. Era lo que más me gustaba de ella: una serenidad dulce, consideración, una mirada solícita.

—Entonces me pidió que cosiera el vestido sin quitárselo. Yo temblaba como una hoja. Me pareció que duraba horas, pero Laura no se movió ni dijo nada.

La sonrisa de mi madre se ensanchó al abrazar sus recuerdos con alegría. Mi corazón latía con un ritmo frenético, barriendo la amargura, luchando contra el dolor. Me agarré a las palabras de mi madre, esforzándome en concentrarme en sus manos, que retorcían los pinceles con nerviosismo.

Los ojos de mi madre se humedecían cada vez más, y en mi garganta se formaba un nudo familiar. Recordaba cada segundo de aquel momento, de la sonrisa de Laura, de su elegante vestido, de su gracia. Si no le hubiera pedido ya que se casara conmigo, se lo habría pedido en aquel mismo instante.

—Era maravillosa —murmuré con dificultad.

—Sí. Maravillosa. Durante todo el día estuve temiendo que cediera la costura.

Las lágrimas de mi madre desaparecieron con una sonrisa. Se encogió de hombros y dio media vuelta para impedirme verle la cara. Contuve una sonrisa y bebí otro sorbo de café. Jamás le había contado a mi madre que la costura había acabado por ceder, en la madrugada de la noche de bodas.

—Estaré en el desván si me necesitas.

Reconocí claramente un sollozo de emoción en la voz de mi madre. Seguí con la mirada su menuda y enérgica silueta, imaginando que al perder a mi padre también ella había conocido el dolor. Mi corazón dio un vuelco por ella.

El recuerdo de nuestra boda había sido doloroso, pero había conseguido revivirlo sin derrumbarme. Mi madre había sido dulce y solícita explicándome lo que ella había sentido. Con Cecilia, cabía esperar una andanada de preguntas con la que me sería más difícil lidiar.

Cecilia regresó al final de la mañana y cerró la puerta de

golpe mientras yo estaba leyendo una vieja novela policíaca, repantingado en una tumbona frente al océano. Dejó una bolsa sobre la mesa de la terraza y me lanzó una mirada de inquietud.

—¡Hola!

Su voz vaciló y yo cerré la novela antes de incorporarme. Se había anudado la chaqueta de su madre alrededor de la cintura y llevaba unos tejanos cortos y una camiseta negra con tirantes. Cruzó los brazos sobre el pecho y respiró hondo.

—He ido a hacer unas compras.

—Espero que hayas comprado chocolate.

—Sí. Del negro.

Cecilia se balanceó sobre los pies, incapaz de quedarse quieta, luego regresó a la mesa para vaciar la bolsa. La conversación no era desagradable, pero los dos tratábamos de ignorar al famoso elefante colocado entre los dos. Me levanté y me dispuse a ayudarla a sacar la compra. Me observó varias veces a hurtadillas, escondida tras la cortina de sus cabellos.

—He... He... he mirado las fotos.

Asentí con la cabeza, esperando a que prosiguiera. Estaba todo lo listo que podía estar, dispuesto a afrontar sus preguntas, dispuesto a darle los detalles que deseaba. Nos miramos durante largos segundos, vacilantes e incapaces de encontrar las palabras para romper el hielo.

—Si quieres hablar... —dije finalmente.

—Yo...

—Quiero decir que podemos hacerlo. Aquí. Nosotros... Puedo hablar de la boda.

Mi voz no era más que un susurro casi inaudible. Mis recuerdos estaban presentes, pero eran frágiles. Hablar de ellos a mi hija significaba dejar que me abandonaran, cuando para mí eran como un caparazón reconfortante. Cecilia se mordió los labios y se fue a la cocina para guardar la harina y el chocolate.

—Por el momento solo quiero mirar las fotos —respondió finalmente—. ¿Te molesta?

—¿El qué?

Volvió a acercarse a mí, más tranquila. Desanudó la chaqueta y se la puso. Yo no sabía decir si tenía realmente frío o si se trataba de un gesto provocador para comprobar mi buena voluntad.

—Que las mire.

—No. He pensado que quizá podríamos mirarlas juntos. Te queda bien.

Señalé la chaqueta con la mano, reprimiendo un nuevo recuerdo. En un principio, la chaqueta no era tan grande: era Laura quien la había deformado a fuerza de arroparse con ella. Las mangas eran demasiado largas, los bolsillos enormes y los puntos flojos; sin embargo, llevándola mi hija resultaba bonita.

Mi cumplido hizo que se sonrojara y una sonrisa franca brotó de sus labios.

—Entonces... ¿No hay preguntas? —quise saber.

—Por el momento no.

De nuevo se hizo el silencio. Mi hija se apartó y señaló la casa a su espalda. La incomodidad seguía presente entre nosotros y, ahora que yo había dado un primer paso hacia ella, debía esperar un gesto de su parte. Detestaba sentirme impotente. Se metió en la casa y yo regresé a mi tumbona.

—¿Papá?

—¿Sí?

Asomando la cabeza por el ventanal, mi hija me observaba con una leve sonrisa traviesa en los labios.

—¡Muy elegante tu esmoquin en las fotos! ¡Sobre todo la pajarita!

Volvió a desaparecer rápidamente sin darme tiempo a responder. A sus ojos, la moda de entonces debía de parecerle increíblemente anticuada. Me habría gustado sonreír o bromear con ella, pero la simple evocación de la pajarita me había propulsado hacia mis recuerdos con Laura. Exhalé un profundo suspiro y traté de sumergirme de nuevo en mi novela. Leía, pero no entendía nada. Todo lo que mi mente revivía una y otra vez era la forma en que mi mujer me había estado enderezando la famosa pajarita durante todo el día de nuestra boda.

En verano, Barview se adornaba con sus mejores galas para el turismo. La calle principal se volvía peatonal al final del día, permitiendo así que los turistas deambularan con toda tranquilidad. Guirnaldas de banderines multicolores flotaban al viento, las terrazas de los bares se desplegaban generosamente sobre las aceras y todo el pueblo adquiría un ritmo estival: andares despreocupados, cucuruchos de helado en la mano y aroma persistente a protector solar. Yo adoraba aquella atmósfera indolente y pasaba la mayor parte de las veladas paseando a lo largo del espigón contemplando las olas.

Aquel día me había encontrado con Mark y me había citado para esa misma noche en uno de los bares de la calle principal. Al anunciar que salía, mi madre me había mirado con expresión embelesada, como si yo hubiera realizado un acto heroico. Pero tomarse una cerveza no tenía nada de excepcional.

—¿Quieres otra? —me gritó Mark para hacerse oír sobre la música ambiental.

—Así estoy bien.

No era el único al que había invitado. Éramos nueve alrededor de una mesa de madera demasiado pequeña y con manchas marronáceas, vestigios de animadas veladas anteriores. Cuatro mujeres, cinco hombres, el mismo grupo que en el instituto, con más arrugas y responsabilidades.

Y sin Laura.

Con su muerte, nuestro pequeño grupo se había disgregado. El verano había sido siempre el momento preferido para nuestros reencuentros; hablábamos del trabajo, de la vida, de los hijos, de nuestros fracasos, de nuestros proyectos. Con la muerte de Laura era como si todo se hubiera quedado en suspenso, como si hubiéramos contenido el aliento —la vida misma— esperando que la tormenta pasara. Para todo el mundo la vida había retomado su curso poco a poco. Para mí, la tormenta seguía ahí, en cada una de las miradas desamparadas que me lanzaban. Medían sus palabras y camuflaban sus emociones, zigzagueando entre los recuerdos de los que podíamos hablar y los que albergaban a Laura. La incomodidad se atenuaba a veces, pero se mantenía siempre, como una capa de plomo.

—¡Respuesta equivocada! ¡Me toca pagar ronda! —se desgañitó Mark.

Estallamos en risas y claudicamos levantando los vasos. Mark llamó a la camarera y pidió cervezas. Detrás de nosotros se instalaba un grupo de jóvenes músicos y un fuerte acoplamiento acústico provocó varias muecas.

—¿Qué celebramos? —preguntó Jerry.

Rodeó con el brazo a su mujer, Cathie, y le dio un beso en la sien. Cathie contuvo la risa y me lanzó una mirada de desazón. Yo le dediqué una sonrisa confiada. Había aprendido a poner buena cara, sobre todo en compañía de mis amigos más antiguos.

—¡No me digas que por fin has encontrado a una mujer que te aguante! —exclamé entre risas.

—No solamente me soporta, sino que me voy a casar con ella.

James soltó un silbido admirativo mientras los demás reíamos a mandíbula batiente. Viniendo de Mark, el hombre que había antepuesto siempre su libertad a todo —negándose por ejemplo a sacarse un título universitario para montar su propia empresa—, la idea misma de que pudiera tener una relación resultaba hilarante y sorprendente.

—¿Y está al corriente de tu estancia en prisión? —preguntó Cathie.

—¡Por supuesto!

—¿Y de tus viajes a Las Vegas? —dijo James, exagerando la broma.

—Rumores infundados —replicó él, riendo.

La camarera se abrió pasó hasta nuestra mesa sosteniendo la bandeja llena de botellas de cerveza lo más alto posible. Dejó las bebidas sobre la mesa, recogió las botellas vacías y lanzó una insistente mirada a Mark. Se produjo un momento de indecisión durante el que nuestra pequeña banda intercambió miradas de sorpresa. Tenía que ser una broma o un experimento idiota —digno de Mark— en el que ponía a prueba nuestras reacciones ante lo imprevisible. Mark no podía casarse. Era imposible. Incluso en un mundo paralelo.

La camarera se alejó de la mesa con una sonrisa, y, de repente, los músicos que acababan de tocar un viejo éxito de rock ejecutaron las primeras notas de la marcha nupcial. En la sala, las conversaciones se interrumpieron poco a poco y, en nuestra mesa, las risas cesaron en el instante en que Mark sacó un estuche del bolsillo.

—¿Qué hace? —murmuró Cathie en mi dirección.

—¡Ni idea!

Con expresión resuelta, Mark apartó su silla bruscamente. Observé el rostro de mis amigos y me detuve finalmente en Maggie. La dulce, solícita y silenciosa Maggie había tenido la buena idea de presentarnos a Laura cuando ella llegó al instituto con el curso empezado. Su risa se desvaneció, miró entonces a Mark con grandes ojos asustados y sus finas manos aferradas a la botella de cerveza mientras su cara palidecía por momentos.

Claramente también ella había pensado que era otra de las bromas de Mark.

—Maggie, después de años de amistad y unos cuantos meses de amor...

—¡¿Estáis juntos?! —exclamó Peter, incrédulo, saltando de su silla.

—¿Ves como deberíamos habérselo dicho antes? —comentó Mark con humor. Siempre has estado en mi vida, tú la vuelves más dulce, más bella, más fácil, y yo estaría increíblemente orgulloso de presentarte como mi mujer.

Mi mirada pasó de Mark a Maggie, después a Cathie —que tenía la mano apretada contra la boca por la sorpresa—, para volver a Maggie. Ella, aún muda, dejó la botella sobre la mesa con delicadeza, ignorando nuestras miradas impacientes y nuestras expresiones de asombro. Sin apartar en ningún momento los ojos de los de Mark, rodeó la mesa y se plantó delante de él.

—Entonces, no es una broma —dijo riendo.

—En absoluto.

—Entonces de acuerdo —dijo ella en voz baja.

—¿De acuerdo? —se asombró Mark—. ¿Estás... de acuerdo?

—Sí. ¡Y lo estaré aún más cuando hayas abierto eso!

Señaló con el mentón el estuche que Mark sostenía aún firmemente en la mano. Con la emoción y los nervios de la petición ni siquiera había abierto el estuche. Maggie tenía las mejillas encendidas y contenía su emoción apretando la botella de cerveza con todas sus fuerzas. En cuanto a Mark, consternado por su olvido, se había quedado con la boca abierta. Y nosotros, nosotros los mirábamos a punto de vivir un momento clave de su vida. Me admiró el carácter de Mark, su manera de desnudarse ante nosotros, de mostrar sus emociones, sus sentimientos. Personalmente, yo ocultaba mis estados de ánimo desde siempre.

Mark acabó abriendo el estuche y, con una mano temblorosa, deslizó el anillo en el dedo anular de su prometida. Impulsados por un mismo arrebato, todos nos levantamos empujando la mesa y haciendo volcar las botellas aún llenas, y fuimos a felicitar a los futuros esposos. Abracé a Mark con fuerza, dándole palmadas en la espalda con lágrimas de alegría.

—¿Lloras de alegría o lloras porque piensas que cometo una gran estupidez? —me preguntó.

—Creo que Maggie merece algo mil veces mejor. Lloro de incomprensión —bromeé yo—. ¿Desde cuándo salís juntos?

—Hace casi dos años. No... No sabíamos cómo... En fin, no quería hacer que te sintieras mal o...

—¿Hacerme sentir mal? ¿Estás de guasa? ¡Estoy encantado!

Incluso a mí, mi propio entusiasmo me sonó falso. Sin embargo, no me sentía molesto ni ofendido. Simplemente me sentía solo. Mis amigos tenían pareja, eran felices, estaban casados o a punto de dar el paso, y yo me sentía de un humor melancólico. Maggie se acercó a los dos y rodeó la cintura de Mark con el brazo. Me observó unos segundos, antes de rodearme con los brazos y apretarme contra ella con fuerza.

—Si mete la pata, puedes patearle el culo —me aseguró ella con un murmullo en mi oreja.

Con esa frase, mi súbita tristeza se atenuó un poco. Estaba enojado conmigo mismo por estropearles su reciente felicidad. Deposité un beso en su mejilla antes de responderle.

—¡Ahora estoy seguro de que este capullo no te merece!

Ella se separó de mí e intercambiamos una sonrisa. Se secó una lágrima del rabillo del ojo derecho y volvió a los brazos de Mark. Él se colocó detrás de Maggie con las manos alrededor de su cintura, y su felicidad me saltó a los ojos. Siguieron con las efusiones y, después de cada una de ellas, Maggie me buscaba con la mirada, como si temiera mi reacción. Sinceramente, yo ya no sabía qué sentir: mi pena, su alegría, la sorpresa de su anuncio, la soledad. Era una mezcla amarga y desagradable, pero familiar. Había aprendido a convivir con ella. Temía incluso que desapareciera.

—¿Sabes qué? La próxima ronda corre de mi cuenta —propuse mientras todos los demás volvían a sentarse.

La velada reanudó su curso. Cervezas, risas, música, y Mark y Maggie a punto de casarse. Tras dos cervezas más, renuncié a seguir y decidí abandonar el bar. Evidentemente, el grupo me abucheó con ganas. El alcohol había hecho su efecto y yo estaba ligeramente ebrio. Salí del bar tras saludar una última vez a mis amigos y tomé la dirección de la playa; si seguía caminando al borde del agua, llegaría a casa de mi madre en menos de una hora. Aunque aún no se hubiera hecho de noche, el espigón que permitía bajar hasta la arena estaba iluminado.

—¿Cooper? —me llamó una voz femenina.

La entonación me resultó familiar, pero no logré identificarla. Volví la cabeza hacia la playa. Una silueta femenina se recortaba sobre el crepúsculo. Me protegí los ojos con la mano para evitar que me cegara, y vi a una mujer joven que llevaba un largo y holgado vestido blanco avanzando hacia mí. Caminaba por la arena con dificultad, tratando de alargar los pasos, mientras yo intentaba reconocerla a pesar de las persistentes brumas del alcohol.

Una súbita ráfaga de viento hizo ondear sus cabellos y levantó el vestido, dejando entrever la pierna derecha. Su rostro se fue definiendo poco a poco, dejándome descubrir una sonrisa luminosa al tiempo que se echaba el cabello hacia atrás con un vivo gesto de la mano.

—¿Julianne?

Julianne subió los peldaños que llevaban al espigón y por fin la vi con claridad. Se reajustó el vestido, se colocó la correa del bolso sobre el hombro y me dedicó una sonrisa vacilante.

—Buenas noches —me dijo finalmente.

—Buenas noches.

Me salió la voz ronca y tenía un doloroso nudo en la garganta. Hundí las manos en los bolsillos, buscando las palabras adecuadas, perdidas en un laberinto de sentimientos contradictorios. Estaba feliz, sorprendido, confuso e inquieto. Nuestro fortuito encuentro en el hotel y nuestro beso furtivo en un pasillo oscuro habían surgido de un ataque de locura. Guardaba un recuerdo emocionado, pero jamás había imaginado que volvería a ver a Julianne.

—Te he reconocido por tu forma de andar: rígido como una estaca.

—Tú también estás muy guapa.

—¿Cuánto hace? ¿Un mes?

—Dos meses. Y unos cuantos días —la corregí yo.

A la vista de su piel bronceada y su aspecto descansado, deduje que llevaba allí varios días. Su blanco vestido, holgado y ligero, flotaba al viento, arremolinándose en torno a ella. Lo sujetaban dos tirantes anudados en la nuca. Tenía el pelo más largo de lo que yo recordaba y con las puntas más claras. En la muñeca tintineaba una gran pulsera dorada.

Llevaba las sandalias atadas a la correa del bolso. Habría podido examinarla con mayor detenimiento, demorarme en la curva de su hombro y en su mirada centelleante. Estaba radiante y era maravillosa. Mis recuerdos no le hacían justicia.

—¿Hoy no llevas corbata? —preguntó.

—Estoy de vacaciones.

—De ahí los tejanos y la camiseta marinera de lino. Muy elegante.

Se acercó a mí y, sin pedirme permiso, me desató el cordón que adornaba el cuello de la camiseta. Luego apartó ligeramente los dos lados de la tela. Sus dedos me rozaron la piel y con la brisa marina me llegó el olor de la suya, mezcla de sal, sol y frutas. También tuve deseos de tocarla, de acariciarle la mejilla con los dedos, de tocar sus labios. Me había sentido atraído por ella desde nuestro primer encuentro, pero esta vez el deseo que sentía era más impetuoso, y luchaba contra las barreras que yo mismo me imponía. Eso me atemorizaba. Después de años de soledad, mi cuerpo se rebelaba. Sin embargo, una parte de mí no podía evitar sentirse culpable.

En alguna parte de aquella playa seguía habitando el fantasma de Laura. En alguna parte de aquella playa le había pedido a Laura que fuera mi mujer. En alguna parte de aquella playa habíamos paseado tratando de decidir el nombre de nuestro futuro bebé.

No podía traicionarla así.

Julianne observaba mi semblante con el rabillo del ojo mientras yo me tensaba aún más.

—Respira, Cooper.

Dejé escapar un pesado suspiro y, cuando ella soltó el cuello de la camiseta, retrocedí un paso. Me pasé una mano por la nuca, esperando en vano relajarme. Si bien su gesto me había sorprendido, era sobre todo mi reacción lo que me había paralizado. Aquella mujer, prácticamente una desconocida, me atraía. Una atracción física no me habría inquietado, pero, con Julianne, era otra cosa. Todo en ella me atraía: su sonrisa, su manera de hablarme, su gracia, su sentido del humor, su mirada centelleante a la que, a veces, asomaba una sombra de tristeza.

—Así está mucho mejor —comentó.

—Gracias. ¿Quieres...? ¿Quieres ir a tomar algo? Yo volvía ya a casa, pero podemos...

—¿Y si paseamos, mejor? ¡Me encanta sentir la arena bajo los pies!

Sin esperar respuesta, me tomó de la mano y me obligó a bajar a toda prisa por los escalones que nos separaban del borde del mar. Me quité rápidamente los zapatos, los anudé juntos y los llevé colgados de la mano. Aunque permanecíamos en silencio, el ruido de las olas rompiendo rítmicamente en la playa llenaba el silencio. Era agradable y relajante.

—¿Estás de vacaciones entonces?

—Mi madre vive aquí y pasé la infancia en Barview. Vengo cada año para recargar las pilas. ¿Cuál es tu excusa?

—¿Mi excusa?

—Para hacerte la solitaria en mi playa.

La alusión a nuestra primera conversación en el hotel la hizo sonreír. Regresábamos a terreno conocido. Julianne avanzó hasta la orilla, se levantó el vestido a la altura de las rodillas y dejó que las olas le lamieran los pies desnudos.

—¿Tu playa?

—Mi playa. La casa de mi madre está un poco más allá.

—Necesitaba tomar el aire —explicó ella finalmente.

Volvió el rostro hacia mí, divertida por haber usado la misma excusa que le había dado yo en el primer encuentro. Había perdido ya la cuenta de las veces que, queriendo huir de un lugar o un recuerdo, había soltado esa frase. Se había convertido en una respuesta automática que me servía de protección. Nadie me preguntaba ya nada más, esa explicación práctica contentaba a todo el mundo. De todas formas, los que me rodeaban no habrían sabido cómo comportarse ante la verdadera razón, siempre les incomodaba la perspectiva de afrontar mi dolor. La experiencia de aquella noche —la revelación de Mark y Maggie— constituía un ejemplo perfecto.

—¿Huyes de Portland? —pregunté.

Ella me observó, sopesando la posibilidad de esquivar la red de mis preguntas. Ignoraba que yo era un especialista de la huida y de las evasivas. Finalmente me sonrió.

—Bueno —dijo—, ¿así que es esto lo que ocurre en la segunda cita?

—Sabía que acabarías por pedirme la segunda cita.

—He hecho bien en desanudarte la camiseta y dejar que brote ese dulce perfume a arrogancia.

Se inclinó hacia mí para murmurarme en la oreja:

—No ocurre todos los días que le conceda una segunda cita a un hombre.

Respiré hondo, percibiendo su perfume floral flotando a nuestro alrededor. El entusiasmo de Julianne seguía allí, refrescante. El hecho de que no conociera mi pasado facilitaba nuestra relación y, en su presencia, yo sentía una ligereza desconocida. Mi pasado, mi hija, mi historia con Laura, mi hermana, mi madre, todo eso dejaba de existir. Nuestra relación estaba fuera de mis círculos habituales, fuera de mi trabajo, como protegida de mis tormentos por una burbuja hermética.

—¿Y bien? ¿Hablamos de nuestra infancia? ¿Nos hacemos confidencias? —prosiguió ella.

—Intentamos conocernos, sí. En fin, creo. Nos hacemos preguntas del estilo «¿Cuál es tu color preferido?».

—El verde. Ahora que lo pienso, no recibí las flores del día siguiente. Me sentí un poco decepcionada, ¡y me niego a creer que todos los floristas de la ciudad estuvieran cerrados!

Me señaló con un dedo autoritario, conteniendo a duras penas la risa. Bromeaba. Mi curiosidad no se había satisfecho, pero si la pregunta se hubiera vuelto contra mí, seguramente yo no habría sido capaz de responderle con franqueza.

—Las flores no habrían hecho justicia a nuestra cita, por eso preferí elegir una joya.

Julianne abrió los ojos como platos por la sorpresa. Se le escapó la risa, pero se rehízo rápidamente y se colocó la máscara de dignidad ultrajada. Retomamos nuestro pequeño juego: una comedia sin consecuencias, ni secretos desvelados.

—¿Perlas o diamantes?

—Oro blanco —respondí yo, imperturbable.

—¿Collar o pendientes?

—Pulsera. Creo que no te gustan los collares. Porque se te enganchan en el pelo y eso te molesta.

Con el dedo índice le eché hacia atrás un mechón de cabellos que le tapaba la cara. Julianne me miró con asombro. Cada vez me sentía más cómodo con aquel pequeño juego. Ella se mordió los labios y bajó los ojos hacia sus pies cubiertos de arena.

—¿Sabes que estás a punto de hacerme detestar este juego? —dijo ella, reanudando el paseo.

—¿Porque soy demasiado bueno?

—Porque estás fuera de todo lo que se podría imaginar. Por lo general, puedo prever las respuestas. ¡Debo admitir que la historia de la joya es imbatible!

—¿La cena ha estado a la altura?

Ella jugó con las olas, dejando en ocasiones que el bajo

de su vestido acariciara el agua. Julianne emanaba serenidad y libertad. Algo en ella gritaba que carecía de ataduras, que era casi errante, y sin embargo nuestras dos conversaciones habían provocado el efecto inverso. Estábamos unidos. Por una unión frágil y reciente, pero que solo nosotros podíamos comprender. Era como compartir un secreto y protegerlo de las miradas de los demás. Estar con ella me hacía sentir bien, me hacía olvidar el resto, despertaba al antiguo Cooper, más temerario y más confiado.

—¿Hablas de la cena en el yate?

Rompí a reír, intentando imaginar la escena. Maquinalmente rodeé la cintura de Julianne con el brazo y la atraje hacia mí. Noté que se ponía tensa y me detuve un momento. ¡¿En qué estaba pensando?! No había visto más que dos veces a aquella mujer. Retiré el brazo de inmediato y me separé para recuperar algo de espacio entre los dos.

—Seguramente podría encontrar una barca en alguna parte —propuse.

—No es posible que hayas vuelto a preparar un pícnic.

—¿Por qué no? ¡El primero tuvo su éxito!

—Porque no eres de los que repiten. Te gusta causar impresión y no vuelves a utilizar lo que ya había funcionado antes.

—En efecto.

Se hizo de nuevo el silencio. Yo me sumí en mis pensamientos mientras Julianne caminaba entre las olas de la orilla, salpicándonos a los dos. El sol desaparecía lentamente en el horizonte y el efecto del alcohol se disipaba. Hablar con Julianne me obligaba a mantener la concentración, a buscar el defecto que la desestabilizaría.

—Salvo esto —dijo ella finalmente—. El truco del paseo por la playa, seguro que lo has utilizado con muchas mujeres.

—Eres tú la que ha propuesto pasear. Yo jamás habría

osado utilizar el cliché de la puesta de sol en la playa. O dado el caso, al menos habría previsto traer una manta para protegernos del frío.

—¡Cooper, nadie me creerá tampoco si hablo de esta segunda cita! —se lamentó ella entre risas.

—¿A quién intentas convencer?

—Ni idea. ¿A mi madre? ¿A mi psicólogo? A mí misma, quizá. En todo caso, no le he contado a nadie nuestro encuentro.

—Yo tampoco he hablado de ti. Me gusta la idea de una relación secreta.

—¿Una relación? ¿Dónde está entonces el Cooper vacilante y tímido de Portland?

—He hecho como tú, me he dado a la fuga. Aquí, soy yo. Sin corbata, sin yate y con tres toneladas de arena en los zapatos.

Mi ocurrencia fue recompensada con una sonrisa, que permitió disolver el malestar que empezaba a sentir. Bajo la máscara de entusiasmo de Julianne, yo percibía sus titubeos. Nuestra pequeña comedia ponía de manifiesto nuestra fragilidad.

—Yo... El fin de semana pasado fue difícil, así que me metí en el coche y me vine hasta aquí —explicó Julianne, rodeándose el cuerpo con los brazos.

—¿Al azar? —pregunté con asombro.

—Más o menos. Ya había venido hace unos años.

Un escalofrío la recorrió y yo me disgusté por no tener siquiera una chaqueta para prestarle. Ella bajó la vista al suelo, ocultándome así su rostro. Tras una breve reflexión, movido por las ganas irrefrenables de protegerla, acabé rodeándole la cintura con el brazo. Ella se detuvo al principio por la sorpresa, antes de reanudar la marcha como si ese gesto fuera normal.

Sin embargo, pasear por la playa como si fuéramos una pareja consolidada no tenía nada de normal para mí. Estaba rígido, tratando de limitar al mínimo el contacto entre nuestros cuerpos, con la mano apenas posada en su cadera. Me asaltó de nuevo un sentimiento de culpabilidad. Lo rechacé con todas mis fuerzas. Julianne estaba a mi lado y su melancolía me conmovía quizá más que la mía. Parecía tan frágil, casi decaída. Quizá también ella lograba engañar a sus amigos, pero íntimamente yo sabía que sus sonrisas enmascaraban una herida.

—Entonces realmente has huido de Portland —dije al fin, esperando provocar sus confidencias.

—¿Qué versión prefieres? Porque tengo una larguísima lista de excusas para esquivar la pregunta, entre ellas: «es complicado», «es una larga historia», «mejor que no lo sepas», o «solo nos conocemos de dos citas».

—Soy muy paciente. Y tengo bastante experiencia en temas de huidas. Además, te has olvidado del «no quiero hablar de eso», el «tengo una cita urgente», y el siempre muy eficaz «vete a paseo».

Julianne se echó a reír, dando su aprobación a mis argumentos. No obstante siguió prudentemente alejada, limitando el contacto entre los dos. Había aceptado que la sujetara por la cintura, pero guardando cierta distancia.

—¿Y de qué huyes tú? —preguntó al final.

—Solo nos conocemos de dos citas —respondí yo con una sonrisa.

—¿Acaso es una manera romántica de pedirme una tercera?

—Si hubiera querido hacerlo de manera romántica, habría alquilado uno de esos aviones con una pancarta publicitaria.

Señalé el cielo con aire soñador, provocando nuevas risas

por parte de Julianne. Noté que se relajaba levemente y que su máscara de tristeza se fundía poco a poco. Estaba claro que Julianne no estaba preparada para hacerme confidencias, y yo era el menos indicado para echárselo en cara.

—Bueno, ¿y si volvemos al principio?: hemos huido de Portland, hemos cenado...

—Pícnic en la playa —confirmé yo—. Todo bien regado con un tinto excelente. Y te he besado por primera vez.

—Tú llevas esa camiseta marinera perfecta que realza tus hombros. Y ahora, nos paseamos por la playa con la puesta de sol. Cooper, nadie me va a creer.

—No es necesario que nadie te crea. Tampoco tu vestido está nada mal. ¿Te lo has hecho tú misma?

Ella me lanzó una mirada y sus mejillas adquirieron un tinte rosado. Era la primera vez que la veía ruborizarse, y me encantó.

—¿Te acuerdas?

—No me pasa todos los días que una chica se rasgue el vestido para bailar conmigo —le cuchicheé a la oreja.

Un nuevo rubor cubrió sus mejillas. Se estremeció y apoyó la cabeza en mi hombro, como aliviada de una carga. Nos detuvimos y Julianne exhaló un leve suspiro. La ceñí con más fuerza por la cintura. El corazón me latía desbocado en el pecho, y el dolor, tan presente por lo general, se difuminó para ceder el paso a una inesperada calma. Con el contacto de Julianne, mi alma atormentada se sosegaba.

De repente se separó de mí y se encaró conmigo. El bajo de su vestido estaba hundido en el agua y mi pantalón estaba húmedo y manchado de gotas de agua. Por la gran sonrisa que exhibía, comprendí inmediatamente lo que Julianne tenía en la cabeza.

—¡He bebido demasiado para eso! —me defendí.

—¡También habías bebido en el hotel!

—No quiero hablar de eso.

—Las cosas no funcionan así conmigo, Cooper. ¡Ya puedes olvidarte de tu estrategia de la huida!

—¡Pero quiero huir! —repliqué yo entre risas—. ¡No voy a ir a bailar!

—No tienes derecho a hacer esto. Estamos en nuestra segunda cita: ¡es el momento en el que se establecen los rituales, las costumbres que van a marcar la pauta de nuestros próximos veinte años de vida en pareja!

—Ya veo que el paseo con la puesta de sol quizá haya estado de más —bromeé.

Ella me dio levemente con la mano en el antebrazo antes de hacer una fingida mueca de contrariedad. Sacó el borde del vestido del agua, lo anudó artísticamente por encima de la rodilla, y luego, igual que había hecho en nuestro primer encuentro, me alargó una mano para invitarme a bailar.

Yo sabía que me invitaba a algo más. Mediante ese gesto, me proponía huir de nuestras vidas y nuestras aflicciones respectivas.

La sonrisa de Julianne era irresistible, la clase de sonrisa que te hace dudar de que la Tierra sea redonda, que te persuade para cometer actos irreparables. Rebelde, dulce, reservada, divertida, curiosamente Julianne me hacía pensar en Laura. Y debía admitir que pocas veces me había reído tanto desde la muerte de mi mujer. La chispa desafiante en la mirada de Julianne acabó por decidirme. Aquella mujer me atraía tanto que estaba casi seguro de no poder negarle nada jamás, fuera lo que fuera.

Me vi a mí mismo aceptando su mano, como un espectador de la trampa que se cernía sobre mí.

—¿Sabes dónde se puede bailar en este pueblucho? —me preguntó.

—El bar... En la calle principal hay...

—¡Vamos! Espero que su música sea mejor que tus explicaciones.

Me obligó a dar media vuelta y volvimos por la playa a paso ligero. Julianne hervía de excitación, animándome a seguir su paso, y estuvo a punto de tropezar a causa de su desbordante entusiasmo. Cuando llegamos al bar, yo debía de dar la impresión de estar aún más borracho que una hora antes. Con el vestido cubierto de arena húmeda hasta los muslos, Julianne reía a carcajadas mientras yo me acercaba tambaleándome hacia la barra, eufórico, con los bajos del pantalón empapados y los cordones desatados.

—Antes necesito una copa —protesté yo cuando Julianne me tiró del brazo hacia la microscópica pista de baile.

—¡Ni hablar! ¡Ven por aquí!

Me soltó el brazo el tiempo de empujar dos mesas hacia un rincón, haciendo caso omiso de las miradas de pasmo de los turistas sentados. Volví la cabeza a uno y otro lado para ver si mis amigos aún estaban allí. Con gran alivio por mi parte constaté que habían abandonado el local. Bailar en público era aceptable, bailar delante de un público que me conocía desde hacía años era más complicado.

Julianne se quitó las sandalias, que había vuelto a ponerse en la calle.

—Esta corre de mi cuenta —dijo una voz a mi espalda.

Dos cervezas aparecieron delante de mí. Alcé la vista hacia el dueño del bar. Su rostro cubierto de arrugas y sus cabellos canosos me permitieron clasificarlo dentro de la interminable lista de amigos de mi madre.

—Saluda a tu madre de mi parte, Cooper.

Bailara o no, mi numerito llegaría a oídos de esta última antes incluso de que yo volviera a la playa. Me pediría explicaciones y eso empezó a exasperarme. Me llevé la botella de cerveza a los labios al tiempo que me daba la vuelta hacia

Julianne. Ella hablaba impetuosamente con el guitarrista del grupo, asintiendo con la cabeza. Cuando sus ojos se cruzaron con los míos, contuve el aliento. Con aquel aire resuelto su encanto se multiplicaba. Era cautivadora.

Julianne me ordenó ir a su encuentro haciendo señas con el dedo índice.

Tras otro trago de cerveza, obedecí. Cautivadora, más que nunca.

—¿Listo? —preguntó.

—¡En absoluto!

Resonaron los primeros acordes de guitarra y Julianne deslizó una mano en la mía. Yo le rodeé la cintura con el brazo y ella se acercó a mí, tanto, que me pareció percibir el olor a sal en sus cabellos. Julianne apoyó la frente en mi pecho y me apretó el hombro con la mano izquierda. Reprimí una mueca, pero la brusca tensión de mi cuerpo me delató.

—¿Algún problema?

—Agujetas por el squash.

—Tendré cuidado —prometió ella.

Al instante siguiente, me atrajo firmemente contra ella y reconocí las primeras notas de una vieja canción de rock. A mi pesar, me sorprendí a mí mismo moviéndome y llevando la iniciativa. Tan asombrada como yo, Julianne hizo una mueca admirativa, pero rápidamente se impuso su naturaleza.

—Cambio de brazo —exclamó.

Solté su mano derecha y le tomé la izquierda. Julianne empezó a girar en torno a mi brazo, chocando contra una silla al pasar. Volví a estrecharla contra mí, pero mi pareja de baile se apartó y me agarró las manos para una nueva figura acrobática. Enlazó nuestros dedos y nos hizo girar a los dos con facilidad. En cada pirueta, yo me encontraba con una sonrisa feliz en su rostro, y casi estuve a punto de olvidar sus estados de ánimo en la playa. Bailar allí con ella tenía algo de jubiloso y liberador. Las miradas, las risitas burlonas, las carcajadas ahogadas... Julianne me hacía sentir tan bien que todo eso carecía de importancia.

La voz del cantante seguía nuestros pasos, mientras que el batería se soltaba cada vez que podía. Finalmente, Julianne me desasió e inició una extraña danza por su cuenta, sola en el centro de la pista, sola en el mundo. Agitaba el vestido al ritmo de la batería, girando a mi alrededor como si yo fuera una presa.

Yo siempre me había sentido torpe con mi cuerpo. No estaba dotado para el baile, me faltaba gracia, chocaba frecuentemente con los muebles por no fijarme. Allí, con Julianne dando vueltas en torno a mí, me sentía torpe... y ridículo. Los espectadores de nuestra danza me miraban fijamente, incrédulos y divertidos.

Mi madre me iba a hacer un tercer grado en toda regla.

De repente, la música paró y solo la voz ronca del cantante llenó el aire. Julianne lo aprovechó para acercarse a mí y enlazar los brazos alrededor de mi cuello.

—Rodéame con los brazos —me susurró.

Nuestro rock se convirtió en una danza más íntima. Noté el cuerpo cálido de Julianne contra el mío. Ella dejó escapar un suspiro y me acarició el pelo con la yema de los dedos. La música volvió a sonar, en sordina, acompañándonos en los últimos segundos de nuestro momento de locura. Mis manos ascendieron por su espalda. Me detuve en el borde de la tela de su vestido, conteniendo el aliento. Después del entusiasmo y el frenesí de nuestros primeros pasos de danza, surgió una forma de tensión latente. Los dos sabíamos que nuestro encuentro —nuestra segunda cita— estaba a punto de acabar.

El primer encuentro había sido fruto del azar, el segundo había sido cosa de la suerte. Si queríamos un tercero, tendríamos que provocarlo, desvelar nuestros pensamientos íntimos, fijar un día, un lugar, una hora, y pasar así de la buena voluntad del destino a afirmar nuestro deseo de volver a vernos. No estaba seguro de estar preparado para eso.

A unos segundos del fin de la canción, Julianne sumergió su mirada en la mía. Yo no podía negar la atracción, ni el deseo, pero mi corazón seguía roto en jirones. No tenía nada para ofrecerle.

No era nada sencillo, en cualquier caso, nada de lo que ella pudiera esperar de una relación. Besarla en el hotel había sido un acto de locura irreflexiva. Aquí, en Barview, la situación era distinta; aquí estaba en la realidad.

La música cesó y yo me alejé de los labios tentadores de Julianne. Una fugaz decepción asomó a su mirada, pero rápidamente recuperó una expresión neutra. Esta mujer tenía la costumbre de enmascarar las emociones. Su sonrisa vaciló y, siempre en tensión, apenas oí los aplausos de nuestro puñado de espectadores.

—Debo irme —dijo finalmente mi pareja de baile.

Sin darme tiempo a responder, Julianne pasó por mi lado, rozándome los dedos. Yo me quedé inmóvil en medio del bar. Las paredes parecieron cerrarse sobre mí y la sensación de ahogo que tan bien conocía reapareció poco a poco. Me lo reproché de inmediato: no podía dejarla partir así.

Salí del bar y la encontré en la calle principal, caminando al tiempo que intentaba volver a ponerse las sandalias. La noche había caído por fin y la calle estaba desierta. Unos cuantos faroles iluminaban la calzada con una cálida luz amarilla.

—¡Julianne!

Giró sobre sus talones, sujetando el bajo del vestido con

la mano. Me acerqué a ella con cautela, temiendo que volviera a emprender la huida, y me fijé en que su pecho subía y bajaba frenéticamente. Mi respiración también era jadeante: el baile, mi grito y la urgencia que sentía habían hecho su efecto. Necesitaba retenerla. Quizá allí no, quizá esa noche no, pero sí en mi vida. Aunque no nos viéramos más que por el azar de nuestras huidas, aunque tuviera que hacer el ridículo con un nuevo baile, saber que Julianne podía formar parte de mi vida me tranquilizaba.

—Yo... Te has ido muy deprisa.

—Mi estancia aquí termina mañana. Regreso a Portland.

—Es una pena —dije yo, hundiendo las manos en los bolsillos. Me habría gustado que... en fin, que pudiéramos... cenar. Cenar de verdad.

—¿Me estás pidiendo una cita? —preguntó ella entre risas.

—Eso creo. ¿Tan absurdo te parece?

—No lo sé. Quizá me guste la idea de que el azar decida por nosotros.

—¡Conozco un restaurante excelente donde podríamos hablar del azar durante horas!

—¿El mismo restaurante donde llevaste a tu última conquista?

Mi silencio respondió por mí.

—No soy de esa clase de chicas, Cooper. De verdad que tengo que irme —dijo ella, señalando la calle vacía a su espalda.

—Déjame al menos tu número de teléfono.

Ella retrocedía ya, sorda a mis tentativas de mantenerla cerca de mí. Julianne seguía siendo ella misma, y seguiría siendo una aparición alegre y entusiasta en mi vida. Avancé a mi vez, pero ella meneó la cabeza. Sus ojos brillaron un poco más y tuve la curiosa sensación de que vivíamos una ruptura, de esas en las que los amantes se aman pero deciden terminar antes de hacerse daño.

Ver a Julianne huyendo ante mí resultaba desgarrador.

—Hasta pronto, Cooper.

Se alejó y, de nuevo, me abandonó a mis pensamientos.

—¿No decías que debíamos establecer nuestros rituales? —le grité.

Mi voz rebotó en las paredes y un débil eco me respondió. Julianne se detuvo y yo me acerqué a ella con unas cuantas zancadas. Me miró a los ojos y la oí tragarse un sollozo.

—Es complicado...

—Vete a paseo —repliqué con una gran sonrisa.

Sin esperar su reacción, deslicé la mano entre sus cabellos y atraje sus labios hacia los míos. Ella permaneció estoica durante un instante fugaz, antes de responder a mi beso con cautela. Mi lengua penetró entre sus labios, pero su boca seguía sellada. Ella vacilaba, y yo prácticamente le estaba robando aquel beso. Su cuerpo no me tocaba, permanecía a distancia con una cortesía glacial. Yo quería más. Quería sentirla pegada a mí, percibir su calor, apretarme contra sus curvas, besarla sin cortapisas.

Retenerla. Solo eso contaba. Retenerla a mi lado el mayor tiempo posible para saborear la dulce serenidad que me proporcionaba su presencia. Con dos encuentros, Julianne había ocupado un sitio que yo ignoraba que estuviera vacío.

Me separé de sus labios y le besé el perfil de la mandíbula hasta llegar a la oreja.

—Tócame —le pedí.

—Cooper, no estoy...

—Tócame.

Le agarré las manos para ponerlas en mi pecho. Su respiración se hizo más pesada y retorció mi camiseta con los dedos. Con el índice acerqué su mentón y su boca se encontró con la mía. Su cuerpo se relajó y mis manos recorrieron su espalda para acabar en su cintura. Apreté mi cuerpo contra el suyo, y por fin ella respondió a mi beso. Sus manos abandonaron mi pecho para entrelazarse en torno a mi cuello. Su lengua acarició la mía con ternura y exhaló un suspiro de satisfacción. La besé apasionadamente, con deseo y desesperación, esperando convencerla así de no dejar que el azar decidiera por nosotros. La levanté del suelo ligeramente, insuflando todo el ardor posible a nuestro beso, ignorando los frenéticos latidos de mi corazón. El persistente dolor que había dejado Laura en mí se desvanecía. Y, por primera vez desde su funeral, no tenía las menores ganas de huir de mi propia vida. Sentía un deseo auténtico por Julianne, como si me abandonara a ella.

Sus cálidos labios se separaron de los míos y la deposité en el suelo a mi pesar. Sus manos se deslizaron lentamente a lo largo de mi cuerpo; luego, avergonzada, clavó la vista en el suelo.

—En serio que tengo que irme.

Tomé su rostro entre ambas manos y deposité un beso afectuoso en su frente. Julianne mostraba de nuevo su semblante triste y nostálgico. Me sublevaba verla sufrir.

—Quédate un día más —le propuse.

—Aunque me quedara aquí toda una vida seguiría siendo igual de complicado. Volveremos a vernos.

—¿De verdad lo crees?

—Estoy segura. Pintalabios —musitó, pasándome el pulgar por la boca.

—Virtud casi intacta —respondí yo, haciendo el mismo gesto.

Ella se alejó de mí lentamente, fijando sus ojos de color avellana en los míos y ampliando su sonrisa. Sentí un hormigueo de desazón en el estómago. Sin embargo, de manera incomprensible, tenía ganas de creer en su promesa.

Sabía que volveríamos a vernos.

Solo cuando su silueta se perdió de vista completamente, me decidí a volver a la playa. Había refrescado y caminé a paso vivo para regresar lo más rápido posible. Volví a anudar el cordón de la camiseta e hice una mueca cuando la brisa marina me pegó las húmedas perneras del pantalón a las piernas.

Al llegar a casa, la encontré sumida en la oscuridad. Eché un vistazo en dirección a la ventana de mi hija. Vi brillar un débil resplandor y pensé brevemente en ir a hablar con ella. Seguramente tendría preguntas para mí y, aunque yo temía afrontarlas, prefería suscitar la conversación en lugar de sufrirla.

Me quité los zapatos en la entrada y me metí en la cocina para buscar una aspirina y beber un gran vaso de agua. El sueño no me vendría enseguida de todas formas: estaba Julianne y... invariablemente, estaba también Laura.

Seguramente el sentimiento de culpa me haría pasar la noche en blanco.

—Bueno, ¿y quién era esa chica?

Cerré la puerta del frigorífico y me encontré con mi madre, envuelta en su bata floreada de rizo, con los brazos cruzados sobre el pecho y semblante animado por una sorprendente determinación.

Seguramente el sentimiento de culpa me haría pasar la noche en blanco... pero primero mi madre me impediría imaginar siquiera la posibilidad de dormir.

—Tengo toda la noche —me azuzó ella.

—Y yo ya no tengo edad para esto.

Ella se contentó con sonreír y vi claramente el alivio pintándose en sus cansadas facciones.

—Buenas noches, mamá —murmuré antes de depositar un beso en su mejilla.

—Buenas noches, Cooper.

Colocó su mano delicadamente sobre mi mejilla mal afeitada y, con una mirada, me hizo comprender que estaba feliz por mí. Por mi parte, yo no sabía aún lo que sentía.

Pasé la semana siguiente escrutando la orilla del mar. Aunque Julianne me había advertido de su marcha, esperaba volver a verla, esperaba que hubiera cambiado de opinión... por mí. Cada vez que veía a una mujer de lejos, cada vez que divisaba una silueta envuelta en un vestido, imaginaba que era ella. Pensaba de nuevo en nuestra conversación, en su tristeza, en la distancia sutil que ella establecía entre nosotros. Dejar que el azar decidiera por nosotros era muy novelesco, pero poco realista. No comprendía a Julianne: no tenía la menor idea de dónde estaba, había esbozado su carácter a grandes rasgos, conocía sus facciones, pero todo seguía siendo borroso y carecía de detalles. Julianne parecía envuelta en una bruma de secretos, como si se negara a confiar de verdad en mí.

Cecilia aún no me había hablado de Laura, pero nuestra relación había vuelto a la normalidad. Mi hija había recuperado sus costumbres educadas y su tímida sonrisa. Nuestras conversaciones habían sido tranquilas y ella se había esmerado en abordar temas consensuados, como el tiempo. Me habría gustado tener fuerzas para hablar de su madre, pero no sabía por dónde empezar. Habría podido contarle cómo fueron nuestras primeras vacaciones allí, nuestro primer encuentro, nuestra primera pelea. Los recuerdos aún eran dolorosos, hablar de ellos no haría más que ahondar la herida.

En la víspera de nuestro regreso a Portland, me decidí a encararme con mi hija. Si ella quería efectivamente entrar interna en el colegio, debíamos organizarnos. Cecilia había pasado varios días ayudando a mi madre en el desván, buscando con ello un poco de tranquilidad, igual que yo. Era la gran baza de aquella casa: representaba un oasis de calma en medio de nuestra tumultuosa vida. En Portland, el fantasma de Laura era como una losa, mi dolor hablaba por mí y me ahogaba en la pena. Aproveché que mi madre estaba preparando la cena para llamar a la puerta de Cecilia. Me abrió, pero no me invitó a entrar.

—¿Podemos hablar? —pregunté—. ¿Dentro?

Cecilia se apartó y abrió más la puerta. De la habitación de mi infancia no quedaba ya gran cosa, exceptuando las paredes azul marino y mi estantería de roble. Mi madre había feminizado el cuarto, cambiando la ropa de cama y los portarretratos. Mis pesadas cortinas habían sido reemplazadas por vaporosos visillos de color blanco roto, y una gruesa alfombra cubría el suelo. La maleta de mi hija estaba lista y la chaqueta de punto de su madre —suya en adelante— reposaba sobre una butaca.

Cecilia se sentó en la cama mientras yo me paseaba a grandes zancadas por la habitación, buscando la mejor manera de iniciar la conversación.

—Tienes la maleta preparada —dije.

—Como puedes ver.

—Me preguntaba si... En fin, sobre el tema de la escuela, si has pensado ya lo que quieres hacer.

—¿Vamos a pelearnos por eso?

—No. Claro que no.

Me di la vuelta para mirarla, apoyándome en el escritorio con las manos aferradas al borde del mueble.

—No quiero pelearme contigo. Solo quiero hablar del

colegio. Ya sabes cuál es mi postura: no quiero que te vayas de casa.

—Papá, quince días de vacaciones y un álbum de fotos no bastarán para resolver el problema. Tú no estás nunca en casa, y cuando estás... Mamá murió y sin embargo está por todas partes en esa casa, ¡y tú haces como que no lo ves!

—Lo sé —murmuré—. Echo de menos a tu madre, Cecilia. No puedes imaginar...

Cecilia palideció de repente y se echó a llorar en silencio. Yo me sentía desamparado e incapaz de encontrar una solución. Sus lágrimas me desgarraban el corazón y me recordaban el día en el que tuve que decirle a mi hija de seis años que su madre ya no estaría allí para peinarle los cabellos.

—Tú estás triste porque la echas de menos. Yo estoy triste porque no tengo ningún recuerdo —dijo ella con voz temblorosa entre dos sollozos.

—¿Y el álbum?

—No son más que fotos. No es suficiente, nunca será suficiente. Ni siquiera puedo decir que me duela, simplemente me siento... vacía. Y tú no estás nunca.

Bajé la mirada al suelo. Solo tenía que dar dos pasos para salvar la distancia entre mi hija y yo, pero estaba clavado en el sitio, incapaz de moverme. Ella tenía razón: ni siquiera en ese momento, ahí mismo, estaba presente. Como padre era un fracaso.

—Quiero que te quedes —repetí—. Podemos... Podemos encontrar un modo de entendernos.

—¡¿Quieres que vayamos a ver a un psicólogo?!

—Yo... ¿Por qué no? ¿Crees que nos ayudaría?

Estaba dispuesto a probarlo todo. Si Cecilia me decía que un psicólogo era la solución, llamaría a uno de inmediato. Quería que la cosa funcionara y, sobre todo, quería que se quedara. Mi hija se enjugó las lágrimas con la mano.

—No sé —musitó—. Es una idea de la abuela.

—Tu abuela inhala demasiados vapores de pintura.

Mi hija rio un poco y se sorbió los mocos con fuerza. Se pasó la manga bajo la nariz y encorvó los hombros. Yo me despegué finalmente del escritorio y me dirigí a la pequeña biblioteca. Aún estaban allí mis libros infantiles y los libros de texto de la uni. En el estante más bajo quedaban unos CD y un montón de cintas de vídeo, ahora ya anticuadas. Mi mirada se detuvo en la maleta de mi hija y en una caja de cartón amarillento que estaba entreabierta.

—La abuela me ha dicho que me lo lleve a Portland —explicó ella—. Estaba en el desván.

El corazón me dio un vuelco. En uno de los lados de la caja estaba escrito el nombre de Laura con rotulador. Al día siguiente del funeral, mi madre se había empeñado en hacer que desapareciera todo: las fotos, la ropa, los objetos.

Todo.

En la casa no habían quedado más que los recuerdos que flotaban en el ambiente, inasibles.

Se hizo el silencio entre mi hija y yo. Estaba paralizado por la impresión, incapaz de pronunciar una sola palabra. Oí que la cama crujía y mi hija pasó por mi lado. Se puso en cuclillas delante de la caja de cartón y la abrió. Sentí un nudo en la garganta y me entraron ganas de apartarla para huir de allí a toda velocidad. Me faltaba el aire y retrocedí trastabillando hasta la cama. Los objetos se amontonaron sobre la alfombra.

Libros, cuadros, CD, una bufanda, un frasco de perfume, la manta de viaje de Laura, nuestra invitación de boda, sus bailarinas. Cada recuerdo era un puñetazo que me destrozaba un poco más. Conocía ya la pena y el vacío de la ausencia, pero esta vez me resultó insoportable.

—Papá, ¿estás bien?

Me faltaba la respiración, pero logré contestar con un hilo de voz.

—Sí. Ha pasado mucho tiempo, eso es todo. Todo eso... era de tu madre.

Con un gesto nervioso, Cecilia volvió a meter todos los objetos en la caja de cartón dándose toda la prisa posible. No tomó ninguna precaución, solo pretendía deshacerse de la granada a la que acababa de quitar la anilla sin tan siquiera darse cuenta. De repente, el silencio se impuso a la cacofonía de los objetos. Alcé los ojos hacia mi hija. Nuestras miradas se encontraron y ella la mantuvo durante largo rato, como si comprobara mi capacidad para encajar un nuevo gancho.

—¿Qué es esto?

Se levantó y se sentó a mi lado. Yo reprimí la tristeza y la cólera que me asolaban en oleadas sucesivas. Respiré hondo, recordando el motivo que me había llevado hasta aquel cuarto: no quería perder a mi hija. Para conservarla, debía controlarme, debía superar mi dolor. Lo lograba en la vida cotidiana; en el trabajo, en las reuniones, en el comité... conseguía resignarme y desempeñar un papel. Pero delante de mi hija, delante de sus ojos azules como los de Laura, el ejercicio era más complicado.

—Papá, si no quieres...

—Sí, sí. Enséñamelo.

Contuve las lágrimas a duras penas y Cecilia me dio el objeto que despertaba su curiosidad. Cuando lo tuve en la mano se me escapó la risa. Desde luego sería imposible que Cecilia supiera qué era.

—Es un walkman. El antepasado de tu reproductor de MP3.

—¿Esto?

—Esto —confirmé yo, abriendo la tapa.

El corazón me dio un vuelco cuando descubrí una cinta en el interior. Volví a reír y la retiré delicadamente.

—Y esto es el casete que grabé para tu madre cuando yo tenía diecisiete años. Recopilaba varias canciones.

La nostalgia actuó sobre mi dolor como un bálsamo. También me hizo olvidar hasta qué punto debía de parecer prehistórico aquel reproductor de casetes a los ojos de mi hija. A los míos, aquel era un increíble hallazgo.

—¿Y todavía funciona?

—No lo sé. Tendríamos que probarlo. Dame el walkman, por favor.

Le di la vuelta al aparato y abrí el compartimento de las pilas para sacarlas. Tenían diez años por lo menos y estaban recubiertas de una fina capa de polvo. Mi hija me observaba, dividida entre la curiosidad y la sorpresa.

—Hay que comprar pilas nuevas. Luego se mete la cinta, así —expliqué, manipulando el casete. Y conectas tus cascos aquí.

—¿Mis cascos?

—Algunas cosas no han evolucionado mucho en realidad —dije, sonriendo—. En aquella época, tu madre tenía unos cascos con protectores de espuma naranja.

Cecilia prorrumpió en risas, antes de contenerse cuando yo le lancé una mirada sombría.

—No te burles. Estaban muy de moda en aquella época. Y esto de aquí sirve para sujetar el walkman a la cintura.

Completé mi explicación con una demostración, levantándome de la cama para deslizar el walkman en el cinturón. Cecilia apretó los labios para reprimir la risa. Retiré el aparato del cinturón y se lo tendí.

—¿Y fue así como te... eh... te ligaste a mamá?

Cecilia bajó la vista, avergonzada, luego apretó nerviosamente las teclas del walkman. Volvió a meter el aparato en la caja de cartón y siguió hablando rápidamente.

—En fin, si no quieres hablar de eso... Yo...

—Me encantaría hablar de eso contigo. Si tienes ganas.
Me temblaba la voz, pero mantuve una actitud firme. Sí, hablar me hacía daño. Sí, estaba triste. Pero podía hablar de ello. Hablar de Laura se había convertido en un tabú tan grande que yo era ya el único que tenía recuerdos precisos.

—Intentaré ser lo más sincero posible —añadí.

—¿Crees que no podrás serlo?

—Cuando alguien desaparece siempre tenemos tendencia a olvidar los malos recuerdos y a embellecer los mejores. Así que, si quieres hablar de tu madre, intentaremos alternar entre los buenos y los malos recuerdos.

—¿Y este aparato en qué categoría entra?

—En las dos —respondí, sonriente—. Al acabar el instituto, tu madre tenía que irse de vacaciones a Europa. Nos habíamos peleado. Yo quería que ella se quedara aquí, que se quedara conmigo.

Hice una mueca al recordar las duras palabras que nos habíamos lanzado mutuamente. Laura me había acusado de ser un egoísta. Por mi parte, yo le había exigido que eligiera entre Europa y yo. En perspectiva, había acabado comprendiendo que ella tenía razón al partir. Yo no merecía que se quedara.

—Le dije que Europa no iba a desaparecer, pero que en cambio yo a lo mejor no me quedaba esperándola.

—¿Le hiciste chantaje? —se asombró mi hija.

—Eso no parecía tan terrible en aquella época. Pero sí, creo que podemos llamarlo así. Tu madre era obstinada. Finalmente se fue sin dirigirme una sola palabra.

—¿Entonces le enviaste esta cinta?

—Esperé a que volviera y se la di. A modo de disculpa. No imaginaba que la hubiera guardado todo este tiempo. Me puso mala cara durante semanas.

—Te lo merecías. Yo en su lugar te habría eliminado incluso de mi lista de amigos.

—¡Y yo doy gracias al cielo cada día por que en aquella época no existieran las redes sociales! Al final me perdonó unos meses después.

—¿Unos meses?

—Tu madre era increíblemente tenaz. Salió incluso con otro chico durante unas semanas. A punto estuve de cometer un error irreparable cuando quise ir a cantar debajo de su ventana. Jackson me lo impidió.

—¿Te lo impidió?

—Me preguntó cómo pensaba franquear el muro que rodeaba la casa de los padres de Laura y, sobre todo, si corría lo bastante deprisa para escapar de los dos labradores.

Las risas de Cecilia se redoblaron. Yo meneé la cabeza al recordar a Jackson con su chaqueta tejana gastada y su corte de pelo a cepillo. En su momento, la separación de Laura me había hecho perder el seso. Era la encarnación perfecta de la locura de amor.

—Tu madre siempre supo hacerme mantener los pies en la tierra. Sin ella, yo me sentía un poco perdido.

—¿Y... y ahora? ¿Todavía te sientes confuso?

Cecilia dobló las rodillas, subiendo las piernas, y las rodeó con los brazos. Mi hija no me había parecido nunca frágil ni miedosa, sin embargo, en aquel instante, comprendí que mi soledad y mi retraimiento también habían causado estragos en ella. La manera en la que había acabado por enfrentarse a mí, afirmando que quería marcharse de casa, demostraba hasta qué punto estaba intentando aún encontrar su equilibrio.

—Echo de menos a tu madre todos los días —confesé yo, emocionado—. Muchísimo. Es como vivir con una herida abierta en lugar de corazón. Pero te tengo a ti.

—¿Crees que mamá se habría molestado conmigo por lo de su chaqueta?

—Creo que te la habría dado hace mucho tiempo.

—¿Estás tú molesto conmigo?

Alzó sus grandes ojos azules hacia mí y se me cortó la respiración. La posibilidad de que mi hija temiera defraudarme me entristecía. ¿Qué había podido hacer mal para que ella confiara tan poco en su propio padre? Cecilia tenía miedo de herirme, temía tener que hacer frente a mi dolor, pero yo sabía que ella necesitaba aquella clase de confidencias sobre su madre, que debía, de una manera u otra, acercarse a la mujer a la que tanto se parecía para poder crecer y formarse a sí misma.

—Jamás podría molestarme contigo. Me has... sorprendido. No resulta fácil para mí hablar de tu madre, pero lo voy a intentar, ¿de acuerdo?

—De acuerdo —susurró ella.

Lancé un vistazo a la caja de cartón. Me habría gustado vaciarla y deshacerme de todo el contenido, pero ahora casi sentía ganas de hundir la mano en el interior para reencontrar un pedazo de la vida de mi mujer. Me erguí levemente. Nuestra conversación había terminado por el momento y yo estaba extenuado. Tanta contención durante todos aquellos años se volvía ahora contra mí. Abrir la puerta de los recuerdos me estaba costando más de lo que imaginaba.

—Te dejo para que te acuestes.

Me dirigí a la puerta maquinalmente y ella alargó la mano para recuperar el walkman. Yo quería volver a meterlo en su estuche y volver a cerrar la caja de cartón.

—Yo lo guardaré —prometió mi hija, agarrándolo con las manos.

—Bien. Buenas noches, cariño.

Deposité un beso en su coronilla, luego le acaricié la mejilla. Siendo más pequeña, a Cecilia le encantaba que le hiciera carantoñas. No sabría decir a qué edad había dejado de pedirlo. Salí de la habitación, un poco abatido. Hablar de Laura había sido agotador, pero, paradójicamente, me había quitado un peso de encima. Me sentía mejor.

—¿Podemos llevarnos la caja? —preguntó mi hija de pronto.

Me tomé unos segundos para reflexionar, que parecieron una eternidad. Llevar la caja a Portland era como prometer a mi hija que le hablaría de su madre, que por fin iba a estar ahí para ella.

Tal vez había llegado el momento de hacerlo.

—Si quieres... Si tú quieres.

TERCERA PARTE

My Girl

Golpeé la pelota con gesto enérgico, dejando escapar incluso un grito de rabia. La pelota rebotó en la pared y en dos zancadas Jackson se lanzó sobre ella y la devolvió con fuerza.

Luego me lanzó una mirada llena de provocación y yo jugué la pelota con toda mi convicción. Había perdido los dos primeros sets, se trataba entonces de ganar el juego para salvar la honra. Debía admitir que mi socio parecía estar muy en forma, pero solo me faltaba marcar un poco, ¡podía conseguirlo! La pelota golpeó la pared acristalada con un ruido sordo antes de volver hacia Jackson. Él silbó al ejecutar un magnífico revés, antes de volver a colocarse al ataque. Ligeramente doblado sobre sí mismo, Jackson siguió la pelota con los ojos cuando volví a golpearla con todas mis fuerzas contra el vidrio.

Dejé escapar una exclamación de alegría al ver que Jackson fallaba su derecha. La pelota cayó al suelo, antes de rodar lentamente hasta la línea.

—¡El juego es para mí! —fanfarroneé.

—¡De todas formas me debes una cerveza!

—No tiene ningún mérito ganar a un hombre debilitado.

Me masajeé el hombro, sintiendo que mi antigua tendinitis volvía a la vida. En caliente era soportable, pero yo sabía que al día siguiente por la mañana tendría que tomar un antiinflamatorio para aliviar mi articulación. Deslicé la raqueta dentro de su funda y me eché la toalla mojada alrededor de la nuca. Me pasé la mano por los cabellos húmedos y salí de la cancha, seguido por mi socio. Para mi sorpresa, mi hermana Annah estaba allí, sentada en uno de los bancos reservados para los posibles espectadores.

—Jamás entenderé esta... cosa —dijo ella, señalando la cancha de squash.

—¿Hace mucho que esperas?

—Desde que has perdido la segunda manga.

Me dio un beso huidizo en la mejilla, procurando no tocarme en realidad, antes de lanzar un fugaz «buenas noches» a Jackson.

—¿No me das un beso siquiera? —protestó él abriendo los brazos y dejando ver su polo manchado de sudor.

—¡Ni en sueños!

—Tú estás en todos los míos —replicó él.

—Necesitas una ducha —dijo ella, con una mueca—. Y solo con esa condición continuaré la conversación contigo. Salgo de un encuentro con Thomson y hay que hacer modificaciones en el proyecto —me indicó con un mohín de contrariedad.

Jackson se acercó a ella y Annah retrocedió de inmediato, señalando su atuendo: un holgado vestido blanco, anudado al costado.

—Este vestido me ha costado un ojo de la cara, te prohíbo que te acerques a mí.

—¿Sabes?, si aceptaras lo que ocurre entre nosotros, podrías vivir siempre desnuda y para mí no supondría ningún problema.

—Deja de tirarle los tejos a mi hermana —dije—. Annah, espéranos en el vestíbulo, vamos a darnos una ducha y luego hablamos del proyecto.

Ella asintió con la cabeza y yo aferré a Jackson por la muñeca para tirar de él hasta los vestuarios. No obstante, encontró la manera de girarse para dirigirse a mi hermana.

—¡Yo utilizo la ducha de la izquierda! —gritó.

—¡Dame tiempo para ir a por un cascanueces y arreglaremos la situación en un momento! —exclamó ella.

Sofoqué una carcajada y Jackson sonrió de oreja a oreja. Lo solté al entrar en la zona de duchas. Se quitó el polo, luego fue a sacar el gel de ducha de su bolsa. Yo no acababa de comprender el extraño juego que se traían Jackson y mi hermana pero, a pesar de sus peleas casi diarias, aquellos breves intercambios contribuían al equilibrio de su relación. Me habría preocupado si Annah no le hubiera replicado de inmediato.

—Deberías decirle a tu hermana que soy un tío legal.

—¿Porque...?

—Porque es verdad. Y porque quiero mucho a tu hermana.

—Tú quieres a todas las chicas —ironicé yo, quitándome la camiseta.

—Yo no he dicho que ame a tu hermana, solo que la quiero mucho. El matiz cuenta.

—¿Porque...?

—Porque es la única mujer a la que quiero mucho. Estoy seguro de que la cosa podría funcionar entre nosotros.

—No tardaríais ni dos días en mataros —me burlé yo—. ¡Y eso siendo optimista! Si Annah estuviera interesada en ti, no malgastaría el tiempo huyendo siempre de ti.

—Coop, ha venido hasta aquí con ese vestido para hablar de un proyecto que está prácticamente terminado. Tu hermana me adora. Y sospecho incluso que esperaba que me desvistiera delante de ella.

—Evidentemente.

—Lo que hay entre ella y yo es tensión sexual. Annah desea mi cuerpo...

—Lo que quiere es descuartizarte con sus propias manos.

—Coop, ya sé que estás un poco... cómo decirlo... oxidado con las mujeres, pero cuando una mujer se pasa el día deseando mi muerte, es que en realidad quiere enjabonarme la espalda con ternura. Simplemente es demasiado terca para darse cuenta.

Me dirigí a la ducha con la firme intención de dar por zanjada la conversación sobre Jackson y mi hermana. Desde que se habían pronunciado las palabras «tensión sexual», había comprendido qué quería decir mi socio. Annah no había manifestado jamás interés por él... ni por ningún otro. Mi hermana era una apasionada de su trabajo, pasaba tantas horas como yo en el despacho, dedicada a convertirlo en una empresa floreciente. Cuando tenía tiempo libre, venía a veces a casa para ver a Cecilia. Yo no tenía la menor idea de cómo era su vida amorosa, ni de lo que hacía cuando estaba sola en su casa.

Annah siempre había estado ahí, inquebrantable, cuando mi mundo se había ido hundiendo poco a poco: desde el diagnóstico de los médicos hasta el funeral; desde la recepción después del funeral hasta el instante en que yo había erradicado toda huella de Laura en casa.

—Deberías probar con el método más suave —aconsejé a Jackson mientras hacía correr el agua caliente.

—¿Como qué? ¿Cena romántica, puesta de sol y ramo de flores?

—Es un método que ha demostrado su eficacia.

El semblante sonriente de Julianne apareció brevemente

en mis pensamientos. Nuestras citas habían sido solo imaginarias, pero eso había hecho de nuestra relación una historia especial y feliz, lejos de nuestros secretos y de nuestras huidas respectivas.

—¡Coop, desde luego estás chapado a la antigua!

Una nueva sonrisa iluminó mi cara. Habría dado cualquier cosa por volver a ver a Julianne y proponerle una cena de verdad. Habían pasado ya tres meses de nuestro encuentro en la playa. Aunque hacía un tiempo que había vuelto a visitar a mi terapeuta —terapeuta que me había recomendado un cliente y que me había ayudado tras la muerte de Laura—, las sesiones con la psicóloga no tenían el efecto galvanizante de mis conversaciones con mi bailarina predilecta.

—Hombre casto —musité—. Hombre casto.

Tras la ducha me reuní con mi hermana en el vestíbulo. Jackson estaba terminando de vestirse y Annah aprovechó aquel breve momento de tranquilidad para explicarme los detalles del proyecto Thomson.

—Dice que quiere más luz —dijo ella con un suspiro, mostrándome el primer proyecto—. Y que quiere una pared vegetal en esta fachada interior.

—¡La semana pasada quería una pared de cristal esmerilado!

—Le he dicho que modificaremos los planos para mañana.

—¿Cuántas veces va a cambiar de opinión? Tenemos que acabar este proyecto de una vez, si no vamos a pasar semanas con él.

Eché un vistazo a mi reloj y fruncí las cejas. Jackson tendría que beberse la cerveza sin mí. Cecilia me esperaba y no tenía intención de faltar a la cena. Annah debió de percibir mi irritación, porque meneó la cabeza antes de guardar los planos y de meter la carpeta en su bolso. Me miró mientras yo desviaba la vista hacia la salida de los vestuarios para comprobar si venía Jackson.

—Hoy he hablado por teléfono con mamá. Parece que está en forma.

—Lo está. Repintó el desván con Cecilia mientras estuvimos allí de vacaciones. Jackson debe de estar secándose el pelo —dije, exasperado.

—Sí. También... también me ha hablado de ti.

Dejé de golpear nerviosamente el suelo con el pie y me volví hacia mi hermana. Su sonrisa era tímida, pero su mirada me dijo de inmediato adónde quería ir a parar. Se echó un mechón de cabellos por detrás de la oreja, luego miró ella también hacia los vestuarios.

—De ti y de una chica.

—¿Y?

—Nada. He pensado que... En fin, es agradable.

—Fue agradable. Hay pocas posibilidades de que vuelva a verla.

—Oh. ¿Por qué?

—¿Te ha pedido mamá que me interrogues?

—No, es una iniciativa personal —contestó ella, sonriendo orgullosamente. ¿Y bien? ¿Por qué?

—Porque ella no quiere. Es... es complicado. No quiero hablar de ello.

Se me escapó la risa al imaginar a Julianne llevando la cuenta de mis excusas de comodín. Por primera vez en una eternidad me sentí bastante orgulloso.

Me pregunté vagamente si también ella pensaría en mí, si su vida le enviaría a veces pequeñas señales sin importancia, pero irremediablemente ligadas a nuestra fugaz historia. Por mi parte, no pasaba un día sin que recordara su rostro: cada vez que me ajustaba la corbata, en cada visita a mi psicóloga, o cada vez que pasaba delante del hotel donde nos habíamos conocido. Incluso ausente, incluso en plena fuga, Julianne seguía presente, como una filigrana oculta solo detectable en función de la orientación del papel.

—De acuerdo —cedió mi hermana—. Solo quería decirte que estoy contenta. Por ti. Y por Cecilia. ¿Estás seguro de que no volverás a verla?

—Seguro no. Nunca hay nada seguro.

—¿Pero tienes ganas?

—Si tu pregunta es si tengo ganas de salir con mujeres, la respuesta es no. Pero deberías llamar a mi psicóloga para decirle que he superado una fase.

—¡No pretendía meterte prisa! —se defendió ella, riendo—. No sabía que habías vuelto con la psicóloga. Es... eh... agradable.

—No tiene nada de agradable. Y si realmente te parece agradable, te recomiendo encarecidamente que la llames para hablar con ella. Lo hago por Cecilia.

—¿Otra fase que debes superar?

—Una fase muy importante. Tan importante que voy a dejar que Jackson te acompañe al bar y yo me voy a casa.

La silueta de mi socio apareció por fin en el umbral de la puerta. Como había supuesto, se había secado la impetuosa cabellera y se había cambiado de ropa: tejanos negros, realzados por una camisa de color azul oscuro. Presa del pánico, mi hermana miró a Jackson, luego a mí, luego de nuevo a Jackson. Se ajustó la correa del bolso en el hombro y se puso tensa.

—¡No puedes hacerme esto!

—Puedo. ¡Y lo voy a hacer! —confirmé yo, dándole un beso en la mejilla.

—¿Te das cuenta de que seguramente acabaré matándolo y que alegaré legítima defensa?

—Ah, los crímenes pasionales —se burló Jackson al llegar a nuestra altura—. ¿Vas a estrangularme con una de tus medias?

Mi hermana hizo una mueca y se puso un poco más rígida. Con el rostro crispado, los puños cerrados y una gran irritación por aquel cambio de planes del último minuto, Annah suspiró y me lanzó una mirada asesina.

—Serás desheredado —me prometió.

—¿Te vas? —preguntó Jackson.

—Ceno con mi hija. Pero id vosotros a tomar una copa y a trabajar en los planos de Thomson. Quiero el proyecto modificado sobre mi mesa mañana antes del mediodía.

—¿Te vengas porque has perdido? —exclamó Jackson cuando yo me alejaba en dirección a mi coche.

—¡Me vengo porque soy el jefe!

Annah estaba furiosa y Jackson, eufórico. Yo no tenía la menor idea de lo que podía suceder entre ellos, pero me habría disgustado que Annah evitara toda relación para protegerme. A semejanza de Maggie y de Mark, Annah quería protegerme, manteniéndose alejada de toda relación amorosa, como si su posible felicidad pudiera hacer que yo me desmoronara. Al contrario, me habría hecho feliz que también ella experimentara lo que yo había vivido con Laura: el amor loco, las conversaciones, las peleas, los despertares indecorosos. Todo. Lo bueno, lo malo, lo difícil, la rutina, la improvisación. Quería que mi hermana conociera todo eso.

Llegué a casa tras conseguir evitar un embotellamiento en la autopista. A mi llegada, las luces estaban encendidas en la cocina y un agradable aroma flotaba hasta la entrada. Y sonaba esa canción, la canción que Laura canturreaba a menudo, tan a menudo, que formaba parte de los títulos que yo había compilado artesanalmente en aquel casete. Por un breve instante, sentí que me faltaba el aire. Aquel ambiente, la canción... El recuerdo de Laura cocinando con la radio de fondo me asaltó violentamente. Me quité la chaqueta, me aflojé la corbata y me apoyé contra la pared, con la respiración jadeante y el corazón latiendo demasiado deprisa.

Me recompuse y me dirigí a la cocina arrastrando los pies. Al entrar, me oí musitar el nombre de mi mujer como una súplica. No quería sufrir más por su ausencia, no quería sentir más ese frío apoderándose de mí cuando se trataba de ella. Cerré los ojos y respiré pesadamente.

—¡Hola! —dije al fin.

—¡Ay!

Me abalancé hacia mi hija, que se metió el dedo índice en la boca. Levantó los ojos al cielo tras lanzarme una mirada, antes de explicarse.

—Un corte, nada grave.

Pasó el dedo por debajo del agua, haciéndome así constatar que todo iba bien. Unas legumbres se cocían a fuego lento en una sartén, y cerca esperaba el salmón envuelto en papel de aluminio.

—Salmón en papillote y legumbres. ¿Te parece bien? Myra me ha explicado cómo hacerlo, pero no puedo garantizar que salga bueno.

—Estoy seguro de que será perfecto. Voy a poner los cubiertos.

—¿Y el squash?

—Jackson me ha destrozado, como de costumbre.

Rodeé la isla central de la cocina y dejé la chaqueta en una silla. Solo cuando abrí el armario empotrado me di cuenta de dónde salía la música. Un viejo reproductor de casetes presidía nuestra cocina. Al darse cuenta de que me había quedado inmóvil, Cecilia bajó el volumen y se explicó.

—El padre de Christie quería deshacerse de él. He pensado que estaría bien escuchar un poco de música mientras cocinamos.

Su excusa, por inocente que pareciera, no me convenció. Si mi hija hubiera querido realmente escuchar música, habría encargado un altavoz de último grito, lo habría conectado a su teléfono, y yo habría desembarcado en una cocina transformada en discoteca. Ella se balanceó sobre los pies, luego prosiguió la preparación de los trozos de salmón, acabando de envolverlos en papel de aluminio para meterlos en el horno.

Era la primera vez que veía cocinar a mi hija. Cecilia releyó escrupulosamente una nota, sin duda dejada por Myra, antes de ajustar la temperatura.

—No sabía que te gustaba cocinar —le dije yo para retomar la conversación.

—Me apetecía. Myra me ha dicho que era fácil de hacer. Y... he encontrado esto.

Sacó un viejo libro de cocina descantillado y lo depositó con precaución sobre la encimera, después abrió la primera página, observando mi reacción. El corazón me dio un vuelco en el pecho y una copa de vino se me escurrió de los dedos cuando reconocí la fina escritura de Laura. De un solo movimiento, mi hija y yo nos precipitamos al suelo para recoger los cristales rotos.

—Me gustaría hablar de esto —musitó ella, como si fuera un secreto vergonzoso—. Del libro.

—Cecilia, es...

—Me dijiste que podíamos hablar.

Me incorporé y lancé los trozos de cristal a la basura. Me apoyé en la encimera y respiré profundamente. Le había prometido a mi hija hacer un esfuerzo y, según mi terapeuta, era un camino doloroso pero necesario.

Yo solo me había quedado con la palabra «doloroso».

—¿Entonces? ¿Un recuerdo bueno o malo? —me alentó ella.

—Bueno. Muy bueno...

Aun dándole la espalda, percibí la alegre sonrisa de mi hija. Desvié la mirada hacia la sartén. Muy a mi pesar, sentí que se me llenaban los ojos de lágrimas, como si me hubieran propulsado violentamente quince años atrás y tuviera a Laura a mi lado. Durante mucho tiempo me había dejado acunar por los recuerdos más relevantes de nuestra vida en pareja: cómo nos habíamos conocido, nuestra boda, la compra de la casa en ruinas... Ahora eran las anécdotas cotidianas las que me alteraban: la cocina, la canción, su chaqueta de punto.

Al final me volví hacia mi hija.

—Tu madre era una cocinera horrible. Demasiado cocido, poco cocido, demasiado salado, demasiado líquido... Nunca le salía bien. Un día quiso impresionarme y se pasó el día en la cocina para preparar chili.

—¿Te gusta el chili? —se asombró mi hija.

—No mucho. Pero ella había encontrado una receta... Estaba muy empeñada. Creo que fue durante nuestra última semana en el apartamento.

—Creía que habíais vivido siempre aquí.

—Vivimos unos meses en un apartamento, antes de comprar esta casa. Bueno, pues volví al apartamento y ella me pidió que me sentara a la mesa. Y me sirvió el chili.

—¿Hasta qué punto era horrible?

—No lo era. Me sorprendió. Felicité a tu madre, me comí el chili. Estaba impresionado. Entonces pregunté a tu madre cuál era el secreto de aquella increíble... receta.

Me tembló la voz y me aferré con más fuerza a la encimera. Tenía la impresión de que todo mi cuerpo se hacía pedazos suavemente, que cada fibra de mi ser revivía todos los detalles, todas las palabras de aquella noche.

Levanté la vista hacia mi hija. Ella me miraba fijamente, devorando cada una de mis palabras. Su curiosidad y su impaciencia me permitieron proseguir. Carraspeé y exhalé un hondo suspiro.

—¿Y? ¿Cuál era su secreto?

—Tú —murmuré yo.

—¿Yo?

—Estaba embarazada. De ti.

Vi las lágrimas rodando por las mejillas de mi hija. Sin embargo, permaneció delante de mí, inmóvil, como petrificada por lo que yo le estaba contando. Me temblaban las piernas de la emoción y el corazón me latía dolorosamente dentro de la caja torácica. Con un nudo en la garganta, me sobrepuse a la sensación de ahogo y al dolor que amenazaban con engullirme. Para poder sobreponerme y hallarme en condiciones de terminar mi relato, me paseé por la cocina a grandes zancadas. Miré el libro de recetas, temiendo lo peor si se me ocurría abrirlo.

—¿Y después? —insistió mi hija.

Con el rabillo del ojo, la vi enjugándose las lágrimas con el revés de la manga.

—Al día siguiente fuimos a hacer las primeras compras. Éramos tan felices que no podíamos esperar. Laura... tu madre, quería... Pensaba que una madre debía saber cocinar, entonces compró este libro, convencida de que la ayudaría.

Mi hija se me acercó y, con una mano vacilante, abrió el libro. Se detuvo en las recetas en las que Laura había hecho anotaciones. A medida que avanzaba el embarazo, mi mujer había ido probando las recetas, en orden, y resumiendo con una sola palabra el resultado de sus esfuerzos.

—Jamás le salió bien ninguna de estas recetas —dije sonriente, viendo la palabra «fiasco» sobre una foto de la tarta de manzana.

—¿Te molesta si lo dejo aquí? Me gustaría... probar.

—¿Quieres cocinar?

—Quizá se me dé mejor que a mamá.

—Desde luego peor no lo podrás hacer —bromeé yo, rodeándole los hombros con el brazo.

La estreché contra mí y le di un beso en la coronilla. Como Laura, Cecilia sabía cómo tranquilizarme. Me asombraba que pudiera asimilar tan fácilmente nuestra conversación. Había mostrado tanta curiosidad, tanta pena, que su serenidad y su repentina decisión de cocinar me dejaron atónito. Ella hojeó el libro, imperturbable.

—Entonces, ¿algún mal recuerdo? —preguntó.

Mis ojos se pasearon por las páginas y las fotos. De tanto en tanto, reconocía la fina caligrafía de mi mujer. Entonces, en la página 152, tras la receta del pastel de carne, su rastro desapareció. Mi conmovida sonrisa se esfumó del mismo modo repentino.

—¿No lo terminó?

Cecilia volvió hacia atrás para comprobar en qué momento cesaban las notas de su madre. El peor recuerdo de mi existencia resurgió en aquel instante. Cecilia dormía en su silla de bebé, habíamos comido aquel horrible pan de carne, demasiado seco y demasiado cocido. Después habíamos ido al médico.

A continuación, pedazo a pedazo, como en una lenta e inexorable tortura, había visto cómo se desmoronaba mi mundo y se evaporaba nuestra felicidad.

—Se le daba fatal. Al final lo dejó correr.

Las hojas fueron pasando y mi hija señaló la receta de chili con el índice. Me miró con una alegre sonrisa, que disipó en parte mis sombríos pensamientos.

—Ningún mal recuerdo —le aseguré—. A ella le encantaría que te lo quedaras.

—¡Te haré chili!

—Me encantará.

A pesar de todos mis esfuerzos, mi sonrisa no fue tan convincente como yo imaginaba. Mi hija se volvió hacia mí y me rodeó la cintura con los brazos para abrazarme con fuerza. Sorprendido, retrocedí antes de estrecharla fuertemente.

—Voy a quedarme —murmuró ella.

Yo la apreté con más fuerza, tan fuerte como era posible.

Por primera vez desde hacía casi ocho años, mis lágrimas no tenían nada que ver con la pena. Nuestro abrazo duró un buen rato y fue la alarma del horno la que acabó por separarnos. Cecilia preparó los platos mientras yo lanzaba una mirada vacía al libro de cocina de Laura. Aquel objeto que yo detestaba porque resumía mi relación con Laura había logrado que mi hija se quedara en casa.

Quizá a fin de cuentas Laura velaba por nosotros.

—¡A la mesa! —exclamó mi hija.

—Voy.

Me levanté de la butaca de piel marrón y me acerqué a la ventana.

—¿Mi pregunta le molesta, Cooper?

Me volví hacia mi psicóloga y hundí las manos en los bolsillos. Lisa Lewis había sido una de las primeras personas a las que había hablado de Laura después de su muerte. Durante cerca de un año, me había oído hablar de mi mujer, de la enfermedad, de mi soledad y de mi cólera. A lo largo de ese tiempo, y en función de mi carga de trabajo, había ido anulando citas con ella progresivamente antes de interrumpir todo contacto.

Al regresar de las vacaciones de verano, y tras mi último

encuentro con Julianne, había vuelto a sentir la necesidad de hablar con alguien y de desenmarañar mis emociones. Sobre todo, quería conservar la relación con mi hija. Lisa me miró desde su butaca con una expresión benevolente.

—¿Se sintió feliz por ellos? ¿Por Mark y Maggie?

—¿Por qué no iba a sentirme feliz?

—Dígamelo usted. Cuando dos amigos íntimos anuncian que se van a casar suele ser una buena noticia.

—Me sorprendió —confesé—. Descubrí su relación unos segundos antes de que anunciaran la boda. Luego... Luego sentí cólera.

—¿Por qué motivo?

—Porque temían decírmelo, tenían miedo de mi reacción.

Volví a sentarme frente a ella y me mesé los cabellos con nerviosismo. Estaba cansado después de una semana de trabajo e irritado por tener que poner en palabras lo que sentía. Durante mucho tiempo lo había enterrado todo bajo una gruesa capa de tristeza. Mis discretos allegados decían que estaba de duelo. Sinceramente, lo que sentía era más cercano a la ira.

—¿Desde cuándo los amigos tienen miedo de uno? Eso no tiene sentido.

—Mucha gente tiene miedo a la muerte y a lo que esta implica —explicó Lisa con voz neutra.

—Lo sé. Es solo que... No sé...

—Dígamelo, Cooper. No podré ayudarle si se lo guarda todo dentro.

—Nadie debería avergonzarse de ser feliz. Y mucho menos ellos. Lo que están viviendo es realmente increíble.

—¿Y usted?

—¿Yo qué?

—¿Le da vergüenza ser feliz?

—No soy feliz.

Esperé a que mi psicóloga tomara el relevo y me hiciera una nueva pregunta, pero solo me replicó el silencio. Me hundí en la butaca, tragándome mi cólera.

—No como ellos —añadí—. No soy feliz como ellos. Y porque lo fui... creo que les envidio por tener lo que yo ya no tengo. Echo de menos a Laura. Y mi hija también la echa de menos.

—¿Qué tal está su hija?

—Bien. Creo. Ella... Ella... Hablamos de Laura.

Lisa esbozó una sonrisa y entrelazó las manos sobre los muslos. Asintió con la cabeza, animándome a continuar.

—Es doloroso hablar de ella, pero con Cecilia es distinto. Porque ella no lo ve de la misma manera que los demás y no me juzga.

—¿Cree que los demás le juzgan?

—Siempre están afligidos por mí. Annah me protege como a un niño, mi madre me vigila, mi socio... él está enfadado porque me niego a hablar de ello. En cuanto la gente se entera de que soy viudo, cambia su actitud.

—Como ya le he dicho, Cooper, cada persona tiene su manera de afrontar la muerte y sus consecuencias. En el caso de su hija, sobre todo tiene necesidad de comprender su historia, y hablarle será tan bueno para ella como para usted.

Contuve una sonrisa con dificultad. Esperaba lo que vendría a continuación, esperaba el momento en que ella me diría que debía rehacer mi vida, que debía retomar mi vida como hombre.

—¿Por qué sonríe? —preguntó.

—Porque sé lo que me va a decir.

Me indicó que continuara con un gesto de la mano. También ella se recostó en su butaca, divertida al parecer por la situación.

—Va a decirme que mi período de duelo debe terminar y que debo pasar página y conocer a otras mujeres.

—¿Le gustaría? ¿Conocer a una mujer?

Una nueva sonrisa traviesa adornó sus labios. Ciertamente Lisa Lewis tenía quince años más que yo, pero no podía negar que tenía encanto. Elegante y profesional, siempre lograba que le dijera lo que habría preferido callarme.

—Estoy centrado en mi hija por el momento. Necesita que esté más presente en su vida. Ya hay suficientes fantasmas en mi casa.

—No ha respondido realmente a mi pregunta.

—Tengo a mi hija y tengo el despacho. Tengo ocupaciones más que suficientes y...

Surgió la fugaz imagen de Julianne con su vestido húmedo y manchado de arena, sonriente y entusiasta, interrumpiendo mi discurso. Meneé la cabeza, recordando con amargura que Julianne había desaparecido de mi vida tan deprisa como había entrado.

—¿Y?

—Nada. No sé si podría tener una relación con una mujer. Estoy un poco... ya sabe... renqueante. Mal curado. No sé si podría hacer feliz a una mujer.

—Todo el mundo tiene un pasado, Cooper.

Arqueé una ceja con aire dubitativo mientras Lisa se levantaba para pasar al otro lado de su escritorio. Consulté la hora en mi reloj y constaté que mi sesión terminaba en cinco minutos. Me levanté a mi vez y me puse la chaqueta.

—Le recomiendo que siga hablando con su hija, Cooper. Es su mejor terapia —dijo ella entre risas.

—¿Entonces no he de venir más a verla?

—No sueñe, no le dejaré marchar tan fácilmente. Pero me gustaría proponerle que participe en un grupo de apoyo.

Retrocedí al punto y meneé la cabeza. Hablar allí, con

ella, cara a cara, ya me iba bien. Era difícil, pero podía hacerlo. Hablar en público de lo que sentía me parecía imposible. No quería ver más miradas tristes ni rostros apenados. Me negaba a sentarme en medio de otras personas, poniendo cara de no ver la caja de pañuelos de papel.

—No creo que...

—Por el contrario yo creo que es del todo apropiado.

Sacó una tarjeta de visita de un cajón y volvió a rodear el escritorio para acercarse a mí. Normalmente escuchaba sus opiniones y sus consejos. Pero esta vez no tenía la más mínima intención.

—Es un grupo que dirijo yo, personas que, como usted, han conocido la pérdida de un ser querido. Me gustaría que viniera, al menos para escucharles.

Me tendió la tarjeta y aguardó con paciencia a que la aceptara.

—Cooper, lo que ha vivido es algo que deja una profunda huella. Ahora, me gustaría que trabajáramos juntos en su vida futura. Eso forma parte de la fase de duelo. Al pedirle que le hable de su madre, Cecilia ha entreabierto una puerta.

—¿Y usted quiere que deje la puerta abierta?

—Por ejemplo.

Eché un vistazo a la tarjeta, que mencionaba varias franjas horarias en una sala de la octava planta del edificio. Vacilé. Era algo que estaba en las antípodas de mi carácter. Mis emociones, mis sentimientos, mi pena me pertenecían únicamente a mí. Me costaba imaginarme en plena introspección con un público que asentiría silenciosamente con la cabeza.

—Dirijo un grupo dentro de treinta minutos. Si no se siente a gusto, puede abandonar la sesión cuando quiera.

—¿Y me lanzará una de sus miradas asesinas?

—No. Sé que no se irá. Se trata de un grupo numeroso y tenemos algunas incorporaciones nuevas. Cooper, siempre he sido muy sincera con usted y conozco su historia; creo sinceramente que estas conversaciones en grupo serán positivas para usted. El duelo, por su naturaleza, aísla. Hablando con otras personas, romperá esa soledad.

Asentí, incapaz de decir una sola palabra. Mi móvil vibró. Mi hija me informaba de que se quedaría a pasar la noche en casa de su mejor amiga.

—Me pasaré.

—Cuento con usted. ¿Le sigue yendo bien que hagamos nuestra sesión los lunes? —preguntó, acompañándome hasta la puerta de su consulta.

—Sí.

Me tendió la mano, dirigiéndome una cálida sonrisa.

—Hasta luego, Cooper.

—Hasta luego.

Durante los treinta minutos que faltaban para el grupo de apoyo, jugueteé nerviosamente con la tarjeta de visita mientras tomaba un café. Consulté mis emails, rechazando la idea de huir que me atenazaba. Repasé mentalmente mi sesión con Lisa. Una pregunta me venía a la mente una y otra vez: ¿me daba vergüenza ser feliz?

Seguramente.

Pensándolo bien, últimamente, a excepción del trabajo y de la nueva relación con mi hija, pocas cosas me satisfacían. Estaba sumido en una rutina fácil y cómoda: el despacho, Cecilia, tomar somníferos, un sueño agitado, y volver al trabajo. Un ciclo continuo que me iba bien pero no me hacía feliz. Los últimos instantes de auténtica alegría que había experimentado se remontaban a varios años atrás, cuando Laura aún vivía. Sin ella, no funcionaba. Sin ella, la más pequeña carcajada era un motivo para sentirse culpable.

Dirigí la mirada hacia la entrada del edificio y, tras el enésimo suspiro, decidí unirme al grupo de apoyo.

Al llegar a la sala, me encontré con una decena de personas, además de Lisa. Lejos del cliché que había imaginado, el lugar era cálido, provisto de butacas y sofás confortables y mullidos. En un rincón había un termo de café y dos botellas de zumos de fruta, y las conversaciones llenaban la sala.

—¡Buenas noches a todos! Vamos a instalarnos.

De inmediato, seis mujeres y cuatro hombres tomaron posesión de los sofás. Yo me senté en una de las butacas, separado. Quería observar, permanecer callado y ver si me interesaba participar en aquel grupo.

—Hoy damos la bienvenida a Cooper —empezó diciendo Lisa—. Cooper, ¿podría presentarse al grupo?

—Eh... sí. ¿Qué debo decir exactamente?

—Lo que quiera.

—Me llamo Cooper, tengo treinta y ocho años. Tengo una hija de catorce años, Cecilia. Soy arquitecto.

Me detuve en seco, notando la mirada de las diez personas sobre mí. Naturalmente, evité mencionar lo más evidente y renuncié a manifestar las razones de mi presencia allí. Supuse que acabarían por adivinarlo: no les había hablado de mi estado, ni de mi mujer. Por sus caras de pesar, supe que todos lo habían comprendido.

—La vez anterior hablamos de las dificultades de la vida cotidiana después del funeral. Esta noche me gustaría que exploráramos todos juntos el futuro, los momentos de la vida que les hacen comprender que son felices, a pesar de todo.

Los miembros del grupo se lanzaron miradas consternadas, como si Lisa acabara de cantar una canción subida de tono y salpicada de insultos.

—Mary, adelante —añadió.

La pobre Mary parecía perdida dentro de unas prendas

demasiado grandes. Le temblaban las manos y por su figura se advertía que había perdido mucho peso. Llevaba los negros cabellos recogidos en un moño y se mordisqueaba el pulgar con nerviosismo.

—No sé si... Después del suicidio de Thomas tardé semanas en volver a entrar en su habitación. Todavía estaba allí su guitarra, sus camisetas estaban tendidas. Toda mi vida se había detenido y yo no podía continuar. Mi hija, su hermana, había regresado a la universidad después del entierro. Durante meses estuve arrastrando la pena y la cólera que sentía contra él. Mi resentimiento era tan grande que durante semanas no pensé en nada más.

—¿Encontraste alguna nota? —preguntó la mujer sentada a su lado.

—Nada. Eso me encolerizó aún más. Por la noche había cenado con nosotros y a la mañana siguiente... Lo encontré colgado de la barra de su armario.

Se le quebró la voz y su vecina puso una mano sobre la de ella. Una losa de plomo se abatió sobre todos nosotros y me sorprendí relativizando mi propia suerte.

—Es terrible —dijo una mujer cercana a mí.

—Terrible, sí —corroboré yo con un nudo en la garganta.

—Mi hija regresó a la universidad. Yo me desconecté del mundo, no tenía la menor idea de qué mes o qué día era. Tenía la nevera vacía, sobrevivía mal que bien, las facturas se acumulaban. Era... no puedo decir siquiera que fuera una sombra, porque estaba...

—Estaba sufriendo, Mary —intervino Lisa—. Sufría por haber perdido a su hijo de manera brutal y sin que nada lo presagiara. No debe sentirse culpable por su sufrimiento.

—¿Fue tu hija quien te ayudó?

—Sin que ella lo supiera en realidad. Ella... ella me dijo

que había encontrado un puesto de trabajo aquí, la clase de trabajo que no se rechaza. Yo estaba contenta, sacó champán y lo celebramos. Y durante unos minutos, sí, lo confieso, fui feliz. Olvidé mi dolor.

Todos en el grupo asintieron, incluso yo. Comprendía lo que ella había sentido. Al ver su rostro, comprendí también que después debía de haberse sentido abrumada por la culpabilidad. El sentimiento de culpabilidad te carcomía siempre. El duelo, el dolor por la pérdida de un ser querido, suponía la prohibición moral de volver a ser feliz.

—¿Y ahora? —preguntó Lisa.

—Y ahora, es complicado. Mi marido y yo acabamos divorciándonos y mi hija me propuso irme a vivir con ella. Pensé que alejarme de la casa donde se había suicidado mi hijo sería bueno para mí, pero tengo la impresión de haberlo abandonado. Pero estoy mejor. Voy superando la pena, yo... intento ser feliz.

Mary se volvió hacia mí como tratando de pasarme la antorcha. Yo le dirigí una mirada compasiva. Aunque su historia no se parecía en nada a la mía, podía comprender su dolor.

Un hombre que tenía a mi derecha tomó la palabra para contar también su historia. Durante una hora, escuché a aquellos desconocidos hablando de su duelo y de su sentimiento de culpa, explicando los reproches de sus familias. Una historia diferente cada vez y, sin embargo, me reconocía en cada uno de ellos y los admiraba por poder hablar con tanta facilidad.

—Gracias a todos por sus testimonios. Les propongo volver a vernos la semana próxima a la misma hora.

Todos los del grupo se levantaron y recogieron sus cosas en medio de un barullo general. Vi algunos abrazos, apretones de mano, algún que otro abrazo más estrecho. Mi vecina me recompensó con una palmada en la espalda, dándome a entender así que estábamos todos en el mismo infierno.

Me acerqué a Lisa y le tendí la mano para saludarla.

—Se ha quedado —comentó ella con una sonrisa.

—Me he quedado.

—La próxima vez, podría intentar hablar de Laura.

Me estrechó la mano que le ofrecía y luego puso encima su otra mano. No era habitual en ella, y lo interpreté como una incitación a volver.

—Tiene derecho a ser feliz, Cooper.

—¿Son los deberes que me pone para la próxima sesión?

—¡No soy yo quien lo ha sugerido! Pero inténtelo, Cooper, inténtelo. Ya lo verá, es una sensación estupenda la de ser feliz.

Me soltó la mano y echó un vistazo a su reloj. Yo comprobé mi móvil, asegurándome de que no tenía ningún mensaje de mi hija.

—¡Buenas noches! —deseé a todo el mundo en general, al abandonar la sala.

Enfilé el largo pasillo de la octava planta, ensimismado, pensando en todas aquellas personas de luto que me habían autorizado a ser espectador de un pedazo de su vida. Llamé al ascensor y, cuando se abrieron sus puertas, me encontré de narices con Julianne. Nos quedamos ambos igual de atónitos. Las puertas estuvieron a punto de cerrarse. Deslicé una mano para sostenerlas y Julianne salió de la cabina.

—¡Hola! —exclamó ella con su entusiasmo característico. Esto es... ¡Esto es increíble!

De repente me dio un abrazo, tan fugaz que no tuve tiempo de responder a su gesto. Se reajustó la correa de su bolso antes de cruzar los brazos sobre el pecho.

—¿Trabajas aquí? —preguntó.

—No. Yo... Más vale que sea sincero, vengo aquí a ver a

mi psicóloga y acabo de terminar la sesión. ¿Quieres ir a tomar una copa?

Paseó una mirada nerviosa en derredor antes de menear la cabeza. Se echó el pelo hacia atrás y yo me las vi y me las deseé para verle los ojos. En honor al otoño, Julianne había abandonado su ligero vestido a favor de unos tejanos negros rotos por la rodilla izquierda y un jersey de lana gris claro. Tironeó de las mangas de su corta chaqueta de cuero, luego por fin me miró.

—Todo depende de si tienes prisa o no. Tengo... tengo una cita y luego estaré disponible.

—Puedo esperarte. ¡He esperado tres meses! Y además, eso me dará tiempo para encontrar un sitio donde ir a bailar —bromeé.

Una sonrisa se dibujó en sus labios, pero al mirarla comprendí enseguida que no tenía ante mí a la Julianne impetuosa y divertida de cuya compañía disfrutaba. A pesar de ello, seguía resultando seductora, y yo sentía por ella la misma atracción de siempre, algo indefinible —una mezcla cautivadora entre la fuerza y la fragilidad— que me fascinaba.

—Cooper, ¿me estás haciendo proposiciones indecentes?

—Nunca antes de la tercera cita.

Esta vez se le escapó la risa y pareció relajarse poco a poco. El ascensor se abrió de nuevo y dudé si entrar en él.

—Hay un café en la esquina de esta calle —dijo ella.

—¿No teníamos que dejar actuar al azar?

—Después de tres encuentros fortuitos creo que podemos dar por hecho que el destino nos envía un mensaje, ¿no? Y, sinceramente, no me gustaría perderte y perder nuestra tercera cita.

—Entonces, ¿te gusto? —pregunté yo con un vago orgullo.

—Me gusta tu proposición indecente.

Nos sonreímos y Julianne volvió la cabeza hacia el pasillo. Durante un corto instante, me atenazó una duda. A aquella hora quedaban pocos despachos abiertos y me acordé del semblante ceniciento de Julianne en el momento de abrirse el ascensor.

—Bonita corbata —me felicitó ella, reduciendo el espacio entre nosotros.

—Bonito color de labios.

—¿Tendré el placer de quitártela también esta noche?

—Todo depende. ¿Tendré el placer de quitártelo también esta noche?

Ella abrió la boca dispuesta a responder, antes de cambiar de opinión. Señaló el pasillo que quedaba a su espalda sin dejar de juguetear nerviosamente con la correa del bolso.

—Tengo que irme. ¿Nos vemos dentro de una hora?

Me tomó la mano y la oprimió suavemente, asegurándome así, sin decir nada más, que vendría. Se dirigió al pasillo y me lanzó una última mirada antes de desaparecer. Yo me quedé inmóvil durante unos segundos, sorprendido aún de haberme encontrado allí con ella. Había salido de la nada, como una aparición, en el momento mismo en el que mi psicóloga me había instado a intentar ser feliz.

Siendo sincero conmigo mismo, no podía negar que en presencia de Julianne mi dolor se atenuaba y cedía el paso a una deliciosa ligereza.

Llegué al café, me instalé cerca del ventanal más grande y esperé pacientemente a que pasara la hora. Después de más de una hora y media, mi paciencia se había agotado. Pagué la cuenta y me levanté. Si Julianne se encomendaba al destino, sospechaba que una cita hecha deprisa y corriendo no iba a interesarle.

—Vaya. ¿Nos damos a la fuga? —dijo la voz de Julianne cuando me estaba poniendo la chaqueta.

—Me iba ahora. De todas formas el café va a cerrar —expliqué, señalando al camarero que colocaba las sillas sobre las mesas.

—Lo siento, he tardado más de lo que esperaba.

A mi pesar, sentí que el mal humor se apoderaba de mí. Quizá fuera el hecho de esperar, quizá la contrariedad de ver mis planes modificados. Pero, por encima de todo, lo que me irritaba de verdad era el misterio que rodeaba esa famosa cita tardía. Yo había sido franco con respecto a mi presencia en el edificio y esperaba otro tanto de su parte.

—Buenas noches —le dije, con cierta amargura.

Salí del café y caminé con paso enérgico en dirección a mi coche, aparcado tres calles más allá. Julianne me siguió unos cuantos metros antes de detenerse y gritar mi nombre al aire otoñal para que yo me detuviera.

—¿Por qué estás enfadado conmigo?

Me di la vuelta, algo jadeante. Julianne me miró con expresión perpleja, y no fue hasta ese momento cuando me fijé en sus ojos enrojecidos.

—¿Qué hacías allí? —le pregunté.

—¿Y tú? ¿Qué hacías tú?

—¡Eso es demasiado fácil! No haces más que aparecer y desaparecer de mi vida. Ya no estamos en una cita imaginaria, ya no estamos bailando.

Ella bajó la vista al suelo y apoyó las manos en ambos lados de mi chaqueta. Lentamente se inclinó hacia mí y apoyó la frente en mi pecho.

—Es complicado —musitó.

—Conmigo no. Puedes hablar conmigo.

—Y tú también puedes hablar conmigo.

Le rodeé los hombros con el brazo y la estreché contra

mí. Julianne se relajó y, poco a poco, mi cólera se fue disipando. Era consciente de que había exagerado. Encolerizarme con ella cuando apenas la conocía, esperar que hiciera confidencias a alguien que era casi un desconocido era pedir demasiado. Y yo sabía que ciertas emociones, ciertos sentimientos no se podían compartir.

—Vamos a tomar algo —propuse, encaminando nuestros pasos hacia mi coche.

Ella asintió con la cabeza y se pasó una mano por la cara para intentar borrar los últimos vestigios de llanto. En silencio, abrí el coche y dejé que Julianne se metiera en él.

—¿Adónde me llevas?

—A mi casa —respondí yo, cerrando la puerta del coche. ¡Más valdría que habláramos a resguardo de miradas!

El trayecto duró apenas treinta minutos, pero la eternidad me habría parecido menos larga. Con el rostro apoyado en la ventanilla, Julianne no soltó prenda en todo el viaje. La radio permaneció apagada y yo no hice nada por entablar conversación. Aparqué en el sendero de entrada y Julianne abrió su puerta antes de que yo pudiera incluso cortar el contacto.

La temperatura era allí más fresca por la proximidad del lago. No me sorprendió ver que Julianne se estremecía y se frotaba los brazos.

—Por aquí —dije, señalando la puerta de entrada.

—¿Vives aquí?

—Sí. ¿Por qué?

—Es... inmenso.

Franqueé el umbral de la puerta e hice pasar a Julianne. Llevarla a mi casa había sido una decisión impulsiva y guiada en parte por mi voluntad de protegerla. Una vez allí, solos, me preguntaba si no se agravaría el malestar que había entre nosotros. La mujer entusiasta y alegre no era más que una práctica máscara para ocultar lo que sentía. Arrojé mis llaves sobre la barra de la cocina, me quité la chaqueta y encendí las luces. Abrí el frigorífico.

—¿Quieres comer algo? Tengo arroz salvaje y unas sobras de pollo.

Julianne asintió con la cabeza antes de pasearse por la sala de estar. Lo miró todo: los impersonales cuadros de la pared, los libros, las butacas. Regresó hacia mí, rodeó la barra de la cocina, sonrió al ver el viejo reproductor de casetes y se detuvo delante del libro de cocina.

—Es de mi hija —expliqué mientras preparaba los platos.

—¿Tienes una hija? —se asombró ella.

—De catorce años, sí.

—¿Puedo?

Su mano permaneció suspendida sobre el radiocasete, esperando mi autorización. Asentí, dispuesto a superar una nueva oleada de dolorosos recuerdos. Con todo, la música sirvió para llenar el silencio y atenuar la sensación de incomodidad.

Julianne siguió explorando y regresó a la sala de estar. Se quitó los zapatos y hundió los pies desnudos en la mullida y gruesa alfombra de color crudo colocada en paralelo al ventanal. Contempló la vista durante mucho rato antes de desviar los ojos hacia el techo.

—¿El ventanal llega hasta el techo?

—Hasta el tejado en realidad. Derribamos la pared entera para reemplazarla por cristal. La vista es espléndida.

Coloqué los dos platos recalentados sobre la mesa del comedor. Me acerqué a Julianne, colocándome a su espalda, para admirar la vista. Durante años, había pasado por delante de aquel ventanal sin detenerme.

—¿Quiénes lo derribasteis? —preguntó Julianne con un murmullo apenas audible.

Yo me quedé paralizado. Un dolor agudo me traspasó el pecho y aumentó con el recuerdo de Laura. La vista había sido ella quien la había querido, había sido ella quien había sugerido la idea del enorme ventanal, había sido ella quien se extasiaba en la contemplación del lago. Se instalaba muy a menudo delante de la cristalera para contemplar la vista en silencio. Consideré por un momento la idea de dar la respuesta habitual de una sola frase: «Soy viudo.» Pero Julianne, que era la primera mujer en colocarse allí después de Laura, que me hacía feliz en cada uno de nuestros encuentros, merecía una verdadera explicación.

Yo había intentado pedirle explicaciones en la calle; habría sido injusto por mi parte que ahora yo eludiera el tema.

—Mi mujer y yo. Murió hace ocho años.

—Lo siento mucho.

Mi confesión me dejó sin aliento. Reprimí una nueva punzada de tristeza y rechacé la amargura. Julianne merecía la verdad, pero no que me derrumbara delante de ella. Desde nuestro reencuentro en el ascensor, mi intuición me decía que también ella tenía un pasado oculto y opresivo. Coloqué las manos suavemente sobre sus hombros y se puso tensa de inmediato. Apreté su nuca con los pulgares y la masajeé en silencio. Julianne se volvió hacia mí y me dedicó una sonrisa compasiva.

—¿Cómo se llamaba?

—Laura. Podemos hablar sentados a la mesa si quieres.

—¿Quieres hablar de ella?

El asombro que detecté en su voz me hizo sonreír. Mi propuesta era más una tentativa de desviar la conversación que unas ganas auténticas de hablar de Laura. No obstante, el hecho de que Julianne se asombrara me hizo comprender de inmediato lo que había pensado.

En mi lugar, ella no hablaría.

En mi lugar, ella no me habría llevado a su casa.

Retiré una silla galantemente para que se sentara. La primera canción del casete se acabó y empezó la segunda. Julianne comió en silencio y aceptó el vaso de vino que le ofrecí para acompañar nuestra cena tardía.

—Es una casa muy bonita —me felicitó.

—Es mi profesión construir casas bonitas. Soy arquitecto.

—¡Impresionante! ¿También has cocinado tú?

—No. Eso lo ha hecho Myra. Me prepara las comidas de toda la semana y luego yo me las caliento.

—Eso me tranquiliza. Por un momento había creído que había topado con un doble del príncipe azul. Así que no eres perfecto.

—Tengo algunos defectos —admití yo, ensartando un trozo de pollo—. Como la curiosidad: ¿Lisa Lewis es tu psicóloga?

—Sí —respondió ella con un suspiro, tras un breve silencio.

Bebió un sorbo de vino, se secó la boca y me miró fijamente. Se mordió los labios y luego respiró hondo. Daba la imagen de una mujer preparada para subir al ring y enfrentarse con su rival, sin estar segura del resultado del combate. Con todo, ese era el motivo de llevarla a mi casa, descubrir a la Julianne que se ocultaba tras nuestros improvisados bailes.

—¿Es en la tercera cita cuando se cuentan este tipo de cosas? —preguntó.

—¿El qué?

—¿El lado oscuro? Los malos recuerdos, los estados de ánimo, los antecedentes familiares de enfermedades degenerativas.

—Es por eso que me ha parecido más apropiado cenar aquí, en la intimidad. En cualquier caso, haz lo que te apetezca. Si quieres contármelo, estaré encantado de escucharte.

—¿Cooper? ¿Estás ligando conmigo?

Estalló en risas y en un segundo se disipó el malestar que se había abatido sobre nosotros después de que ella hubiera irrumpido en el café. Yo reí también, sopesando mi respuesta.

—Es posible. ¿Tan malo soy que te hago reír?

—Lo encuentro conmovedor, en realidad.

—Soy novato.

—¿No te ligaste a tu mujer?

El combate había empezado. Julianne no se rendía. Yo había iniciado las hostilidades al hablar de Laura. A decir verdad, había iniciado las hostilidades en el instante mismo en que había decidido besar a Julianne en un corredor sombrío. Habíamos vuelto a vernos, habíamos hablado y habíamos bailado, y ahora Julianne estaba allí, en mi casa, aportando un poco de luz a mi noche perpetua. Habría gritado de dolor al recordar el día en que Laura y yo nos habíamos conocido, pero debía hacerlo. Debía disipar los fantasmas de la casa.

Julianne me miró con fijeza, esperando mi respuesta, esperando una señal. Aquella cena no era una simple cena.

—Quizá no quieras hablar de eso —dijo ella finalmente—. Yo... Perdona, es que parecías cómodo hablando y...

—Le pasé una nota a un amigo que hizo de intermediario. Yo tenía quince años. Después, me casé con ella.

Se produjo un silencio de incredulidad: me costaba creer que hubiera logrado hablar de ello delante de una mujer a la que apenas conocía; por su parte, Julianne parecía conmocionada por mi revelación. Disimulé mi dolor en la copa de vino y rehuí la mirada de Julianne.

—Me habría encantado que me pasaran una nota cuando tenía quince años. Pero llevaba un horrible aparato en los dientes y ropas que parecían sacos. ¡No tenía la menor oportunidad!

Le agradecí que desviara la conversación.

—¿Es por eso que te coses tú misma la ropa?

—Lo intento, en efecto.

Comió un poco, en silencio, antes de alzar de nuevo los ojos hacia mí. Dejó el tenedor y entrelazó las manos bajo el mentón.

—¿Empiezas tú o empiezo yo?

—No te he traído aquí para obligarte a decirme lo que sea —respondí yo, un poco molesto.

—No. Me has traído aquí para ligar conmigo descaradamente delante de un trozo de pollo. Vista al lago, luz tamizada, música ambiental. Me has conquistado totalmente —bromeó ella.

—Yo no he tenido nada que ver con la música.

—Me conquistaste desde la primera cita. Al menos desde la primera cita auténtica, en la terraza del hotel.

La miré con una tímida sonrisa. Si tan conquistada la tenía, ¿por qué había huido después de nuestro último encuentro en la playa?

—Fue totalmente improvisado —fanfarroneé.

—Eso es lo que más me ha gustado en cada una de nuestras citas: nunca has hecho nada para seducirme. Y más vale que te lo diga cuanto antes: bailas fatal.

Me eché a reír y asentí inclinando la cabeza. Julianne se llevó su copa a los labios, fijando su mirada de color avellana en la mía. Su capacidad para cambiar de estado de ánimo tan fácilmente me dejaba atónito, pasaba de la melancolía al buen humor en un abrir y cerrar de ojos. Pensé con amargura que yo tenía esa capacidad. Tenía la sensación de que mi abatimiento era una costumbre tan cómoda que no podía ya separarme de ella.

—No bailaría aunque mi vida dependiera de ello —me disculpé.

Estuvo a punto de atragantarse y dejó la copa en la mesa con precaución.

—Me lo tomaré como un cumplido.

—Lo es. En nuestra primera cita, quería prolongar el momento. Me encantaba hablar contigo. Como una persona normal.

—¿Y en la segunda?

—Simplemente quería devolverte la sonrisa. Estás muy hermosa cuando bailas. No tienes ese semblante... triste que muestras a veces.

—Entonces, ¿qué debo esperar en esta tercera cita?

—Lo mejor, estoy seguro. Apartaré el sofá para hacer sitio —propuse yo para relajar el ambiente.

—A mí también me gustó hablar contigo. Como una persona normal. Hacía meses que no me ocurría.

Nuestra conversación perdió rápidamente el desenfado. Me reproché de inmediato haberla inducido a confiarse tan abiertamente a mí. Seguramente era demasiado pronto en nuestra relación, que aún estaba por definir. Yo había tardado años en poder hablar de Laura —y solo con algunas personas a las que conocía— y comprendí hasta qué punto podía ser difícil para Julianne hablar de su pasado.

—Escucha, no estás obligada a...

—Sí. Yo... Es preciso que te hable. Es demasiado importante para que no te hable. Yo... me mudé a Portland hace tres años, después de divorciarme. Vivo en un apartamento minúsculo de un edificio ruinoso y... y Lisa me trata desde que llegué aquí.

Su voz vaciló un poco, pero se irguió y se aclaró la garganta. Hizo lo que hacía yo siempre: controlarse, adoptar una expresión sin la menor huella de emoción, esperando que tras la oleada el corazón no se hubiera vuelto a hacer pedazos.

—Estaba pintando el cuarto del bebé cuando sentí dolor y contracciones. Perdía sangre, así que llamé a Thomas, mi marido, para que me llevara al hospital.

Asomaron las lágrimas, pero parpadeó para contenerlas. Instintivamente le tomé la mano y la apreté. Me estremecí al recordar a Laura y su abultado vientre, imaginando el terror que debía de haber sentido Julianne.

—Los médicos me explicaron que la placenta se había rasgado parcialmente y que había sufrimiento fetal. No sé por qué, yo estaba obsesionada por la idea de que no se había terminado de arreglar el cuarto. Me dijeron que sería preciso provocar el parto, pero yo no quería. Era demasiado pronto, era peligroso y... y ese estúpido cuarto no estaba listo.

Se sorbió los mocos con fuerza y dejó que las lágrimas fluyeran por fin. Estaba triste, pero en su voz detecté sobre todo una forma de culpabilidad. Sentía remordimientos. Yo sabía reconocer el sentimiento de culpa en una mirada: para mí también era una compañía familiar, de las que se quedaban cuando las demás —la pena, el dolor, la amargura— acababan por desdibujarse.

—Julianne, tú no eres responsable de todo eso —le dije en voz baja.

Ella desechó mi comentario con un gesto de la mano. Su rostro permaneció impasible, como si recitara una historia aprendida de memoria. Sin embargo yo sabía que no era más que un modo de protegerse, de refrenar las emociones.

—Me provocaron el parto. Tuve contracciones durante horas. Thomas me sostenía la mano. Recuerdo que teníamos miedo, pero estábamos contentos. Recuerdo a Thomas asegurándome que todo iba a salir bien. Me acuerdo incluso de la luz de neón que se fundió y del encargado de mantenimiento que nos hizo reír.

Esbozó una frágil sonrisa antes de cerrar los ojos para sumergirse en sus dolorosos recuerdos. Por la forma en que me apretaba la mano, comprendí que lo más duro estaba por llegar.

—La enfermera me había conectado al monitor y de pronto todo enloqueció. Sonaron las alarmas, vi a mi marido palidecer y a las enfermeras entrar corriendo en mi habitación. Enseguida vi en sus caras que algo no iba bien. Y supe de inmediato que todo saldría mal. El médico hizo salir a Thomas, pusieron la cama plana y me cambiaron de sala a toda velocidad. Yo estaba muerta de miedo y me dolía.

—Julianne, no tienes por qué...

—Si te lo cuento es porque esto lo cambiará todo.

—¿Todo? No, no lo creo.

—Susan no respiraba. Su corazón no latía. No lloró. Simplemente estaba... Los médicos no pudieron reanimarla. Era demasiado pequeña, demasiado frágil.

—Lo siento mucho, Julianne. Lo siento mucho de verdad.

Las lágrimas rodaban por sus mejillas. Se quedó sentada, muda. No había cólera, ni sensación de injusticia. La tristeza la tenía tan ahogada que era incapaz de rebelarse. Enlazó sus dedos entre los míos y, con la otra mano, se enjugó las lágrimas.

—¿Pudiste verla? —pregunté.

—Sí. Me la pusieron en los brazos y me preguntaron por el nombre. Thomas vino a reunirse conmigo. Todo el mundo se fue y nosotros dos lloramos. Lloré hasta que me ardieron los ojos, hasta que vinieron a llevársela. Jamás me he sentido tan vacía, tan triste, tan desgraciada en toda mi vida.

—Lo entiendo. Cuando murió Laura creí que me arrancaban el corazón. Cuando rellené los formularios, me dije a mí mismo que a partir de entonces mi vida se resumía en una serie de casillas para marcar: era viudo, tenía una hija y, sí, conocía las últimas voluntades de mi mujer.

Nos miramos a la cara. En la mirada de Julianne vi el mismo dolor que me acompañaba a mí desde hacía ocho años, los mismos remordimientos, la misma culpabilidad.

—Lisa me ayuda a superar todo eso. Mi matrimonio no sobrevivió a la muerte de nuestra hija. Yo me hundí, me dejé arrollar por la pena. La enterramos. Thomas retomó su vida como si no hubiera pasado nada. Yo se lo reprochaba amargamente, no lo comprendía. Con el divorcio, esperaba pasar página. Cambié de vida. ¿Sabes esa expresión: «rehacer tu vida»?, pues fue exactamente eso.

—De verdad que siento... siento muchísimo lo que te pasó con tu hija. No puedo ni imaginar lo que es perder a un hijo.

—Hablar de esto sigue haciéndome sufrir. Quizá se pase con el tiempo.

—Julianne, Laura murió hace más de ocho años y todavía me duele hablar de ella. No es el tiempo lo que hace que cicatrice. Es... Son los encuentros fortuitos en una playa o en la terraza de un hotel. Pero yo quería contártelo... En la playa, yo quería contártelo.

Apreté de nuevo su mano y, llevado por un impulso, me levanté de la mesa, sin dejar de sujetar la mano de Julianne.

—¿Qué...?

—Bailemos —propuse con tono seguro.

—¿Qué? ¡¿Ahora?!

Tropezó cuando tiré de ella hacia el centro de la sala de estar. Empujé el sofá y deslicé la mesita baja hacia la chimenea. Situé a Julianne en el centro.

—Dame un segundo —dije, regresando a la cocina.

Julianne me siguió con la mirada, boquiabierta. Mi táctica daba sus frutos: la expresión triste y melancólica había desaparecido. Con los pies desnudos hundidos en la alfombra me observaba, dejándose distraer de su tristeza. Subí el volumen del radiocasete. Los altavoces chisporrotearon, lo que me hizo reprimir un gruñido.

Las primeras notas de guitarra de *My Girl* de los Temptations resonaron en el salón. Me detuve un instante, mirando el aparato con nostalgia. Había elegido esa canción esperando que Laura comprendiera que la echaba de menos y que quería verla. Despertaba tantos recuerdos aquella única canción...

—¿Estás bien? —se inquietó Julianne.

Me volví hacia ella y asentí. Estaba bien. Tenía la mente saturada de recuerdos y de amargura, pero aquel baile era para Julianne, para restañar sus heridas durante dos minutos y treinta segundos, para ayudarla a olvidar su pena.

Me reuní con ella en el centro de la estancia y la enlacé por la cintura. Mi mano izquierda encontró su mano derecha, y la estreché contra mí. Su otra mano se posó en mi hombro y, lentamente, inicié el baile.

—Mi mujer cantó esta canción en Barview.

Oí a Julianne conteniendo la risa mientras nos mecíamos de izquierda a derecha con un ritmo lento. Apoyé la mano con mayor firmeza en su cintura. Hablar a Julianne sin verle la cara me parecía más sencillo. Me sumergí en mis recuerdos, apretándola contra mí, esperando ahogar su dolor. Pero allí, en aquella casa, el dolor estaba en todas partes, pesado y persistente. Tenía que hacer un esfuerzo suplementario para sobreponerme a mis recuerdos, tenía que oler el perfume de Julianne para reunir fuerzas y poder contárselo.

Pensé fugazmente en Lisa Lewis: seguramente diría que Julianne era mi mejor terapia.

—Se apoderó de mi botella de cerveza y fingió que era un micrófono. Cantó con Maggie y... madre mía, lo que llegamos a reír. Fue durante nuestras últimas vacaciones antes de... antes de la leucemia. Estaba embarazada de Cecilia, fue así como se enteró de que estaba enferma.

Julianne intentó soltarse. Yo sabía lo que quería hacer. Quería mirarme a los ojos, decirme que lo sentía mucho y compadecerse. Yo no necesitaba su compasión, no quería ver en su mirada lo que veía en la mirada de todos los demás. La retuve contra mí con más fuerza aún, hasta hacerle daño incluso.

—Luchó durante seis años y un día. Yo sabía que solo lo hacía por mí, que sufría por mí. Entonces le dije que podía cerrar los ojos y dejarse... llevar, que yo me ocuparía de nuestra hija, que a ella la amaría siempre y que amaría a nuestra hija por los dos. Le tomé la mano y canturreamos para Cecilia, recordando las cosas maravillosas que habíamos vivido juntos.

Julianne me apretó el hombro con los dedos, luego lo soltó y enlazó las manos en torno a mi cuello.

—En medio de la noche, Laura me tomó la mano y la apretó con todas las fuerzas que le quedaban. Estaba tan cansada, tan débil... No se parecía ya en nada a la Laura que había conocido. Me sonrió y me prometió que todo iría bien, que yo debía... que debía ser feliz —terminé con un resoplido, tragándome un sollozo—. Y se fue.

—Lo siento...

—Tú eres la primera persona a la que se lo cuento. Ni siquiera Lisa ha conseguido que le hablara del día que murió Laura.

—¿Por qué lo has hecho ahora?

—Porque... sea cual sea nuestra relación, me siento unido a ti. Así que me ha parecido normal contártelo, aunque no me ayude a sentirme mejor. Cuando te miro, cuando estoy contigo, me siento feliz.

Ella se echó hacia atrás y nuestros ojos se encontraron. Me sentí aliviado al no ver en ellos nada más que comprensión. Julianne esbozó una sonrisa.

—Me siento honrada de haber podido escucharte —dijo.

Bailamos tan lentamente que nuestros movimientos eran casi imperceptibles. La canción llegaba a su fin y Julianne jugueteó con los cabellos de mi nuca.

—¿Intentas ligar conmigo? —pregunté.

—Más o menos. Sigo nuestros rituales.

Julianne se puso de puntillas y, subrepticiamente, acarició mis labios con los suyos. Vaciló un breve instante, luego repitió el gesto, apoyando con más fuerza su boca contra la mía. Mis manos se deslizaron por sus caderas hasta la cintura y finalmente respondí a sus labios. Su lengua vino al encuentro de la mía y nuestro beso se hizo más intenso. La música se detuvo con un ruido seco que nos hizo dar un respingo.

Nuestras miradas se dirigieron al viejo radiocasete y reímos como dos adolescentes sorprendidos por sus padres.

—Aguafiestas —refunfuñé.

Julianne volvió la cara hacia mí con las manos todavía enlazadas en torno a mi cuello. Sin esperar más, volví a besarla y la levanté hacia mí. Mis manos recorrieron sus nalgas, luego los muslos. Ella me rodeó la cintura con las piernas y se apretó contra mí. Mi corazón se aceleró al instante, y aparté de mí la culpabilidad que me roía por dentro y el duelo que me atormentaba. No había nada más que Julianne, nada más que sus labios cálidos y dulces contra los míos, nada más que su cuerpo frágil y tembloroso, nada más que sus manos aferradas a mis cabellos como si le faltara el aire.

La llevé hasta el sofá y me senté en él, con Julianne todavía sobre mis muslos. Las palmas de sus manos me recorrieron la nuca, luego las mejillas, antes de agarrarme la corbata y aflojarla. Abandoné sus labios y besé el contorno de su mandíbula. Dejó escapar un leve gemido cuando llegué al lóbulo de la oreja.

—Te he quitado el pintalabios...

—Entonces yo tendré que quitarte la corbata.

Tiró del tejido con un gesto seco y me libró de la corbata. Yo me recosté en el sofá y contemplé la sonrisa de Julianne.

—Estás muy guapa cuando sonríes.

Arqueó una ceja entre la sorpresa y la perplejidad. Yo me incorporé y, tomando su rostro entre las manos, la obligué a mirarme.

—Eres muy guapa. Lo pensé en el instante mismo en que te conocí y lo sigo pensando ahora. Eres entusiasta. Eres fuerte, mucho más que la mayor parte de la gente.

Agarré su jersey y se lo pasé por encima de la cabeza. Un sujetador de encaje blanco ceñía su pecho.

—Y eres muy sexi —añadí, soltándole la cara.

Exhaló un suspiro en el momento en que le acaricié la garganta con el índice. Le rocé la clavícula, bajando hasta llegar al surco entre sus senos. Su pecho se elevaba cada vez más deprisa y su cuerpo se arqueó levemente. Le toqué el ombligo y se tensó bruscamente, trató de apartarme la mano.

—No es...

—Es muy hermoso. Tienes un vientre de mamá.

Mis dedos galoparon sobre su piel antes de subir de nuevo a lo largo de su espalda. Al pasar, le desabroché el sujetador y se lo quité. Ella se estremeció y yo la atraje hacia mí para volver a besarla. Estaba nervioso y tenía la sensación de hacer el amor a una mujer por primera vez. Desde la muerte de Laura mi vida sexual había sido inexistente. Julianne se movía sobre mis muslos y el deseo que sentía por ella era evidente e inusitado a la vez. La relación que tenía con Julianne no se parecía en nada a la que había tenido con Laura: una sombra de misterio seguía envolviéndola y yo cada vez tenía más ganas de conocerla.

Julianne se echó hacia atrás para desabotonarme la camisa. Mi corazón latía a una velocidad frenética y tenía una erección de mil demonios. Eché la cabeza hacia atrás y cerré los ojos. Julianne me abrió la camisa, la sacó del pantalón con gesto decidido, y luego puso la mano sobre mi corazón. Aquel simple contacto hizo afluir una nueva oleada de recuerdos.

Fue doloroso, difícil, una mezcla de nostalgia y de aflicción. Sin embargo, casi agradecía a Julianne que me hubiera puesto una mano sobre el tatuaje, que hubiera repetido el mismo gesto que solía hacer Laura.

Una manera como otra de pasar página, de aceptar a otra mujer en mi vida.

—Es bonito. ¿Los pies de tu hija?

—Sí. Saqué las huellas de su historial médico.

Levanté un párpado y descubrí la sonrisa enternecida de Julianne. Se mordió los labios y dibujó el contorno del tatuaje con la yema de los dedos. Suspiré, conteniéndome para no huir y retroceder, como en nuestro primer encuentro. Pero la atracción que sentía hacia Julianne y la electricidad crepitante que despedían nuestros encuentros superaban mi dolor.

—Incorpórate —me pidió.

Obedecí y me quitó la camisa lentamente, paseando las palmas de las manos por mis hombros y mis brazos.

—¿Haces deporte?

—Squash.

—¿Entonces las paredes de cristal son lo tuyo?

Me eché a reír antes de rodearla con mis brazos. Soltó un pequeño grito de sorpresa cuando la tumbé sobre el sofá. Sentir su pecho contra mi piel era una sensación nueva y muy agradable. Su piel era cálida y suave, y mis exploraciones le pusieron la carne de gallina.

Hundí el rostro en su cuello y posé los labios en la curva del hombro. Llegué al hueco entre las clavículas, subí hacia el mentón y ahogué una risa con un nuevo beso en la boca.

—Me da la impresión de tener quince años.

—¿Podría aparecer tu madre por aquí?

—Ni hablar.

—Entonces no tienes quince años.

Me besó en los labios antes de que me incorporara del todo. La miré un momento y se ruborizó, lo que selló mi decisión. Su timidez, su indecisión, la manera misma de mirarme, como si acabara de darse cuenta de lo que estábamos haciendo... Deseaba a aquella mujer. Deseaba su alegría, sus dudas, sus sonrisas, su cuerpo. Todo.

—¿Adónde vas?

—Al cuarto de baño. No tengo quince años —le recordé.

Me levanté y atravesé toda la casa para llegar a mi cuarto de baño. Abrí uno de los cajones del mueble principal y encontré la caja de preservativos que me había dado Jackson el año anterior.

Aún me acordaba de su advertencia: «Un día u otro me lo agradecerás.»

Eso me hizo sonreír y estrujé la caja con nerviosismo. Laura y yo habíamos usado preservativos al principio de nuestra relación. Éramos vírgenes los dos y nuestro primer intento de usar la protección se había convertido en una escena cómica. Otro buen recuerdo. Casi veinte años después, estaba igual de nervioso.

Cuando regresé al salón, Julianne seguía tumbada con los senos desnudos, divina y deliciosamente excitante. Se incorporó sobre los codos al oírme llegar, luego frunció el ceño.

—Un regalo de mi socio —expliqué.

—¿Le has hablado de mí a tu socio?

—No le he hablado de ti a nadie. Te guardo en secreto para mí —susurré, cubriendo su cuerpo con el mío.

—Entonces tu fama de hombre casto se mantiene.

—Podemos volver a hablar de eso mañana, si quieres.

Aferré su cintura con las manos, pero rápidamente bajaron a las caderas antes de aventurarse hacia el botón de sus tejanos. La miré a los ojos para asegurarme de que todavía tenía ganas. No vi en ellos ningún miedo, ni tampoco deseos de huir. Al contrario, Julianne me estrechó contra ella con mayor fuerza y me besó con pasión.

Le desabroché el botón de los tejanos y deslicé la mano por la abertura. Se arqueó al instante y su respiración se volvió jadeante. Contuvo la respiración cuando mis dedos la acariciaron por encima de las bragas. Se aferró a mis hombros, rechazando abandonarse totalmente.

—Yo también estoy... oxidada —admitió ella entre dos suspiros.

—Todo irá bien.

Moví los dedos suavemente, percibiendo su sexo húmedo bajo la tela. Mi erección, oprimida dentro de los tejanos, cada vez era más dolorosa. Me apoyé un poco más sobre su sexo, escrutando con atención el semblante y las reacciones de Julianne. Era algo nuevo para ambos sin serlo en realidad, como algo que redescubres, antiguas sensaciones enterradas que resurgen con ternura provocándote una sonrisa de felicidad.

Me incorporé y tiré de sus tejanos, luego le quité las bragas. Durante la maniobra, se retorció sin dejar de soltar risitas. Cuando quise volver a echarme sobre Julianne, me rechazó para ser ella quien me desabrochara los botones del pantalón. Reprimí un suspiro de alivio y resoplé cuando su mano me acarició el miembro erecto.

Eso no la detuvo y le pasó la mano por encima, clavando su mirada traviesa en la mía. Una intensa oleada de calor y de deseo nos engulló. Ya no existía nada más que el deseo acuciante de unir nuestros cuerpos. Olvidamos nuestros dolorosos pasados respectivos, borramos nuestros miedos y nos lanzamos hacia delante. Juntos. Julianne me agarró el miembro con la mano y un gruñido de deseo se escapó de mi pecho. Recogió la caja de preservativos del suelo, la abrió y rasgó un envoltorio.

Con el corazón desbocado y preso del deseo que sentía por ella, la observé mientras me cubría el miembro con el preservativo. Después me buscó los labios para besarme y me atrajo hacia sí sobre el sofá.

—¿Tendremos una cuarta cita después de esto? —preguntó Julianne.

—Eso espero.

Mi sexo acarició el suyo y Julianne cerró los ojos, sumida en su placer. La besé en la garganta, percibiendo su pulso palpitante; después, lentamente, me hundí en ella. La sensación de su sexo ardiente contra el mío recorrió todo mi cuerpo. Se me cortó la respiración y durante largo rato me quedé inmóvil, aturdido.

Julianne me había confiado su más profundo y doloroso secreto. Ahora me ofrecía su cuerpo. Con la respiración entrecortada, volvió a abrir los ojos y su mirada se fijó en la mía. Una sonrisa coqueta se dibujó en sus labios hinchados y meneó las caderas.

—¿De verdad te has olvidado de todo? —bromeó.

—Recuerdo lo suficiente, te lo aseguro. Es...

—La sensación. Sí, lo sé. También es nueva para mí.

Me moví yo también, entrando y saliendo de ella, disfrutando de cada uno de sus suspiros, admirando su pecho que se hinchaba poco a poco. Alzó las piernas y las enlazó en torno a mi cintura. Apoyé una mano cerca de su cabeza para mantener el equilibrio mientras con la otra acariciaba su seno y jugaba con su pezón erecto.

Sus gemidos se acentuaron y sus caderas subieron al encuentro de las mías. Tras nuestra lasciva danza, nuestros cuerpos se cimbreaban ahora el uno contra el otro, sensualmente entrelazados. Mi miembro se tensó un poco más. Me reprimí, buscando señales del orgasmo en el rostro de Julianne. Con el corazón a punto de estallar, apreté la frente contra la suya, nuestros erráticos alientos se mezclaron y nuestros labios se rozaron sin llegar a tocarse.

Yo entraba y salía cada vez más deprisa, siguiendo el ritmo de su respiración. Aparté la mano de su pecho y le eché hacia atrás unos mechones de pelo que le tapaban la cara. Dejó escapar un grito de placer, luego otro más y su cuerpo se tensó violentamente. Sin resuello, me corrí dentro de ella, mientras su cuerpo se relajaba poco a poco.

Durante breves instantes no se oyó más que el ruido de nuestra respiración sibilante. Me separé de ella, me quité el preservativo, le hice un nudo y lo tiré, luego volví a tumbarme a su lado con la espalda pegada al respaldo del sofá.

Enteramente desnudos y experimentando aún los restos de nuestro orgasmo, nos miramos riendo, como dos niños que hubieran cometido una travesura sin que los hubieran pillado. Lo que nos unía era mucho más fuerte que el vínculo físico habitual entre dos personas. Ella conocía mi dolor, yo comprendía su sufrimiento. Había habido consuelo en nuestra unión: conocíamos nuestros secretos y nuestros viejos demonios, luchábamos contra ellos regularmente y, allí, esa noche, durante unos minutos, habíamos ganado la pelea.

—¿Y bien? ¿Qué te parezco? —pregunté.

—Un viejo casi casto. ¿Y yo?

—Igual de deseable que antes. Aún más sin el vestido de dama de honor.

Mis dedos siguieron la curva de su silueta, de los pechos a las nalgas. Ella se estremeció levemente y se acurrucó contra mí. Se interesó de nuevo por mi tatuaje y le pasó un dedo por encima. Yo sabía que pensaba en su hija, lo vi en la sombra de dolor que mostraban sus ojos de color avellana.

Le tomé la mano y me la llevé a los labios. Su sonrisa borró la pena y Julianne cerró los ojos mientras yo le besaba los dedos uno a uno.

—Tú me haces olvidar... —confesó ella finalmente—. La culpabilidad, la tristeza, las imágenes desagradables.

—Me alegro mucho.

—Yo también me alegro mucho. Pero es inusual, y eso me da un poco de miedo. Me he confiado a ti, hemos hecho el amor sobre este sofá y...

—Y hemos bailado. Y ha sido genial. Deberías dejarle el análisis a Lisa.

—¿No quieres hablar de ello?

—No. Hablar haría que me sintiera culpable y no quiero sentirme culpable por lo que hemos hecho. Lo deseaba y me niego a pensar que estaba mal. Porque no lo estaba. En absoluto.

—De acuerdo.

—E invitarte a mi habitación tampoco está mal. Simplemente es...

—¿Pragmático?

—Sí. Y más cómodo —dije con una mueca, retirando un cojín atrapado bajo mi trasero.

Lo lancé al otro lado del salón y Julianne se separó de mí para levantarse del sofá. Recogió su ropa, que estaba esparcida por el suelo. Yo me incorporé, inquieto. En sus gestos había cierta premura, como si, a pesar de nuestra conversación, el sentimiento de culpabilidad volviera a atenazarla y le hiciera arrepentirse de lo que acabábamos de hacer.

—¿Qué haces? —pregunté.

—¿No me has hablado de una habitación?

—Cierto.

—¿Y si me enseñas la casa?

—¿Ahora? —dije con tono vacilante. Ella me dio la espalda para volver a vestirse.

—¿Tienes algo mejor que hacer?

Fijé la mirada en sus hermosas nalgas y sus esbeltas piernas mientras se ponía las bragas y la camiseta. Me levanté del sofá y me volví a poner los calzoncillos. El cambio de atmósfera me perturbaba y me pregunté si lo que ella quería era huir de una conversación seria o si realmente estaba interesada en ver la casa, pasada la medianoche.

—Bien, ¿el salón? —prosiguió ella para animarme.

—El salón, las vistas al lago y la terraza exterior.

—¿Había sido una granja?

—Una granja en ruinas. Diseñé los planos con... con Laura. Ella sabía exactamente lo que quería, por desgracia no tuvo demasiado tiempo para disfrutarlo.

Julianne me tomó de la mano y la apretó con todas sus fuerzas. Este nuevo gesto de aliento me sacó de mis lúgubres pensamientos y le dediqué una leve sonrisa.

—¿No has pensado nunca en mudarte?

—No. Perdí a mi mujer una vez, no quiero volver a perderla. Esta casa es ella.

Julianne asintió con la cabeza. La mayor parte de las personas no lo habría comprendido. Me habrían dado diez buenas razones para marcharme de allí. Con Julianne no hubo mirada de desolación, ni de necesidad acuciante de decirme que me equivocaba, que me enclaustraba en mi duelo. Yo necesitaba estar allí, necesitaba sentir la presencia de Laura a mi alrededor.

Pasó la punta de los dedos por el contorno de un cuadro. Contuve la respiración al darme cuenta de que era uno de los últimos regalos que Cecilia le había regalado a Laura por el Día de la Madre. Se componía esencialmente de arena y de flores torpemente dibujadas por mi hija, y llevaba años colgado de aquella pared. Ver a Julianne tocándolo inexplicablemente hizo que se me revolviera el estómago. Cuando intenté retirarlo de su sitio, me interpuse.

—La cocina —indiqué con un gesto de la mano.

Frunció el entrecejo y vi brillar un destello de suspicacia en su mirada. Me habría gustado darle una explicación, pero no se me ocurrió ninguna. Para ser franco, prefería no darle importancia.

Después de ver la cocina, enfilamos el pasillo hacia la escalera. Subí por las escaleras llevando a Julianne de la mano hasta la segunda planta.

—La habitación de Cecilia está ahí.

Señalé una puerta a la izquierda sin abrirla.

—¿Su nombre es por la canción?

—Sí —respondí yo sin entretenerme más.

Giré hacia la izquierda y, a medida que nos acercábamos a una nueva puerta, sentí que me faltaba el aire. Mi aparente entusiasmo no neutralizaba la tristeza que sentía. Aquella habitación conservaba por sí sola más recuerdos que todo el resto de la casa. Al abandonar aquel cuarto, también había dejado atrás mi matrimonio con Laura. La había cerrado a cal y canto, herméticamente. Un símbolo más del fin de mi vida en pareja con mi mujer.

—Mi antigua habitación.

—¿Con tu mujer?

—Con Laura —la corregí yo con cierta brusquedad.

La emoción me embargaba, y apreté la mano de Julianne con tanta fuerza que me sorprendió que ella no se soltara.

—Cooper, no es necesario que sigas.

—Lo sé. Julianne, tú eres la primera mujer con la que he...

Sonrió de oreja a oreja antes de estallar en risas. A mi incomodidad le sucedió la sorpresa. Me puso una mano en la mejilla y me la acarició dulcemente antes de clavar su mirada en la mía.

—La caja de preservativos nueva ya me lo había sugerido.

Su broma me ayudó a relajarme y a hacerme olvidar por un segundo dónde estábamos. Me llevé su mano a los labios y la besé con ternura. Su risa se apagó y una nueva luz iluminó su mirada.

—¿Va todo bien? —le pregunté.

—Sí. Pensaba... pensaba que quizá deberíamos habernos vestido más para esta situación.

—¿Qué situación?

—La clase de situación en la que tú me dices algo importante y yo finjo que no estoy tan emocionada como tú. Lo que quiero decir es... es que también es importante para mí que me enseñes tu casa, que me aceptes en ella.

—¿Por qué lo dudabas?

—Porque tú sabes lo que me atormenta. Y que cuando los demás lo saben acaban mirándome de una manera distinta, como si fuera uno de esos tejidos de puntos irregulares que se apartan y se venden más baratos.

—Más vale que sea sincero: yo te veré siempre de una manera distinta. Pero solamente porque tú me haces sentir... distinto. Mejor. Mucho mejor.

Su tristeza se evaporó y el alivio iluminó su semblante.

Respiré profundamente y abrí la puerta de mi antigua habitación. Las bisagras chirriaron cuando entré cautelosamente en el cuarto. Nos llegó el olor acre a cerrado y encendí la luz haciendo una mueca. Todo estaba allí, en el mismo sitio, paralizado en el tiempo.

Las paredes de color blanco roto, los muebles de madera clara, los ligeros visillos que inflaba el viento, la cama y la colcha de *patchwork* que había hecho la madre de Laura, las fotos enmarcadas con su capa de polvo, el escritorio donde Laura revisaba a veces los planos del despacho, el biombo que habíamos comprado en una tienda de antigüedades, el armario donde guardaba su ropa. Hacía poco que había tenido el ánimo suficiente para vaciar su ropero y llevar sus cosas al desván. El resto —ordenar los libros, quitar su tocador, vaciar el escritorio— había resultado demasiado duro. Había renunciado antes incluso de comenzar. Julianne me soltó la mano y deambuló por el cuarto. Se detuvo delante del espejo de pie y, con la punta de los dedos, rozó los dos collares que Laura colgaba de él.

Me quedé en el umbral de la puerta, sin aliento, con el corazón latiéndome tan deprisa en el pecho que me dolía. Habría podido ahogarme de dolor o llorar de ira, pero la sola presencia de Julianne bastaba para canalizar mi sufrimiento. Verla allí, en aquel cuarto, limitaba los recuerdos y mi amargura. Sin embargo, cuando la vi tocando el fular de seda que había regalado a Laura unos días antes de mudarnos a la casa, surgió un nuevo dolor semejante al que había sentido en el salón. Era soportable, lejos del agudo dolor habitual. Era más sordo, más punzante, y me impedía respirar con normalidad.

—Muy bonito —dijo Julianne, haciendo que el fular se deslizara entre sus dedos.

—Es que... Déjalo, por favor.

Julianne obedeció y noté que se retraía. Siguió con su visita, pero la incomodidad se había instalado entre nosotros y pareció aumentar incluso a medida que se espesaba el silencio. Le dirigí una sonrisa forzada, que disimulaba mal mis dispersas emociones.

—Podemos salir si quieres —propuso ella.

—No, no. Todo va bien, te lo aseguro. Quiero que... quiero que veas la casa.

Mi respuesta sonó como una mentira y, en la expresión de Julianne, vi una sombra que velaba sus ojos cobrizos. Me sujeté en el marco de la puerta, encajando uno a uno, con una fuerza cada vez mayor, los recuerdos que me asaltaban. Julianne lograba ahuyentar algunos; así pues, decidí concentrarme en ella, fijar la vista en su silueta para intentar pensar en otra cosa.

—¿Te resulta difícil verme aquí? —preguntó ella finalmente.

—Es difícil. Tú, otra, yo mismo. En esta habitación, todo es difícil.

—¿No has pensado nunca en cambiarla?

—¿Redecorarla? No. Aún me duele poner los pies en su interior.

—¿Y tu hija ha entrado ya?

—Una vez. La acompañó Annah, mi hermana, el invierno pasado. Annah buscaba viejas fotos y pensó que podría encontrarlas aquí.

—Después de la muerte de Susan, no volví a poner los pies en la habitación que iba a ser su cuarto. La casa se ha vendido, mi matrimonio ha acabado hecho cenizas. Ya no tengo nada.

—Quizá sea mejor.

—Quizá. En cualquier caso, es una habitación preciosa. Imagino que la vista debe de ser soberbia.

—A mediodía el sol llena toda la habitación.

Julianne se acercó al ventanal y lo abrió. Salió al pequeño balcón que dominaba el lago, dejando que el aire fresco entrara con fuerza. Miré su frágil silueta, renunciando a analizar lo que yo sentía. La alegría se mezclaba con la cólera, el dolor cedió su lugar a la calma.

Inseguro, me uní a Julianne en el balcón, estremeciéndome con el contacto helado de las tablas de madera que adornaban el suelo.

—No había oído un silencio semejante desde que llegué a Portland.

Delicadamente, posé las manos en su cintura. Dio un respingo antes de volver el rostro hacia mí.

—Deberíamos terminar la visita.

—No pasa nada —mentí yo.

—Cooper, sé distinguir cuándo pasa algo. Y creo que ya hemos tenido suficientes experiencias nuevas por esta noche.

Me tomó de la mano y, sin decir nada, me llevó de vuelta al pasillo. Cerró la puerta cuando salimos y yo me permití por fin respirar normalmente.

—¡Y ahora, vamos a tu habitación!

Volvimos a bajar por la escalera. Esperaba dejar el fantasma de Laura detrás de mí. Si Julianne iba a pasar la noche allí, no quería echarla a perder por culpa de mi duelo. Llegamos a mi habitación. Como en las otras estancias, Julianne deambuló unos segundos en silencio, demorándose en proyectos pendientes, libros, viejos dibujos de mi hija. Acabó sentándose en la cama y, con el índice, me hizo señas para que me acercara.

—Los preservativos están en el salón —musité.

—¿Me tomas por una principiante?

Se levantó la camiseta y vi la caja de preservativos metida

en el elástico de sus bragas. Fue reptando por la cama a medida que me acercaba, hasta quedarse tumbada, y me eché encima. Sacó la caja de preservativos y la dejó sobre la mesita de noche. Al instante siguiente, mis labios estaban sobre los suyos y le quité la camiseta para notar el contacto de su piel contra la mía. Se arqueó y dejó escapar un gemido cuando mi erección se apretó contra su muslo.

Yo sentía deseos de darle las gracias, de decirle hasta qué punto me alegraba que hubiera aparecido en mi vida en el momento en que menos lo esperaba; me habría encantado decirle cuánto me gustaba, hasta qué punto nuestros encuentros fortuitos me habían permitido regresar al mundo de los vivos. Esperaba que el deseo que ella despertaba en mí fuera suficiente para expresarlo. Me separé de sus labios y Julianne me rodeó el cuello con los brazos antes de murmurar en mi oreja:

—Sana y salva.

—Sana y salva —repliqué yo, haciéndola rodar por la cama.

Eché el edredón sobre nuestros cuerpos entrelazados y la besé de nuevo hasta perderme en ella.

Al despertarme, estaba solo. Al parecer Julianne se había marchado al alba. Me froté la cara para despejarme, conteniendo una leve exasperación. Estaba claro que Julianne era una especialista en fugas que se me escapaba entre los dedos cuando pensaba que podía retenerla.

Me di la vuelta y encontré una nota garabateada en un trozo de papel arrugado. Me incorporé y me sorprendí sonriendo al descubrir su letra.

—«Hasta el próximo encuentro al azar» —murmuré, leyendo.

Revisé el papel por todas partes, en vano: ni dirección ni número de teléfono. Una vez más, Julianne me había abandonado, sin medios para encontrarla. Mi incomprensión inicial se desvaneció para dar paso a un arrebato de euforia. Sabía perfectamente lo que debía hacer para que Julianne permaneciera en mi vida y ya sabía dónde encontrarla... por azar.

CUARTA PARTE

Cecilia

Emma llamó suavemente a mi puerta antes de entrar en mi despacho. Levanté la nariz de la pantalla y me eché a reír al ver la vestimenta de mi ayudante. A la lista de sus múltiples talentos, podía añadir el potencial creativo de sus atuendos. Se mordió los labios, debatiéndose entre las ganas de reír y un arrebato de orgullo. Reírse conmigo era admitir lo ridículo de la situación.

—Es el color —me justifiqué yo—. El...

—Caqui. Es caqui —declaró Emma, avanzando hacia mi mesa.

—Es bastante... sorprendente.

Emma tiró de la camisa de bolos. Era demasiado grande y le quedaba mal. Parecía que mi ayudante flotaba en el interior. Me recosté en mi butaca y retomé la conversación.

—¿En qué cita está ahora mismo?

—La décima.

—¿Se cuentan aún las citas a esas alturas?

—Más o menos. Pero esta noche tendré el honor de que me presente a sus amigos.

Se retorció los dedos con nerviosismo, después atrapó un hilo para quitárselo de la camisa.

—¿Cuál es el problema? —pregunté.

—La presentación a los amigos es complicada.

—¿Complicada? ¿Comparada con qué? Para mí hacer un pastel de chocolate entra dentro del terreno de lo imposible.

Mi broma tuvo el mérito de tranquilizar un poco a Emma. La invité a sentarse, pero ella rehusó y permaneció de pie, justo delante de la butaca.

—Estoy segura de que exagera.

—Casi tanto como usted. Va a jugar a los bolos, a beber unas cervezas y a pasar un buen rato; todo eso me parece bastante fácil.

—¿¡Le parece que será una noche como otra cualquiera?!

—Me parece una noche en la bolera —dije yo, riendo—. Además, hace una eternidad que no juego a los bolos.

—Van a interrogarme, a escrutarme, a examinarme con lupa. Me harán preguntas serias, otras no tanto. Tendré que ser divertida, sin pasarme, demostrar mi cultura, con moderación, y fingir relajación cuando tendré la tensión por las nubes. No es una simple velada en la bolera.

—¿Está un poco estresada, no? —bromeé yo.

Esta vez Emma me lanzó una mirada asesina.

—¡No tiene la menor idea de la presión que tengo sobre mí! La bolera es toda una prueba. Vamos a jugar en equipo: si se me da demasiado bien, van a detestarme; y si lo hago muy mal, ¡también me van a detestar!

—Emma, la van a adorar. Sea usted misma. Sabe gestionar mi agenda, ayudarnos con nuestros proyectos más descabellados. ¡Sabrá perfectamente cómo actuar con jugadores de bolos!

Mi móvil vibró sobre la mesa. Vi el nombre de Mark y sonreí. Sabía perfectamente de qué quería hablarme. Rechacé la llamada para concluir la conversación con mi ayudante.

—Emma, estará sensacional, estoy seguro. Sinceramente, son ellos los que ganarán conociéndola a usted.

—Gracias —murmuró, sin convencerse realmente con mi cumplido.

Reculó hacia la puerta y me hizo un breve gesto con la mano. Seguía nerviosa y estuvo a punto de chocar con un mueble. Se apretó un poco más la cola de caballo y yo le dirigí unas últimas palabras antes de dejarla partir.

—Emma, si ese tipo prefiere a sus amigos a su sentido del sacrificio en camisa caqui, ¡envíemelo! Yo le enseñaré cómo hablar con las damas.

—Recuérdeme desde cuándo no ha «hablado con las damas».

—Es como ir en bicicleta, no se olvida nunca. Y soy partidario de los métodos tradicionales, ¿sabe?, flores y candelabros.

—Le deseo un feliz año 1978 —ironizó ella, saliendo del despacho entre risas.

—¡A por el pleno, Emma!

Volvió a reír y yo me felicité por haber podido cambiar su estado de ánimo durante unos segundos. Me levanté de mi mesa, me aflojé la corbata, me desabroché el primer botón de la camisa y me situé delante de la ventana para mirar el tránsito de vehículos por la avenida que discurría a los pies del edificio. Pensé brevemente en Julianne, en su comentario sobre el ruido de la ciudad. Levanté la vista hacia los edificios y pasé revista a las ventanas de los apartamentos.

Julianne estaba en algún lugar, cerca de allí, pero yo no tenía manera de contactar con ella. Suspiré, renegando interiormente del principio mismo del azar. Volví a la mesa en busca del móvil y marqué el número de Mark. Nuestra conversación acabaría por expulsar a Julianne de mis pensamientos.

A menos, claro está, que ella se convirtiera en el centro de esa conversación.

Por el sonido alborozado de la voz de Mark comprendí que se trataría de la segunda opción. Estaba claro que la última parte del último email que le había enviado había despertado su curiosidad.

—¿La conozco? —preguntó, después de los saludos de rigor.

—No. Es...

¿Algo nuevo? No. No era nuevo. Curiosamente, tenía la sensación de que mi relación con Julianne —que se limitaba a unos cuantos encuentros y una noche— no era tan reciente. Habría necesitado demasiado tiempo para explicárselo a Mark y demasiadas energías. Me oprimí el puente de la nariz con los dedos y respiré profundamente.

—Es algo nuevo.

—Es genial, Coop. ¡Genial de verdad! ¿Dónde la conociste?

—En un evento de arquitectos.

—¡Oh! ¿Una colega?

—La verdad es que no. Fue el azar —añadí, conteniendo la risa.

Julianne estaría orgullosa de mí. Enseñaría los bíceps gritando que era la mejor en nuestro pequeño juego. Estaba claro que había ganado: yo estaba solo y era ella quien tenía más indicios para poder volver a encontrarme.

—El azar es formidable —comentó Mark—. Fíjate en Maggie y en mí.

—¡Vosotros os conocéis desde hace veinte años!

—Exactamente. Y sin embargo fue al cruzarme con ella en un restaurante cuando lo comprendí. Ella esperaba a su madre y yo esperaba a...

Se produjo una larga pausa antes de que estallara en sonoras carcajadas.

—¡Por Dios, ni siquiera me acuerdo de su nombre! En resumen, la rubia no se presentó y acabé cenando con Maggie y su madre. ¡El azar!

—¿Y si me explicas por qué habéis adelantado la fecha de la boda?

—Por el hermano de Maggie. Tiene un corto permiso antes de volver a marcharse durante seis meses a África. Queríamos aprovechar que está aquí.

—Por un momento había creído que el padre pastor de Maggie os obligaba a casaros por haber tenido relaciones sexuales.

—Digamos que oficialmente queremos aprovechar la presencia de su hermano. Espero que no sea un problema para ti. ¿Sigues siendo mi padrino?

—¡No me lo perdería por nada del mundo!

—Y entonces vendrás con...

—Mi hija.

—No te hagas el listo conmigo. ¿Cómo se llama?

—Julianne —dije, con un bufido, como si le revelara un oscuro secreto—. Se llama Julianne.

—Julianne. Tomo nota.

Se produjo un silencio, como si los dos nos hubiéramos percatado de la importancia de la conversación. Pensé con ternura en Emma y su camiseta caqui. A mi manera, yo me enfrentaba también a una dura prueba en mi relación con Julianne: que la conocieran los que habían conocido a Laura, los que iban a compararla, los que me sonreirían compasivamente.

—Cooper, de verdad que es genial. Laura no habría querido que acabaras quedándote solo.

Yo debía de ser el único en percibir la ironía de aquel comentario en toda su amplitud. Laura no habría querido enfermar, no habría querido morir, no habría querido dejar a su hija de seis años. Efectivamente, Laura no habría querido que yo acabara solo en ningún caso.

—Maggie y yo estamos muy contentos por ti. ¿Cuándo llegarás a Barview?

—El viernes que viene.

—Estupendo. ¿Iremos a tomar algo?

—¿Se supone que he de organizarte la despedida de soltero?

—Innecesario, no necesito una excusa para tomarme unas cervezas. Tengo que dejarte, llámame cuando llegues.

—Sin falta.

Mark cortó la comunicación y yo me metí el móvil en el bolsillo de la chaqueta. Eché un vistazo al reloj antes de volver la vista hacia Portland. Echaba de menos a Julianne. Y ahora tenía que reencontrarla para cumplir con la invitación de Maggie y de Mark.

—Buena jugada, Cooper: proponerle ir a una boda para cumplir con una invitación —dije en voz alta con una mueca—. ¡No va a aceptar! ¿Dónde estás? —murmuré.

—Si hablas del proyecto Thomson, está aquí, ¡está terminado y Thomson va a firmar por fin! —exclamó Jackson entrando en mi despacho.

—¡Buenas noticias!

Arrojó la carpeta sobre mi mesa, luego se dejó caer en una de mis butacas, con los brazos colgando a los lados y la cabeza recostada. Estiró las piernas sobre la mesita baja y yo arqueé una ceja, sorprendido, al constatar que Jackson no llevaba calcetines.

—¿Colección de verano? —pregunté.

—Tu hermana —respondió él, levantando un párpado fatigado—. Una medida de represalia.

—¿Te ha quitado los calcetines?

—¡Tampoco tengo calzoncillos!

Contuve la risa mientras Jackson se incorporaba con expresión contrariada. Se desanudó la corbata y exhaló un suspiro.

—¿Qué has hecho para merecer su cólera?

—Por Dios, Coop, ¿no puedes hablar como un hombre de este siglo?

—Puedo. Pero eso te molestaría menos.

—¿Te solidarizas con tu hermana?

—Totalmente. De todas formas me gustaría saber qué has hecho —repetí, instalándome detrás de mi mesa.

Recogí la capeta del proyecto Thomson y empecé a hojearlo. Jackson me fulminaba con la mirada, como si sopesara la importancia de su confesión, luego exhaló un pesado suspiro.

—He anulado su cita con otro hombre.

Alcé los ojos hacia él y enarqué una ceja inquisitivamente. Me costaba creer que hubiera llegado tan lejos. Eso iba mucho más allá de una simple broma. Si conocía a mi hermana, debía de estar tramando una venganza mucho más feroz que la historia de los calcetines.

—¿Quieres escuchar mi opinión? —pregunté.

—La verdad es que no.

—Te la daré de todas formas. ¡Sinceramente, tienes suerte de estar vivo! ¿Por qué has hecho algo así?

—Por celos. Ni siquiera puedo decir que lo haya hecho por su bien o por accidente. Simplemente estaba celoso y he anulado la cita diciéndole al tipo que Annah me había contagiado una ETS.

—¡¿Que has hecho qué?!

—Me has oído perfectamente.

—Eres un cretino total.

—Necesito que me ayudes... ¡Tu hermana no quiere ni siquiera comer conmigo!

—Después de esto, tendrás suerte si te vuelve a dirigir la

palabra. Pídele perdón. Flores, lágrimas, rezos. Haz lo que quieras, pero me niego a que vuestra... historia afecte al funcionamiento del despacho.

—Cooper...

—Y yo no quiero elegir entre mi hermana y tú. ¡Así que, resuelve el problema!

Habitualmente, nuestras pequeñas dificultades me hacían sonreír, pero esta vez Jackson se había pasado de la raya. Yo aún no tenía claros los límites exactos de su relación, pero estaba claro que Jackson había traspasado una línea roja al interferir en la vida de mi hermana.

Mi socio se levantó pesadamente, descontento con mi reacción. Volví al proyecto Thomson y dirigí un último comentario a mi socio:

—Chocolate con leche, tulipanes, el azul, Van Gogh, Salinger, las películas de Indiana Jones, Madonna, y llorar siempre con todos los documentales con crías de animales.

—Sigo dudando entre comida italiana y china.

—Prueba otra vez —le animé yo, consultando la última versión del plano del edificio.

—¿India?

—¡Utiliza la imaginación!

Cerré la carpeta y Jackson me lanzó una última mirada de desolación antes de salir de mi despacho. Yo me quedé mirando la puerta durante un buen rato. Mis pensamientos se desviaron automáticamente hacia Julianne. No tenía la menor idea de sus preferencias con respecto al chocolate.

Regresé a mi casa ya de noche bajo una lluvia persistente. Me sorprendió encontrar a mi hija en el salón, delante del televisor. Lo apagó precipitadamente y se levantó. Se envolvió en la chaqueta de Laura y me lanzó una sonrisa insegura.

—¿Va todo bien? —pregunté.

—Sí. Bien. Estaba... estaba mirando una película.

Atraje a mi hija contra mí y nos abrazamos unos segundos. Ella me rodeó con los brazos y yo le di un beso en la coronilla.

—¿Las clases van bien?

—Sí. Yo... Lee me ha... en fin...

—¿Quién es Lee?

—Un chico del instituto.

Fruncí el ceño. Mi hija reculó un paso con ese delicioso mohín de adolescente contrariada en la cara. Me crucé de brazos, esperando a que se explicara.

—Papá, no es necesario que me sueltes el sermón sobre las flores y las abejas.

—Pensaba más bien enseñarte unos métodos eficaces de defensa personal.

—¡Papá!

—Vale, ¿qué pasa con Lee?

—Me ha invitado a ir al cine la semana que viene. ¿Estás de acuerdo?

—Si es un día entre semana, ni hablar.

—Es viernes.

—Estoy de acuerdo si primero me lo presentas y te trae de vuelta a las diez.

—¡Papá! —protestó ella. Me dirigí a la cocina—. ¡Seguramente la película no se habrá acabado a las diez!

—¡Tienes catorce años, lo de las diez no es negociable! —me empeciné yo, abriendo la puerta de la nevera.

—¡Mamá y tú salíais hasta mucho más tarde!

Me quedé inmóvil antes de sacar una botella de agua. Cerré la puerta de la nevera y me volví lentamente hacia ella. Tener un padre solo ofrece un arma de primera calidad al adolescente exigente: la culpabilidad. Con una sola frase, Cecilia acababa de destrozar mi minúscula autoridad de padre de familia. Hice un esfuerzo por reflexionar durante unos segundos: ¿qué habría dicho o hecho Laura en una situación así?

Regresé al salón y me apoderé del mando de la televisión. Tal vez terminar la velada delante de una película acabaría por zanjar el debate. En todo caso, me serviría para evitarlo. Al encender el televisor, lo olvidé al instante.

Laura apareció en la pantalla, radiante en su vestido de novia, con los cabellos recogidos en un bonito moño y un velo sujeto a él. La mirada de mi hija pareció taladrarme la nuca. Me desplomé en el sofá con lágrimas en los ojos mientras mi mujer llenaba la pantalla.

—Estaba en la caja...

—Lo dudo.

Sentí una opresión en el corazón cuando vi a mi mujer reír a carcajadas, con el ramo de flores silvestres en la mano.

—Chocolate negro, lirios, el amarillo, Klimt, Harrison —musité, emocionado.

Mi hija vino a sentarse a mi lado. Tras un instante de vacilación, la acogí bajo el brazo, con su cabeza delicadamente posada contra mi pecho.

—Lo grabó el padre de tu madre.

—¿Un buen recuerdo? —preguntó mi hija.

—El mejor. Ojalá tú tengas un recuerdo igual.

—¿Con Lee? —bromeó ella entre risitas.

—He dicho que ojalá lo tengas, no que quiero que lo tengas antes de acabar el instituto. Tu madre era muy guapa.

Un nudo familiar se me formó en la garganta. A eso se parecía mi dolor: a un nudo grueso y espinoso, hundido en el fondo de mí mismo y que reaparecía a la menor ocasión. Se sucedieron las escenas sobre la pantalla: la llegada a la iglesia, Laura y su padre recorriendo el pasillo hasta el altar, su mano en la mía en el momento en que nos recibía el sacerdote. Cada uno de los detalles me volvía con fuerza multiplicada. Echaba de menos a Laura desesperadamente.

Estreché a Cecilia con más fuerza mientras escuchaba a Laura recitando sus votos con una asombrosa seguridad.

—Casarme con tu madre fue la mejor decisión de toda mi vida. Había ensayado sus votos durante horas. Era increíble, segura de sí misma.

—¿Es por eso por lo que sigues solo?

La pregunta me provocó el efecto de una bofetada y me sacó de la ensoñación de mis recuerdos. Me tensé y traté de concentrarme en el vídeo: la iglesia, los pétalos de flores, Annah con lágrimas de emoción, mi madre y mi padre estrechamente enlazados.

—Te tengo a ti, no estoy solo.

—No es eso lo que quería decir. Nunca has... En fin, podrías conocer a alguien.

Guardé silencio. La noche que había pasado con Julianne era la respuesta a las preguntas de mi hija. Efectivamente, había conocido a alguien, había vuelto a tener la sensación de estar vivo y entero, había sentido una burbuja de felicidad en su compañía. Pero, al ver a Laura en la pantalla, había resurgido una forma de culpabilidad.

—¿Cómo le pediste a mamá que se casara contigo?

—En Barview, en la playa. Hacía calor y yo volvía de bañarme. Tu madre estaba tumbada boca abajo en su toalla. Para fastidiarla, me tumbé encima de ella.

Los hombros de mi hija se movieron, señal de que se reía de mi pésima broma. Volví a sumergirme en mis recuerdos. Concentrándome, podía imaginar el sol ardiente sobre mi espalda y el sabor salado de la piel de Laura.

—¿Lo tenías preparado desde hacía tiempo?

—¿Mi petición de matrimonio? Sinceramente, desde el

instante en que conocí a tu madre supe que quería casarme con ella.

En la pantalla, nos había visto poniéndonos las alianzas. Yo temblaba como una hoja al levantarle el velo para darle el primer beso como señora Garisson. Al instante siguiente, resonaron los aplausos y la imagen se centró en mi madre, que se secaba una lágrima del rabillo del ojo.

—¿Y después de tumbarte encima de ella?

—Soltó una exclamación de sorpresa, me dijo que yo era un cretino, que iba a llenarla de arena. Y justo entonces le dije que sería el cretino más feliz del mundo si aceptaba casarse conmigo.

—Y ella dijo que sí —terminó mi hija por mí.

—Y ella dijo que sí.

Las imágenes desfilaban por la pantalla, despertando nuevos recuerdos: el discurso del padre de Laura, el pastel, nuestro primer baile. En perspectiva, tenía la sensación de no haberlo aprovechado bien, de no haber saboreado suficientemente cada instante con ella. Durante mucho tiempo, había pensado en la enfermedad como un castigo que se me infligía, como si antes hubiéramos sido demasiado felices.

—Parece todo muy agradable —comentó mi hija.

—Lo era. Mi vida con tu madre fue muy agradable.

El vídeo terminó y se quedó fija la última imagen: Laura y yo saludando a nuestros allegados cuando abandonábamos el banquete para partir de luna de miel. El nudo que tenía en la garganta se cerró con más fuerza aún, hasta el punto de dejarme paralizado en el sofá. Mi hija se incorporó. Su mirada se cruzó con la mía y volvimos a abrazarnos, disimulando los sollozos. Hacía años que yo no lloraba por Laura. A veces me había emocionado, a veces había derramado una lágrima, pero jamás había llorado hasta el punto de olvidar todo lo demás.

—Va, deberías irte a dormir —dije finalmente.

Mi hija me dio un beso en la mejilla y su sonrisa se hizo más amplia.

—Mi vida aquí es muy agradable, papá.

—En cualquier caso, lo intento. Quiero que te sientas bien aquí.

—Y yo quiero que te sientas bien, punto. No tienes que quedarte solo aquí conmigo —declaró ella, levantándose del sofá.

—¿Es que quieres casarme? Confiesa, quieres deshacerte de tu viejo padre para pasar las veladas a solas con Lee.

Ella tuvo la amabilidad de sonrojarse antes de bajar la vista. Yo ya sabía qué pretendía mi hija. Después de un verano con mi madre, estaba totalmente convencida de la urgencia de que yo «rehiciera mi vida». Yo no quería rehacer nada. Solo quería seguir adelante y conseguir que Julianne formara parte de ella.

—Escucha, si me lo presentas, os dejo hasta las once.

Ella levantó su rostro angelical y me dedicó una sonrisa radiante. Volvía a ser el padre ideal a sus ojos y había conseguido ahuyentar la nube de tristeza que se había abatido sobre la casa.

—Gracias —musitó ella.

—Pero quiero conocerlo.

—¡No hay problema!

Cecilia hervía de excitación y de entusiasmo como rara vez la había visto yo. Su actitud me hizo reír. Con el rabillo del ojo, percibí el rostro sonriente de Laura en la pantalla. Ella lo aprobaría, seguro.

—¿Sabes? Hablaba en serio: no me molestaría que tú también fueras al cine con alguien. Tú... en fin... tus votos dicen «hasta que la muerte nos separe». Mamá no te lo reprocharía si tú... si tú salieras con alguien.

—Recuerdo mis votos —dije yo con voz neutra—. Pero

no soy el mismo hombre que sale en ese vídeo. De todas maneras, te tengo a ti, y eso es lo único que cuenta.

—Un día me iré de aquí, papá, y la nevera estará llena de platos precocinados.

—¿Entonces tengo que encontrar a una mujer que sepa cocinar?

—¡Si no lo haces por ti, hazlo por mi tranquilidad de espíritu! ¡Buenas noches, papá!

—Buenas noches, cariño.

Ella se fue dando brincos hacia el pasillo y yo volví a reír. Siempre había imaginado que hablar de Laura a Cecilia sería complicado y doloroso. Ahora me daba cuenta de que las conversaciones nos habían unido más y me habían enseñado a canalizar mi pena. Seguía estando ahí, pero ya no ocupaba un lugar dominante en mi vida.

—A propósito, papá, te he apuntado para la organización de la velada de fin de año.

—¿Que has hecho qué?

Se encogió de hombros sin disimular su traviesa sonrisa.

—Atenderás en el bar. ¡Y mi profe de matemáticas sabe cocinar!

—¡A la cama! —le ordené yo para cortar en seco la conversación.

Se le escapó una risita. Estaba orgullosa de su pequeña emboscada. Decidí en el acto no dejarle hablar nunca más con mi madre. Estaba claro que esta última tenía una mala influencia sobre mi hija. Cecilia subió por la escalera en dirección a su cuarto y mi mirada se desvió de nuevo hacia la pantalla.

Volví a recostarme en el sofá y me apoderé del mando de la televisión. Mi pulgar quedó suspendido un buen rato sobre los botones antes de decidirme.

—Buenas noches, Laura —dije, y apagué el televisor.

QUINTA PARTE

Can't Take My Eyes off You

—Cecilia sigue haciéndome preguntas sobre su madre... y sobre nuestra relación.

—¿Le molesta?

Lisa Lewis me miró con atención, sin dejar de garabatear unas notas en su cuaderno. El recuerdo de la conversación con mi hija estaba aún fresco y doloroso. Al llevar la caja de cartón con recuerdos a la casa, no era consciente de que contenía tantos objetos vinculados a mi vida con Laura. Pequeños objetos, migajas de nuestra vida que se iban convirtiendo poco a poco en pequeños guijarros sembrados en el curso de nuestra relación.

Me levanté de la butaca y me acerqué a la ventana. Una lluvia fina y fría caía sobre Portland desde hacía dos días. Intentaba desentrañar mis sentimientos en vano. La pena tenía tendencia a oscurecer todo lo demás, como si no existiera. Solo Julianne había logrado levantar el velo y hacerme sentir otra cosa. Hacía ahora diez días que no tenía noticias suyas. No tenía la menor idea de en qué punto estaba nuestra historia. ¿Era solo una historia? Pero al menos le estaba agradecido por haberme hecho disfrutar de algo que no fuera la melancolía.

—No. Creo incluso que debería haberlo hecho antes. Es curioso: siempre he hecho todo lo posible por evitar el tema y, sin embargo, debo admitir que hablar de ello con mi hija... Es como si Laura estuviera aquí.

—Hace ya casi nueve años, Cooper.

—¿El tiempo cura las heridas? ¿Es eso? —dije con ironía.

—No era eso lo que quería decir. Su dolor le pertenece solo a usted. Me preguntaba más bien por el elemento desencadenante de esas conversaciones con su hija.

Me di la vuelta y metí las manos en los bolsillos.

—Cecilia quería saber. La enfermedad la privó de su madre y yo no tenía derecho a hacer lo mismo. Ha de saber hasta qué punto amaba yo a su madre por encima de todo, hasta qué punto la echo de menos y hasta qué punto se le parece ella.

—También podría guardarse una parte para sí.

—Ya lo hago. No quiero que comparta mi tristeza, sería injusto para ella.

—Cooper, tiene que comprender que su hija también ha vivido su duelo. Es diferente del suyo, pero existe.

—Lo sé. Lo veo cada vez que me mira. Me tiene abrumado, no sé qué hacer para borrarlo. Tengo miedo de decepcionarla, miedo de que ella se dé cuenta de que no soy el hombro en el que ella espera encontrar consuelo.

Esbocé una sonrisa antes de volver a sentarme en la butaca delante de Lisa.

—Cuando era pequeña, adoraba que la aupara y la hiciera volar por la casa. Yo era una especie de héroe a sus ojos. Querría volver a esa época —dije con nostalgia—. Jamás imaginé que ella pudiera... No la he visto hacerse mayor. He evitado a mi hija, he evitado la casa, he evitado todo lo que podía; no ha sido feliz hasta...

—¿Hasta qué, Cooper?

Me pasé una mano por la cara y exhalé un suspiro de irritación. Hablar con Lisa me hacía bien, exorcizaba mis demonios, y yo me abría a ella como a ninguna otra persona. Pero esa noche, al hablarle, al oírla animándome a hablar, solo pensaba en Julianne. Percibía su mano apretando la mía, veía sus ojos de color avellana, notaba su suave piel deslizándose contra la mía.

—¿Hasta qué? ¿Cooper?

—Esto le va a parecer... una locura.

—Soy psicóloga, Cooper, dudo que pueda sorprenderme.

—He conocido a una mujer.

La sonrisa de Lisa se ensanchó. Me animó a proseguir con un gesto de la mano. Yo no sabía por dónde comenzar: nuestro encuentro, nuestra noche juntos, nuestros duelos respectivos. Seguía sin comprender del todo qué era lo que nos unía, pero estaba ahí, impalpable e intenso. Julianne decía que era el azar, yo prefería llamarlo destino.

—Eso no es ninguna locura.

—Ella... ella es increíble, y con ella no siento esa tristeza habitual. Lo entiende —añadí después de una breve pausa.

Lisa asintió con la cabeza, encantada de constatar que yo me abría por fin a otra mujer. Después de casi seis años de terapia, detectaba cuándo le satisfacía lo que yo le contaba.

—Lo entiende porque ha vivido lo mismo.

—¿Y es...?

—Es Julianne. Sé que es una de sus pacientes. Me la crucé la semana pasada después de la sesión en grupo.

—¿Qué siente con ella?

—Comprensión. Unión. Algo indescriptible que hace que no necesitemos hablar para conocer nuestros pensamientos. Es... No sé. Es diferente que con Laura. Y Julianne ha decidido que nuestra... eh... relación debe depender del azar.

Lisa contuvo una carcajada, luego cerró su cuaderno de notas. Echó una mirada al reloj y se levantó de la butaca, señal de que la sesión había terminado. Se encaminó al otro lado del escritorio y consultó su agenda.

—Me gustaría mucho poder encontrarme con ella —añadí.

Lisa levantó la vista hacia mí, pero permaneció en silencio.

—Ni siquiera tengo un número de teléfono para poder llamarla. Si usted pudiera darme su dirección, me ayudaría a...

—No me está permitido hacer eso, Cooper. Julianne es una de mis pacientes, no sería ético.

—Solo quiero hablar con ella.

Mentía. Quería tocarla, desnudarla, besarla, oírla. Hablar con ella también, pero después. Julianne me hacía feliz, Julianne me atraía. Volver a verla era ofrecerme la oportunidad de desearla de nuevo, con un deseo tan intenso que me impedía incluso pensar racionalmente.

—Cooper, lo entiendo, pero no puedo. Si Julianne hubiera querido volver a verlo, le habría ofrecido un medio para ponerse en contacto con ella —dijo, volviendo las hojas de su agenda.

—La he visto sonreír cuando he mencionado el azar.

Lisa se quedó inmóvil por segunda vez, antes de levantar los ojos hacia mí. Apoyó las palmas de las manos en el escritorio y aspiró profundamente.

—Cooper, ¿qué le parecería volver a una sesión, digamos, al azar, mañana por la tarde?

—Tengo una reunión que podría eternizarse, no creo que...

—«Al azar», Cooper. ¿A las ocho? Procure llegar puntual, es importante —añadió ella, anotando la cita en su agenda.

—¿Está segura?

—Del todo. Creo que después se sentirá mucho mejor.

Me dedicó una sonrisa de complicidad, luego señaló la puerta de su consulta con la mano derecha. Me puse la chaqueta, un poco abochornado. Si el instinto no me mentía, Lisa Lewis acababa de concertarme un encuentro fortuito con Julianne. No sabía qué me inquietaba más: que mi psicóloga se aliara conmigo, o que mi próximo encuentro con Julianne estuviera programado.

Estaba nerviosísimo. No albergaba ninguna duda sobre mi iniciativa: quería volver a ver a Julianne y quería conservarla a mi lado. En un día, había tenido tiempo para pensar en lo que iba a decirle y la manera en que iba a sortear sus reticencias. Sobre todo, no quería provocar su huida definitiva.

Así pues esperaba delante de la puerta del edificio donde estaba la consulta de Lisa Lewis. Eran cerca de las ocho y cuarto y empezaba a preguntarme si no habría anulado su cita. Exhalé un suspiro al notar las gotas de lluvia que me caían en el pelo.

La pesada puerta batiente se abrió con un chirrido y mi corazón se aceleró de inmediato antes de calmarse con igual rapidez.

—Buenas noches —me saludó el conserje del inmueble.

—Buenas noches.

Ignoré su sonrisa cómplice y me arrebujé en mi negro abrigo de lana.

—¿Quiere entrar a resguardarse?

—No es necesario. ¿Sabe usted si la doctora Lewis ha salido ya de su consulta?

—¿Es a ella a quien espera?

Detrás del conserje vi abrirse las puertas del ascensor, dando paso a Julianne, iluminada por una decena de focos amarillos. Se puso una chaqueta corta por encima de la blusa de manga corta, luego hundió las manos en los bolsillos de sus tejanos azul oscuro.

—No, a ella.

El conserje volvió la cabeza hacia Julianne y automáticamente empujó la puerta para que pudiera salir del edificio. Al verme, Julianne soltó una sonora y cálida carcajada. El conserje se metió en el edificio, dejándonos solos bajo la lluvia.

—Es el azar —dije yo, tratando de no reír.

—¿El azar te ha hecho venir hasta este edificio, a esta hora, y con un ramo de flores?

—Rosas rojas.

—Recuérdame cuántos habitantes tiene Portland.

—Cerca de seiscientos mil —respondí yo con una ancha sonrisa—. El azar siempre funciona, como dijiste tú.

Le tendí el ramo y ella metió la nariz entre las rosas sin disimular su alegría. La lluvia arreció y un escalofrío me recorrió la espina dorsal.

—El azar habría podido funcionar aún mejor si me hubieras dado tu número de teléfono.

Levantó la mirada hacia mí y arqueó una ceja con expresión regocijada. Mi nerviosismo iba disminuyendo poco a poco, pero debía admitir que temía lo que pudiera decir. Habíamos pasado una noche juntos, una noche que, a mis ojos, era importante. Me preguntaba ahora si también lo era para ella.

—¿Y qué sería entonces de la magia del instante? —preguntó—. Las rosas, la lluvia, el azar, tú... No darte mi número fue una idea excelente. Ha transformado un momento banal en un momento maravilloso.

—Debería confesar que soy culpable de connivencia con Lisa.

—Siempre he tenido debilidad por los chicos malos. El tatuaje es un plus.

—¿Entonces te acuerdas?

—Me acuerdo de todos y cada uno de los detalles de esa noche, Cooper.

Hizo una pausa y esbozó una tímida sonrisa.

—Por primera vez después de mucho tiempo, me sentí... completa.

—¿Qué te parecería ir a tomar algo?

Ella asintió con la cabeza, y yo me quité el abrigo para cubrirnos a los dos con él. Julianne me rodeó la cintura con el brazo y se apretó contra mí, agachando la cabeza. Atravesamos la avenida corriendo, zigzagueando entre los coches y los charcos de agua. Julianne soltó un grito ahogado cuando un coche pasó rozándonos y nos salpicó de agua las piernas.

Al entrar en el bar, estábamos empapados y sin aliento. El bajo de mis pantalones goteaba desagradablemente, y Julianne se miró las bailarinas con aire desolado. Decidió quitárselas y luego se dirigió a una mesa cercana al ventanal. Dejó el ramo de rosas sobre la mesa y se sentó.

—¿Qué quieres beber?

—Mi reino por un chocolate caliente —respondió ella. Le castañeteaban los dientes.

Julianne retorció con nerviosismo la cinta de rafia que unía los tallos de las rosas antes de mirarme.

—Me habría gustado mucho que te quedaras —dije, y llamé a una camarera.

—Lo estuve dudando durante mucho rato. Pensé en tu hija, me dije que no sería demasiado correcto aparecer a la hora del desayuno.

—Habría podido arreglarlo.

—Quizá.

—Dos chocolates, por favor —pedí a la camarera—. ¿Te... te arrepientes de que hayamos...?

—¿Arrepentirme? ¡En absoluto! Ya te lo he dicho, me acuerdo de esa noche hasta el más mínimo detalle. La atracción y el deseo no son cosas que se controlen.

—¿La atracción?

—La atracción. Eres muy atractivo. Físicamente, claro, pero también... No sé. Desprendes algo que dice: «acércate sin miedo». Tú me comprendes y no me miras como si fuera una pobrecilla, una cosa frágil.

Sus labios se volvieron lentamente azules, a pesar del calor del bar. Me levanté y le coloqué el abrigo sobre los hombros, procurando que las partes húmedas no la tocaran. Ella me regaló una sonrisa que me reconfortó más que cualquier chocolate, y se desplazó en la banqueta, autorizándome así a sentarme a su lado.

—Y para ser totalmente sincera, no sentía algo así desde hacía años. Por lo cual, no, no me arrepentiré jamás de una noche que me hizo feliz y que me hizo comprender que aún soy deseable.

—Lo eres. Eres una mujer muy deseable y, si no tienes nada previsto para esta noche, me encantaría frotarte la espalda en un baño bien caliente —musité a su oreja.

—¿Porque crees que un ramo de rosas y un chocolate bastan para llevarme a tu bañera?

Su boca estaba a unos milímetros apenas de la mía. Todo mi cuerpo se tensó y a nuestro alrededor el aire crepitaba repentinamente. Ella tenía razón: el deseo —el poderoso deseo— que yo sentía en aquel momento no se podía controlar. Estaba en ella: en su forma de mirarme, en su forma de sonreírme, en su forma de llevarme la contraria. Julianne era un desafío por sí misma, y había acabado por comprender que permitía a muy pocas personas conocerla de verdad.

—Eres una mujer muy exigente.

—Sí —suspiró ella—. Es lo que me han repetido durante buena parte del día.

Fruncí el ceño sin comprender. La camarera depositó los humeantes chocolates delante de nosotros. Rápidamente Julianne rodeó la taza con las manos y aspiró profundamente el olor del cacao.

—Me despedí de mi trabajo de comercial el mes pasado para... volar con mis propias alas —explicó.

—¿Vas a abrir tu propio negocio?

—Por el momento estoy en la etapa de buscar un local. Vivo con una colega desde hace unos meses y utilizo su salón como taller, pero creo que ya está harta de abrirse paso entre maniquíes de plástico y trozos de tela.

—Así que costura.

—Vestidos de boda y de cóctel. Eso es lo mío: el tul, el raso, la organza. Me gusta la idea de crear un vestido que solo se lleve una vez. Resumiendo, le he dado muchas vueltas antes de lanzarme, pero ahora que está hecho, tengo la impresión de que el mundo entero me pone palos en las ruedas.

Bebió un sorbo de chocolate y pareció calentarse poco a poco.

—Esta semana he visitado un montón de sitios posibles, pero ninguno servía: demasiado pequeños o demasiado caros. O sin ventanas.

—Deberías decirme qué buscas exactamente, estoy seguro de que puedo encontrarte un local adecuado entre mis contactos.

—¿En serio?

—En serio. Yo construyo edificios y en alguno quizá haya lo que tú buscas.

Julianne me miró con perplejidad, luego volvió a beber chocolate. Detecté al instante uno de sus reflejos automáticos: darse a la fuga en cuanto la situación se ponía demasiado seria.

—Para mí sería un auténtico placer ayudarte a encontrar un local.

—Bien. Pues necesito... digamos un apartamento con dos habitaciones como mínimo. Transformaría una de las habitaciones en taller y podría guardar ahí mis telas. Luz de día, claro está, y en el centro de la ciudad. Es más fácil para los clientes ir a probarse.

Saqué la pluma del bolsillo y tomé unas notas en la servilleta de papel que había debajo de mi taza. Repasé mentalmente la lista de mis contactos, en especial de los que me debían un favor.

—¿Alguna otra cosa? —pregunté.

—¡Tengo la sensación de estar escribiendo la carta a Papá Noel!

—No prometo nada, pero puedo intentarlo. Francamente, con esto tengo por fin una buena razón para pedirte el número de teléfono. Vamos a poder hacer una cosa increíble: ¡fijar una cita!

—Mi agenda está muy llena...

—Acepto citas a horas tardías. O muy tempranas, para desayunar.

—¡Qué abnegación! ¡Estoy impresionada!

—Y yo fascinado. Por cierto, tengo que hacerte una propuesta.

Doblé la servilleta y me la metí en el bolsillo. Rodeé sus hombros con el brazo y respiré su perfume especiado y mezclado con el olor acre de la lluvia. Ella apoyó la cabeza en mi hombro, y durante un instante fugaz me pareció que el universo entero se detenía. Me sentía feliz y sereno al fin. En presencia de Julianne, mis tormentas y mis dudas interiores cesaban. Tal vez fuera una de las cosas que más echaba de menos de Laura: su capacidad para aliviar mis tormentos.

—¿Hasta qué punto es indecente?

—No lo es.

Se incorporó y, llevándose la taza a los labios, clavó sus ojos de color avellana en los míos. Bruscamente los latidos de mi corazón se aceleraron. Julianne me miraba con indulgencia e impaciencia.

—¿Qué haces el sábado que viene? —pregunté.

—No tengo nada previsto, ¿por qué?

—Quiero una cita. Una auténtica.

—¿Con... conmigo?

Tomé su mano y se la besé con ternura. Un delicioso escalofrío recorrió su cuerpo, y contuvo la respiración. Besé cada uno de sus dedos, satisfecho al ver que se mordía los labios con cada nuevo beso.

—El deseo no se puede controlar —susurré.

—¿No eras un hombre casto?

—Sí, lo era. Bien, ¿y esa cita?

—Pero... En fin... No sé, es raro, ¿no? Quiero decir, ya hemos... En fin, ahora me conoces bíblicamente, no estoy segura de que necesitemos pasar por la etapa de las citas.

—Pues claro que sí. Se llama crear recuerdos. Es muy agradable, ya lo verás. ¿Puedo ir a recogerte el sábado hacia las dos de la tarde?

—¡¿Las dos de la tarde?!

—Las dos de la tarde. Tenemos que hacer un pequeño trayecto. Cecilia vendrá con nosotros.

Meneó la cabeza y dejó la taza sobre la mesa. Empecé a inquietarme. Quizá había pecado de un exceso de confianza. En lo tocante a Cecilia, no había tenido en cuenta más que el punto de vista de mi hija, y había partido de la base que a ella le encantaría verme emparejado. No había previsto la reacción de Julianne.

—¿Vas a presentarme a tu hija? —me preguntó.

—Ella forma parte de mi vida y, lógicamente, si tú también quieres formar parte de ella, tendréis que empezar a conoceros.

—Pero... Cooper, estoy emocionada, de verdad, pero ¿no te parece que quieres correr demasiado?

—No quiero perder más tiempo. Tu presencia me hace sentir bien. Tú me haces sentir bien, no veo por qué debo esperar. No veo por qué hemos de esperar.

Ella intentó responder, pero las palabras se le quedaron atascadas en la garganta. Con las manos apretadas en torno a la taza, miraba la mesa fijamente, debatiéndose entre el pánico y la perplejidad. Seguramente también se daba cuenta de que estaba perdiendo el control sobre nuestros encuentros y nuestra relación. El azar, al que tanto valor otorgaba ella, estaba siendo sustituido por mí.

—Y para ser absolutamente sincero contigo, creo que cuando digo que estoy fascinado, me alejo mucho de la verdad. Estoy enamorándome de ti, Julianne. ¡Y eso tampoco se puede controlar!

Ella ocultó el rostro entre las manos y exhaló un suspiro ahogado. Progresivamente me dejó ver sus ojos, luego su sonrisa y al final todo el semblante. Mi inquietud aumentó. Acababa de desnudarle mi corazón, de confesarle lo que sentía por ella, y ella parecía aturdida. Proseguí con tono inseguro.

—Dime lo que...

Asintió con la cabeza, intentando, sin lograrlo, contener su alborozo.

—De acuerdo —dijo, con voz estrangulada.

—¿Para el sábado?

Parecíamos dos adolescentes perdidos en sus primeras emociones. A nuestra edad, deberíamos ser racionales, mantener el control, la calma. Pero lo que sentíamos era demasiado intenso e inesperado para que pudiéramos canalizarlo. Me dolía el corazón, que había perdido ya la costumbre de sentir esa clase de emoción, y parecía a punto de estallarme en el pecho. A la inquietud le sucedió una alegría pura y absoluta.

—Para el sábado —repitió ella—. Para la cita.

La estreché entre mis brazos con cierta torpeza, ya que me estorbaban la mesa y la banqueta. Sus húmedos cabellos acariciaron mi cara cuando hundí la nariz en su cuello. La besé con ternura y la oí exhalar un suspiro de felicidad. Sentí la tentación de llevarla a mi casa, de hacerle el amor en mi habitación o en la bañera, de amarla hasta el olvido, pero quería respetar mi plan previo.

Cuando Julianne se apartó, me tomó el rostro entre las manos y posó delicadamente su boca contra la mía. Su lengua coqueteó con mis labios y nuestro beso se hizo más profundo y tierno. Julianne me retuvo contra sí hasta que le faltó el aliento.

Jadeante y con los labios hinchados, apoyó su frente en la mía. Se rio y pasó el pulgar por los míos.

—Pintalabios.

—Virtud intacta —respondí yo automáticamente.

—¿En serio? Qué decepción.

—Voy a acompañarte a tu casa. Con un beso en la mano. Pero me reservo el derecho de volver a besarte.

—De acuerdo.

Apuramos las tazas de chocolate de un trago. Pagué la cuenta y me levanté de la banqueta. Ofrecí la mano a Julianne para ayudarla a salir. Se colocó bien mi abrigo sobre los hombros y nuestros dedos se entrelazaron. Julianne recogió su ramo de rosas con la otra mano y abandonamos el bar, constatando que la lluvia había tenido el detalle de parar. Fuimos hasta mi coche, aparcado a dos manzanas.

—Hoy no vas a escabullirte, tendrás que decirme dónde vives.

En sus labios se dibujó una leve sonrisa. Asintió y me dio las primeras indicaciones. Nuestra conversación se limitó a eso: Julianne instruyéndome sobre la dirección a seguir y yo pidiéndole a veces que lo repitiera. Tuvieron que pasar quince minutos de rodeos laberínticos por Portland para que comprendiera por qué Julianne seguía sonriendo.

—Hemos dado la vuelta en círculo —constaté yo al llegar a cien metros del bar del que habíamos salido.

—Parecías tan contento por acompañarme...

—Sobre todo estoy contento de ver dónde vives.

Giré el cuello para contemplar su edificio. Mi ojo de arquitecto me permitió detectar rápidamente que lo habían construido en la década de 1970, con un estilo de lo más corriente, lejos de las exigencias medioambientales de hoy en día.

—Te acompaño hasta la puerta.

Aparqué el coche, mal que bien, amparándome en la práctica excusa de que «solo serán cinco minutos». Me bajé del coche y, galantemente, me apresuré a abrirle la puerta. De nuevo la tomé de la mano y dejé que me guiara hasta su puerta con mi abrigo todavía sobre sus hombros.

—Vivo en el tercero —explicó ella cuando llegamos a la puerta del edificio.

Lentamente, retrocedió hacia la pared y luego me soltó la mano, pero yo seguí el movimiento, fascinado por su cálida mirada con reflejos cobrizos. Apoyé la mano junto a su cabeza, constatando que su pecho subía y bajaba cada vez más deprisa. Nuestras bocas se rozaron y Julianne pareció abandonarse a mí, apoyándose lánguidamente en la pared. Le acaricié la mejilla con el dorso de la mano y lentamente descendí a lo largo de su garganta hasta llegar al inicio del pecho. Exhaló un suspiro de impaciencia y cerró los ojos.

Mi boca se juntó con la suya y apreté mi cuerpo contra su cuerpo. Nuestras lenguas se enzarzaron en una lucha motivada por un deseo violento y recíproco. Julianne soltó el ramo de rosas, que se desparramó a nuestros pies, y me rodeó el cuello con los brazos. Cada una de sus curvas se ajustó a mi cuerpo y un deseo ardiente nos envolvió. No había nada de casto ni de controlado en aquel beso: no había más que excitación y contacto, y ganas de no separarnos el uno del otro.

—Sube —musitó ella, como una súplica.

—No. Yo... Te veo el sábado.

Yo estaba sin resuello, excitado por el beso, por el deseo y por la voluntad de atenerme a mi plan. Julianne volvió a besarme para convencerme. Mi abrigo se deslizó hasta el suelo y pasé las manos por debajo de su blusa para acariciarle la espalda. Ella se arqueó contra mí y una de mis manos recorrió su vientre para ascender despacio hacia su henchido pecho.

—Quiero sentirte contra mi cuerpo —susurró.

Sus manos acariciaron mi pecho. Me incliné hacia delante, sujetándome con el brazo. Julianne aprovechó para besarme el cuello, después la nuca, haciéndome dudar de mi decisión.

—Por favor —gimió ella.

—Debo regresar.

Tuve que recurrir a toda mi fuerza de voluntad dividida entre Julianne y yo para recular. Sin aliento y con el miembro en erección, logré dar dos pasos atrás para apartarme de la tentadora proposición de Julianne.

—Nos vemos el sábado.

—Eres muy tenaz —dijo ella entre risas.

—No creo. Intento encontrar una buena razón para negarme a subir al tercer piso. Si tú puedes ayudarme...

—El ascensor está averiado, mi cama es muy incómoda, mi nevera está vacía.

Estallé en risas, mientras Julianne se volvía a poner bien la blusa. Mirarla y adivinar sus curvas echó por tierra sus pobres argumentos. Recogí mi abrigo y le devolví las flores.

—Hasta el sábado —murmuré, robándole un último beso.

—Hasta el sábado.

Me alejé de mala gana, pero convencido de haber tomado la decisión correcta. Mientras Julianne pulsaba el código de acceso a su edificio, recordé una pregunta que no se me había ido de la cabeza en todo el día.

—¿Julianne?

—¿Sí?

—¿Chocolate negro o chocolate con leche?

Se quedó inmóvil unos instantes, sorprendida por mi pregunta.

—Con leche, y con avellanas.

Intercambiamos una última sonrisa y regresé a mi coche tras asegurarme de que la luz se iluminaba en la tercera planta del edificio. El perfume de Julianne impregnaba mi abrigo. Me lo acerqué a la nariz y volví a fustigarme: ¿por qué había rechazado subir con ella a su apartamento?

El lunes siguiente encontré a mi hija en la cocina, afanándose delante de un plato de gambas con piña. Llevaba un delantal anudado al cuello, tenía el libro de cocina de su madre abierto frente a ella y, con el dedo índice, seguía las indicaciones de la receta frunciendo el ceño.

Hundí un dedo en la salsa y recibí de inmediato una palmada en el antebrazo.

—Estará listo en unos minutos —protestó ella.

—Huele tan bien que no he podido contenerme.

Deposité un beso en su frente, luego me quité la chaqueta y la corbata. Revisé el correo que estaba sobre la encimera al tiempo que observaba a mi hija con el rabillo del ojo. Hacía varios días que evitaba el momento en que tendría que hablarle de Julianne. Quería asegurarme de que estaba de acuerdo y no que se encontrara con el hecho consumado el sábado mismo.

Si Cecilia se mostraba reticente, anularía mi cita con Julianne. Me lo había prometido a mí mismo. Tenía tanto miedo de perder a mi hija que no pensaba correr el menor riesgo.

—¿Alguna novedad por el instituto? —pregunté.

—Nada de particular. Hace un frío polar, porque la calefacción se ha estropeado en una parte del edificio.

Removió las gambas antes de encender el gas bajo el wok. Vertió en él las verduras y, con un gesto asombrosamente ágil, las salteó con un chorrito de salsa de soja.

—Se te da muy bien —la felicité yo.

—Me encanta, en realidad. No sé si es por el libro de mamá o...

—Eres tú. Tu madre no logró jamás hacer nada comestible, ni siquiera siguiendo este libro. En cuanto a mí, ¡ni siquiera he llegado a intentarlo!

Saqué platos y cubiertos y los coloqué sobre la barra. Me serví una copa de vino blanco y me senté en un taburete, buscando el medio de abordar el tema de Julianne. Paseé la mirada a mi alrededor y fui a dar con la famosa caja de cartón que mi madre había entregado a Cecilia.

Me levanté y encendí el radiocasete ante la mirada sorprendida de mi hija. El sonido chirriante de la cinta rompió el silencio y las voces de Simon y Garfunkel llenaron la cocina.

—¿Quedan cosas en la caja? —pregunté, dirigiéndome hacia la caja en cuestión.

—No. Ya lo he sacado todo. Quedaban libros, una bufanda y un collar. Lo he guardado todo en mi habitación, espero que no te moleste.

—En absoluto. Está bien que guardes esos recuerdos.

Levanté la caja y me dispuse a desmontarla para dejarla plana en la basura. Cuando la estaba doblando, cayó una foto al suelo. La recogí y volví a la barra. Era una de nuestras primeras fotos familiares. Mi hija probó la salsa para las gambas, echó fideos en el wok y se acercó para mirar la foto que me tenía cautivado desde hacía unos minutos.

—Eres tú en los brazos de tu madre, en la maternidad —expliqué.

Jackson, Annah, mis padres, nuestros amigos y yo rodeábamos la cama de Laura, que sostenía a nuestra hija recién nacida en brazos. Una enfermera había tenido la amabilidad de inmortalizar el momento antes de echarnos, ya que consideraba que veinte personas en la habitación de una mujer con su recién nacido no era realmente aceptable.

—¿Es Jackson? —preguntó ella entre risas.

—Sí. Fue antes de cortarse el pelo. Creo que acababa de volver de un periplo por la India.

Mi socio, con el rostro bronceado, rodeaba con el brazo a mi hermana, que sonreía de oreja a oreja. Al otro lado, mis padres se comían a Cecilia con la mirada. Sentí una punzada de tristeza al recordar que mi padre había muerto unas semanas después, fulminado por un ataque al corazón. Nuestros joviales amigos se habían instalado sobre la cama. Por las pintas que tenían, era fácil adivinar que la foto se había tomado a una hora tardía de la noche.

Resplandecíamos todos de felicidad.

Sin embargo, en los ojos de Laura se veía claramente que asomaba la inquietud, mal disimulada por una sonrisa poco natural. Esa mirada no la había abandonado ya hasta el día de su muerte.

—Estos son Mark y Maggie —dije, señalándolos en la foto—. Thomas, Jenn, Sean, Diane. Vinieron todos. Tu madre empezó a tener contracciones cuando estábamos aquí, eligiendo el color del papel pintado para tu habitación. Rompió aguas y nos fuimos a la maternidad en coche lo más deprisa posible.

Mi voz se apagó, como si comprendiera que aquella carrera en coche había representado nuestros últimos momentos de felicidad sin preocupaciones. Laura había demostrado una serenidad olímpica mientras conducía aferrado al volante, despreciando buena parte del código de circulación. Me había preguntado si estaba nervioso. En realidad estaba aterrado.

—Estábamos impacientes por conocerte —expliqué a mi hija con voz estrangulada.

Ella frunció el entrecejo y detectó inmediatamente mi medio embuste. El nacimiento de Cecilia señalaba el fin de los recuerdos exclusivamente felices.

—¿Un mal recuerdo? —preguntó mi hija.

—Tu nacimiento es un recuerdo maravilloso. Tu madre tuvo un comportamiento heroico, mientras que yo actué como todos los padres: presa del pánico. Naciste a las 21 horas 14 minutos, de eso me acuerdo perfectamente. La enfermera te colocó sobre el pecho de tu madre y yo me dije que jamás la había amado tanto como entonces.

Los ojos de mi hija se empañaron por las lágrimas y se los secó con la punta de los dedos. Con el índice tracé el perfil del rostro de Laura. Volví a ver su mano solícita sobre el cráneo de nuestra hija, la dulzura de su mirada, la serenidad de su rostro.

—Después —dije, sorbiéndome los mocos— discutimos por el nombre que te íbamos a poner.

Cecilia dejó escapar una risa ahogada y su triste semblante se adornó con una sonrisa de complicidad.

—No conseguíamos ponernos de acuerdo en el nombre. Creo que tu madre sentía un placer malévolo en rechazar todas mis propuestas. En el coche que nos llevaba a la maternidad sonaba esta canción —expliqué, señalando el radiocasete—. Yo sabía que a Laura le encantaba, así que te llamamos Cecilia.

Mi hija me sonrió y movió la cabeza al ritmo de la canción. Esa música siempre conseguía ponerme de mejor humor, alejarme de las dificultades del duelo y de la tristeza. Tenía un apego especial por aquella melodía.

—¿Y luego?

—Luego... Habían descubierto la leucemia de tu madre en los exámenes del tercer mes de embarazo. Los análisis no eran buenos y los médicos habrían querido interrumpir el embarazo para tratar mejor a tu madre.

Cecilia se sentó cerca de mí y respiró hondo. Yo le apreté la mano con la mía y coloqué la foto entre nuestros platos.

—Tu madre se negó, prometiendo comenzar el tratamiento después del parto. Tu nacimiento supuso el fin del aplazamiento. A partir de entonces, nos vimos obligados a afrontar el problema. Después de esta foto, Laura fue a ver a un oncólogo para iniciar el protocolo del tratamiento.

Cecilia me miraba intensamente. Reflexionaba sobre lo que acababa de decirle. Tomó la foto entre sus manos y se concentró en el rostro de Laura. Aquel día, nuestra vida había sufrido dos vuelcos: estábamos locos de felicidad, pero también nos habíamos enterado de la gravedad del estado de Laura. En la foto se percibían las dos emociones: la sonrisa y las ojeras azuladas.

—Pero si mamá hubiera decidido seguir el tratamiento desde un principio...

Su frase quedó en suspenso, con tantos otros «y si» que yo mismo había formulado. ¿Y si no se hubiese quedado embarazada? ¿Y si hubiera elegido empezar el tratamiento? ¿Y si le hubieran hecho antes el diagnóstico? ¿Y si yo hubiera sabido detectar los primeros síntomas?

—Sácate esas ideas de la cabeza. Según los médicos, tu madre llevaba enferma bastante tiempo. Interrumpir el embarazo le parecía un castigo suplementario.

Estreché a mi hija entre los brazos, esperando que mi abrazo ahogara aquel principio de culpabilidad. Cecilia no tenía por qué sentirse culpable, ella era la recompensa por todos nuestros sufrimientos.

—¿Sabes bailar? —pregunté por un impulso espontáneo.

—No. ¡Y he visto el vídeo, papá, ya sé que bailas fatal!

La arrastré hasta el salón y, mientras sonaban las últimas notas de Simon y Garfunkel, esbozamos unos torpes pasos de baile. Mi hija recuperó su luminosa sonrisa y logré disipar la tristeza que me ahogaba. Tropecé con la alfombra, Cecilia chocó con una de las mesitas, pero su risa eliminó los últimos restos de tristeza de nuestra conversación. Yo siempre había sido mal bailarín, pero con mi hija —como con Julianne—, logré coordinar mis movimientos.

—¿Desde cuándo no bailabas? —preguntó al fin cuando volvimos a sentarnos en la barra de la cocina.

—Bailé hace poco. En Barview.

—¿Con Mark y Maggie?

—He preservado mi dignidad y bailo sin testigos. No, fue con una mujer.

Mi hija volvió a sus preparativos culinarios y apagó el fuego. Sirvió copiosamente la comida en los platos. El corazón me dio un vuelco en el pecho. Estaba listo para contárselo todo a Cecilia, pero temía su reacción. Ella depositó los platos sobre la barra y con una mirada me animó a proseguir.

—Es una mujer a la que he visto varias veces y... En fin, la semana pasada le propuse que viniera con nosotros a pasar el fin de semana.

—¿A Barview?

—En realidad no fui muy preciso sobre el propósito de nuestro viaje. Ella aceptó.

—¿Cómo se llama?

—Julianne. Se dedica a crear vestidos y... Resumiendo, la aprecio mucho y...

—Papá, te estás ruborizando y jugueteas con la copa. ¿Te gusta? Quiero decir... ¿cómo lo llamáis los de tu edad? ¿Estáis... estáis saliendo?

Encajé el comentario sobre mi edad con placer. Cecilia no parecía alterada en absoluto por mi confesión, y se mostraba encantada con los detalles de mi vida amorosa. Ensartó una gamba con el tenedor y me miró con avidez.

—Salimos. Bueno, ¿no te molesta lo del fin de semana?

Ensarté unas verduras a mi vez, esperando con nerviosismo la respuesta de mi hija.

—¿Molestarme? ¡No! Estoy impaciente incluso por ver la cara de la abuela cuando se la presentes.

Me detuve en seco. Mi plan perfecto acababa de mostrar su primer defecto: afrontar a mi madre y obrar de manera que mantuviera la calma y la mesura en presencia de Julianne. Misión imposible.

—Eso tengo que verlo —prosiguió mi hija, señalándome con un dedo índice amenazador—. Y también quiero verte bailar.

—Gracias por darme el golpe de gracia. ¡Y encima tu plato está delicioso! ¿Estás segura de haber seguido la receta?

—Al pie de la letra.

Cecilia me dio un apretón en la mano y me sonrió calurosamente.

—Háblame de ella —me animó mi hija—. ¿Cómo es?

—Hermosa, divertida, inteligente, escurridiza. Imprevisible... Imprevista.

—¡Vuelves a ruborizarte!

—¡Un comentario más y te castigo sin salir hasta nueva orden!

—¡No diré nada más! ¡Pero estoy deseando que llegue el fin de semana!

Su entusiasmo me hizo sonreír. No obstante me inquietaban las implicaciones de aquella cita con Julianne. Había sido impreciso a propósito para no asustarla. Ahora era yo el que estaba asustado: no había tenido en cuenta las desproporcionadas reacciones de mi madre, y las temía.

Durante toda la semana, me esforcé en no pensar demasiado en Julianne. Sin embargo, cada mañana, un poco antes de las once, intentaba imaginar su semblante feliz. Sabía que Julianne acabaría por comprender lo que yo estaba tramando.

Al llegar el fin de semana, hice mi maleta y me aseguré de que Cecilia había hecho la suya. Lee la había traído de vuelta a casa a una hora decente el viernes por la noche, y me había dado la impresión de ser un jovencito bastante serio.

Al menos, hasta descubrir una camiseta de los Sex Pistols sobre la cama de mi hija.

—Es de Lee —me había explicado ella con los ojos brillantes.

—Lo sospechaba. Mi pregunta es: ¿cómo ha llegado esta camiseta hasta aquí?

—Me la ha regalado.

—Necesito que me lo expliques mejor. ¿Es un regalo de verdad, o decidió quitársela delante de ti para dártela?

—¡Papá! ¡Sencillamente me la ha regalado! ¿Qué te imaginas?

—Sé cómo funciona el cerebro de un adolescente. Sé que esto te parecerá raro, pero yo también fui adolescente.

—Papá, te sugiero que... que no te hagas ese tipo de preguntas. Y yo haré lo mismo con respecto a Julianne y a ti.

—Julianne y yo somos adultos.

—¡Explícaselo a Myra, que me ha hecho todo un discurso sobre la iniciación de la vida sexual después de haber encontrado un envoltorio de preservativo metido bajo un cojín del sofá!

Cecilia se había cruzado de brazos, esperando pacientemente mis explicaciones. Mi silencio habló por mí y tuve que batirme en retirada. Así pues tendría que fingir que Lee no tenía pensamientos impuros sobre mi hija. ¡Y no volvería a mirar a Myra a la cara nunca más!

El sábado, Cecilia me comunicó que ella iría a Barview con Jackson y Annah. Al parecer, era mucho más «divertido» hacer el viaje con ellos y en coche deportivo que acompañarme a mí en la berlina. En realidad yo sospechaba que sobre todo quería dejarme solo con Julianne para afrontar las dos horas de viaje.

—Estaré en casa de la abuela cuando llegues —me recordó ella con astucia.

—Bien. ¿Te dejo en casa de Jackson?

—Por favor.

Su sonrisa se hizo más amplia y vi claramente que se había confabulado con mi hermana y mi socio. En esta familia, guardar un secreto —o intentar mantenerlo al menos— era imposible.

Dejé a Cecilia delante de donde vivía Jackson. Después de asegurarme de que ya estaba con él, pedí al chófer que me llevara al centro de Portland. Estaba impaciente por volver a ver a Julianne y preguntarle cómo se había sentido durante la semana.

Le indiqué al chófer que aparcara al llegar a su calle y me aseguré de que los últimos detalles de mi plan estaban bajo control antes de ir a llamar al timbre de su edificio. Una ventana se abrió por encima de mi cabeza y Julianne se asomó, resplandeciente, apretando los labios para fijar el pintalabios de un vivo color rojo. De todos modos yo tenía en mente la perspectiva de quitárselo de una manera u otra.

Unos minutos más tarde, apareció ante mí, impresionante con un vestido floreado y ligero, en total desacuerdo con la estación.

—Hola —exclamó—. ¡Bonito esmoquin!

Se puso de puntillas y me besó en la comisura de los labios. Yo le rodeé la cintura y la retuve contra mí para darle un beso de verdad.

—Hola —susurré junto a su boca—. Estás guapísima.

—Hecho especialmente para la ocasión.

Giró sobre sí misma, dejándome entrever sus piernas cuando el vestido revoloteó a su alrededor. Con expresión maliciosa, sacó de su bolso una rosa a la que había cortado el tallo. Se la colocó en los cabellos y arqueó una ceja seductoramente.

—Los he contado, han sido cinco ramos. Y el último era realmente... indecente.

—Esa era la intención.

—Y las rosas son mis flores preferidas, ha sido realmente enternecedor. Aunque he tenido que comprar más jarrones para colocarlas por todo el apartamento. ¿Nos vamos?

—Tienes que traerte una maleta.

Su entusiasmo se desinfló como un suflé, pero no hizo ninguna pregunta y regresó a su apartamento contoneando las caderas. Regresó unos minutos después con una bolsa de viaje. Me hice cargo de ella de inmediato y, con una mano en su cintura, la conduje hasta el coche.

—¿No tienes miedo de pasar frío? —pregunté, cuando se quitó la chaqueta de punto.

—Tenía muchas ganas de estrenar este vestido, y tú puedes prestarme tu abrigo. Pero si me dices que me llevas de excursión a la montaña, me voy enseguida a cambiar los zapatos de tacón por calzado adecuado.

—No, tranquila. Es una cita, no una emboscada.

—No me lo creo ni por un momento —replicó ella entre risas.

Se detuvo al llegar al coche y rio con más ganas. Miró por todos lados antes de disimular las carcajadas tapándose con la mano. Cuando por fin su mirada se posó en mí, no vi más que admiración, teñida de deseo. A causa de esa mirada, habría podido enviarlo todo al garete para llevármela a casa y pasar el fin de semana allí.

—¿Has alquilado una limusina?

—Sí. Únicamente hasta mi casa, donde recogeremos mi coche. La limusina no está preparada para trayectos largos.

—¿Y adónde vamos exactamente?

—A nuestra primera cita. Te prometo que será tan estupenda como lo que habíamos imaginado.

Abrí la puerta de la limusina y Julianne se metió en ella con esa risa nerviosa que parecía no querer abandonarla. Se alisó el vestido con precaución y yo me senté también, delante de ella. En principio el trayecto hasta mi casa no debía durar más de veinte minutos. No obstante, había pedido al chófer que nos paseara por la ciudad para que la experiencia se alargara hasta una hora.

Serví champán en dos copas y brindamos. Julianne me miraba con curiosidad, sumida en sus reflexiones. El coche se puso en marcha y dio comienzo nuestro paseo por Portland.

—Intento recordar todo lo que nos dijimos aquella noche —me explicó ella al fin—. Las rosas, la limusina... Es muy frustrante, se me escapan los detalles.

—¡Es el inconveniente de las citas imaginarias!

—En aquel momento no veía más que ventajas: no hay decepciones en las citas imaginarias. ¡Siempre son perfectas!

—¿Crees entonces que esta cita no estará a la altura?

—Temo que lo esté. ¿Cómo voy a hacerme la tímida ahora, cuando tengo ganas de quitarte la corbata y la camisa dentro de esta limusina?

Me removí en el asiento y ella constató así el efecto de sus palabras en mi entrepierna. Había algo profundamente sensual en Julianne, en su manera de describir con exactitud lo que deseaba hacerme. Yo no había tenido jamás ocasión de enfrentarme con ese tipo de mujeres. Con Laura, siempre había tomado yo la iniciativa; ella no era de la clase de mujeres que explicaba su deseo con tanta claridad. Julianne bebió un sorbo de champán, sin bajar los ojos en ningún momento.

—Si me has pedido que traiga una maleta, sin duda vamos a pasar la noche juntos.

—¡Juntos no quiere decir en la misma cama!

Ella volvió a reír, luego alzó su copa hacia mí.

—Y así ella aprendió el sentido de la palabra «frustración». Bien jugado, Cooper.

De la minúscula nevera que tenía a mi izquierda, saqué lo que había preparado aquella misma mañana. Julianne dejó a un lado su copa y abrió la boca. Con todo, fue incapaz de emitir un solo sonido.

—Un pícnic —musitó—. Ni comida india...

—... ni mexicana. Sándwich de salmón ahumado y rodajas de manzana verde. Estos son de queso. Uvas para el postre y debo de tener también chocolate con leche y avellanas.

—¡No me va a creer nadie! —protestó ella entre risas—. ¿De qué planeta vienes?

—Tenía ganas de complacerte, de hacerte comprender que contigo ya no quiero huir ni ocultarme detrás del famoso: «es una larga historia».

Sus risas se apagaron y, de repente, se sentó sobre mis rodillas, indiferente al plato de sándwiches que amenazaba con caerse. Emocionada, me sujetó la cara con las dos manos y frotó su nariz contra la mía, antes de murmurar:

—¿Dónde estabas? ¿Dónde estabas tú cuando yo estaba tan triste que pensaba en acabar con todo? ¿Dónde estabas cuando levantarme por las mañanas era una prueba insuperable?

—Estoy aquí —susurré.

Mis manos recorrieron la piel desnuda de su espalda mientras ella enterraba la cabeza en mi cuello para un tierno abrazo. Julianne gimió contra mi piel y, rápidamente, una oleada de deseo surgió de mi bajo vientre. Sentirla sobre mí era erótico y casi insoportable.

—Tócame —me pidió Julianne.

—¡Aquí no!

—Por favor. Cuando tú me tocas, me olvido de todo lo demás. Quizá no te hayas dado cuenta todavía, pero en cuanto me pones las manos encima, me siento viva, entera. Necesito que me toques.

Su boca se aplastó contra la mía. Había urgencia en su beso, una necesidad visceral de sentir mi cuerpo contra el suyo. El deseo estaba ahí, pero también había otra cosa: las ganas de sentirse vibrante, la necesidad de saborear nuestra historia, la sensación de pura alegría más valiosa que nunca cuando se ha conocido un sufrimiento insoportable.

—Tócame —repitió ella.

Mis manos recorrieron su cuerpo, avanzando por sus costados, sus nalgas, luego sus muslos. Julianne me rodeó el cuello, peleándose con mi corbata, demasiado apretada. Acabó tirando de la parte de arriba con un golpe seco, luego desabrochó uno a uno los botones de mi camisa con una sonrisa sexi. Metí las manos por debajo de su vestido y solté un gemido cuando frotó mi miembro erecto con el muslo.

—No te muevas o me voy a correr en el pantalón.

Ella se mordió los labios, encantada con el efecto que producía, antes de cimbrearse lascivamente sobre mí. Después tiró de la camisa para sacármela del pantalón y colocó las manos sobre mi pecho, con el aire feliz de un conquistador al llegar a El Dorado. La rosa metida entre sus cabellos cayó al suelo y unos mechones de su sofisticado moño acabaron soltándose.

Mis dedos galoparon sobre su muslo desnudo. Julianne se levantó un poco para permitirme acceder a su húmeda entrepierna. Presioné con los dedos y la acaricié con suavidad. Observé cómo sus rasgos pasaban de la frustración al alivio. Sus ojos brillaban de excitación y su semblante resplandecía. Rápidamente la oí jadear y nuestras bocas se reencontraron en un beso tan apasionado como nuestro deseo. Julianne apoyó la mano sobre mi corazón. Sin duda debía de notar cómo latía vibrante contra su mano. Yo me había sumido en el olvido, en ese delicioso momento entre dos personas que ocultan lo que les envuelve para vivir en su burbuja, acallando los sufrimientos del pasado. Le aparté las bragas y mi mano se posó directamente sobre su zona íntima, caliente y empapada.

Ahogó un grito en mi boca y murmuró mi nombre en una plegaria. El miembro me dolía y reclamaba alivio, pero esa vez era solo para ella. Mis dedos se deslizaron a lo largo de sus labios con un movimiento suave. Julianne se arqueó, gimió largamente, como si sus expectativas se hubieran cumplido al fin. La besé en la garganta, en lo alto de su escote. Hundí dos dedos en ella, arrancándole un estertor de placer.

—¿Qué tal? —pregunté.

—¿A ti qué te parece?

Se movió lentamente, jadeando y con una sonrisa lasciva en los labios, mientras yo movía los dedos dentro de ella. Aumenté el ritmo, sincronizándome con el ritmo de sus caderas. Hacerle el amor dentro de la limusina, sin ninguna protección, no era posible. Estaba decepcionado, pero hacerla gozar con mis dedos, notar cómo temblaba por mi causa, también me satisfacía. Ignoré el dolor palpitante de mi miembro y me concentré en ella.

Mis dedos la penetraban cada vez más deprisa. Su aliento no era más que un silbido. De repente, se inclinó hacia delante y apoyó su frente en la mía. Cerró los ojos un corto instante y su cuerpo se tensó como un arco. Se mordió los labios para contener un grito. Se relajó enseguida y, sin resuello, depositó un beso en mis labios.

—Y sin duda comprendes la palabra «frustración» en todos sus sentidos —bromeó ella.

Me acomodé de nuevo en mi asiento. Tenía el miembro oprimido y me dolía. Ver la expresión saciada y extasiada de Julianne era fabuloso. Saber que era yo quien la hacía gozar era un auténtico pecado de orgullo.

Volví a colocarle las bragas y el vestido en su sitio. Con las mejillas rojas y el peinado deshecho, daba la impresión de haber cometido una terrible tontería, como el gato que se come al canario sin que lo pillen.

Con una sonrisa de oreja a oreja, se apoderó de un sándwich y le dio un buen mordisco. Yo volví a abrocharme la camisa y rehíce el nudo de la corbata.

—Cooper, tengo que encontrarte algún defecto. Algo tan horrible que me vuelva a poner los pies en la Tierra.

—Soy un adicto al trabajo. Al menos eso dice todo el mundo. No me gusta hablar de mis sentimientos. ¡Ah, y cocino fatal!

—Hablo de auténticos defectos, Cooper. Como la avaricia. Pero en vista de lo que acabas de hacerme, ni siquiera puedo creer que seas avaro —dijo ella, riendo.

—Entonces tendrías que preguntarle a mi hija. A su edad, su objetividad es bastante especial.

—Lo haré. ¿Todavía no quieres decirme adónde vamos?

—Lo adivinarás muy pronto.

Julianne bajó la vista al suelo y permaneció en silencio durante un buen rato. Recogió la rosa caída y volvió a colocársela en los cabellos. Desesperada por arreglarlo, retiró dos horquillas del moño y dejó que sus bucles cayeran en cascada sobre sus hombros.

Yo no la perdía de vista, demorándome en los pequeños detalles de su silueta: sus labios carnosos, el delicado hoyuelo en su mejilla derecha, el lunar de su hombro, el modo de cruzar los tobillos, como una jovencita bien educada.

—Y entonces, al cabo de unos minutos, ya no sabían qué decirse.

—Me contento con mirarte.

—¿Y?

—Y aún hay cosas tuyas por descubrir.

—¿Y?

—Y me encantan todos los detalles que me permites entrever. Es como si... como si me otorgaras el derecho de descubrirlos, como si los mereciera.

—Cooper: una limusina, champán, un pícnic, rosas y un orgasmo increíble... Está claro que lo mereces. Pero seguramente no lo haría si no me gustara tu forma de mirarme.

—¿Es decir...?

—Como un hombre mira a una mujer deseable. Lo percibo enseguida. Incluso cuando crees que no me doy cuenta. Tu mirada me hace feliz, y sentirla sobre mí basta para hacerme sonreír. Así que, sí, te dejo entrever lo que soy, porque hay grandes posibilidades de que yo también esté enamorada de ti.

Me lo anunció con una calma increíble. Habría podido decírmelo en nuestra anterior velada, cuando yo le había revelado mis sentimientos, o exclamarlo en medio de nuestro ardoroso encuentro en la limusina. Pero había preferido esperar a que se relajara la excitación entre nosotros para decírmelo, mirándome a los ojos.

Una nueva faceta de Julianne que descubría con felicidad.

—¿Grandes posibilidades? —repetí.

—Espero a ver el ramo de mañana.

—¿Y dónde estabas tú?

—En un lugar muy oscuro. No habrías podido encontrarme jamás, por eso acabé apareciendo en el terrado del hotel. Decidí salvarme a mí misma.

—Tú me has salvado a mí.

Intercambiamos sonrisas distendidas. Entre los dos habíamos logrado alejar las zonas de oscuridad que se cernían sobre nuestras vidas respectivas. Evidentemente quedaban aún cicatrices, pero cuando miraba a Julianne, tenía la sensación de revivir.

La limusina salió de Portland y llegamos a mi casa. Al verla de día, Julianne soltó un silbido admirativo. Los rayos de sol se reflejaban en el lago, arrancando destellos de su superficie. A pesar de la fresca temperatura, el paisaje boscoso de los alrededores, junto con la calma que reinaba en el lugar, resultaba cautivador.

—De día es aún más impresionante —comentó Julianne, con la bolsa de viaje a los pies—. ¿Estás seguro de que tenemos que salir a la carretera?

—¿Preferirías quedarte aquí aprovechando el sol?

—¡Sobre todo me gustaría crear un vestido, o dos! Es verdaderamente magnífico.

—Espérame aquí, voy a buscar mi coche.

Deposité un beso furtivo sobre sus labios, que la sorprendió. Me lanzó una mirada de asombro que se suavizó cuando volví a besarla.

—Nuevo ritual —musité.

—Nuevo ritual.

El trayecto hasta Barview duró un poco más de dos horas. Viendo la dirección que tomábamos, Julianne adivinó muy pronto adónde íbamos.

Barview había recuperado su ritmo normal, el de un pequeño pueblo apacible, abandonado por los turistas. Los carritos de helados habían desaparecido, los festejos estivales ya no animaban las calles, los bares locales habían guardado las mesas de las terrazas hasta la siguiente temporada. Me gustaba Barview en verano, pero no podía negar que en el mismo lugar se respiraba tranquilidad a las puertas del invierno.

Me dirigí a la iglesia y distinguí de lejos la silueta de mis amigos. Mark llevaba un traje gris.

—¿Nos detenemos aquí? —preguntó Julianne.

Estiró el cuello, buscando la causa exacta de la parada en la zona antigua de la población. Se puso la corta chaqueta de punto y yo salí del coche y lo rodeé para ir a abrirle la puerta. Entrelazamos las manos y, con paso decidido, la llevé en dirección al pequeño grupo que aguardaba pacientemente delante de la iglesia. Faltaban poco menos de cinco minutos para el inicio de la ceremonia.

—¿Los conoces? —preguntó ella.

—Dos de mis mejores amigos se casan hoy.

—¿Quieres decir que vamos a asistir a su boda?

—Exactamente.

—¡Pero si ni siquiera los conozco! No es... Cooper, no, no puedo hacerlo. Yo... Por Dios, ¿a cuántas chicas has presentado a tus familiares y amigos desde Laura?

—A ninguna. Tú eres la primera. ¡Con un poco de suerte también serás la última!

Mi respuesta tuvo el mérito de sorprenderla y hacerle olvidar su momento de pánico. Apreté su mano con más fuerza y, pese a sus reticencias, la arrastré conmigo hasta la iglesia.

—Seguramente esta boda será el momento más hermoso de su vida y me gustaría vivirlo contigo.

—Pero... ¿Pero por qué?

—Porque tú me importas y esta clase de momentos deben compartirse. Mark y Maggie están impacientes por conocerte. Y yo estoy impaciente por presentarte.

Acompañé esta última frase con un fugaz beso en los labios, lo que la hizo callar definitivamente. Mark me hizo un ampuloso gesto con la mano y en su redondo rostro se formó una alegre sonrisa. Al llegar delante de él, solté la mano de Julianne y le di un abrazo viril.

—Estoy muy contento por vosotros dos —le dije, realmente emocionado.

—Debo admitir que yo tampoco estoy descontento por mí.

—Y aquí está Julianne.

Rodeé la cintura de Julianne con el brazo, y ella ofreció la mano a mi amigo con nerviosismo. Él la saludó y se presentó.

—Yo soy el novio. Y estoy un poco nervioso. Pero estoy encantado de conocerte, Julianne.

La sonrisa vacilante de Julianne se ensanchó. Le presenté a continuación al resto de mis amigos. La timidez y la vergüenza se le fueron pasando poco a poco, y acabó riéndose de una vieja anécdota de Thomas referente a mí.

—¿Así que haciendo manitas por los pasillos de la biblioteca del instituto? —me comentó ella en un murmullo.

—En efecto. Las mujeres eran mucho menos exigentes en aquella época. ¡No hacían falta limusinas ni cinco ramos de rosas!

Ella se rio, me ajustó bien la corbata y tiró de ella suavemente. Nuestros rostros se acercaron a unos centímetros el uno del otro y cerré los ojos al oler su perfume, mezcla de vainilla y de la huella del sexo. Deseaba a Julianne. En ese mismo momento. Allí mismo.

—Sana y salva —musitó ella, como si supiera por dónde se habían desviado mis pensamientos.

—Casta, pura y deseable.

—¿Papá?

La voz de mi hija dispersó de inmediato mis pensamientos eróticos. Julianne se apartó con viveza y estuvo a punto de tropezar con la acera. En mi alegría por estar allí con ella, casi había olvidado que mi familia —hermana, madre e hija— también estaba invitada a la boda. Cecilia llevaba un adorable vestido azul noche que demostraba por sí solo hasta qué punto mi hija había dejado de ser una niña. Annah me había evitado tener que ir a comprar sujetadores o explicarle el ciclo menstrual. Mi hija se estaba convirtiendo poco a poco en una mujer.

—Estás guapísima, cariño.

—¿No me presentas?

—¿No «nos» presentas? —corrigió mi madre, a su espalda.

Besé a mi madre en la mejilla, luego a mi hermana, que estaba justo a su lado. Me aparté y volví a apoderarme de la mano de Julianne. Afrontar a mis amigos era una prueba sencilla, enfrentarme a las mujeres de la familia era un ejercicio más peligroso. Pensé brevemente en mi ayudante, Emma, y me pregunté si ella habría tenido ya el honor de ser presentada a la familia.

—Julianne, te presento a mi madre Beth, a mi hermana Annah, y a mi hija, Cecilia, ¡más conocidas bajo el apelativo de las Tres Parcas!

Mi hermana me propinó un golpe en el hombro, y mi madre me lanzó una mirada asesina.

—Entonces, ¿son las dueñas de tu destino? —dijo Julianne—. Encantada de conoceros.

Observé la reacción de mi hija, que se contentó con sonreír antes de examinar el atuendo de Julianne. Annah hizo lo propio, antes de darme un abrazo.

—Es preciosa. Pero te voy a matar por no haberme dicho nada —me soltó, sin dejar de sonreír.

—Sé amable con ella —le susurré.

—Solo si ella es amable contigo.

—Un vestido muy bonito —la felicitó mi madre.

—Se lo ha hecho ella misma. Es su profesión —expliqué.

—Julianne, si le dejas hablar en tu lugar, ¡no podrás decir nunca la última palabra!

Julianne se echó a reír y asintió con la cabeza. Yo puse los ojos en blanco. Mi madre tenía el increíble don de socializar con desconocidos desde el primer momento. Cuando, además, yo me convertía en el objeto principal de la conversación, sentía un maligno placer en bromear a mi costa. Mi madre me dirigió una mirada de complicidad antes de ajustarse la chaqueta de su traje sastre de color gris. Annah, que llevaba un vestido largo de color granate, se volvió a colocar el chal sobre los hombros y, por costumbre, comprobó el peinado de mi hija.

—Justamente he venido para descubrir sus secretos más embarazosos.

—Espero que tengas previsto quedarte diez días como mínimo —le respondió mi madre.

Julianne volvió a reír y desvió su atención hacia Cecilia, que se había alejado para hablar con el futuro marido. La observó largamente, con un asomo de tristeza en la mirada. Yo le pasé la mano por la espalda, animándola así a volver con nosotros, lejos de su tristeza.

—Esto va a empezar —dije—. ¿Dónde está Jackson?

—Enseguida viene, tenía que hacer una llamada —explicó mi hermana.

La treintena de invitados se dirigió entonces hacia el interior de la iglesia, al son de las campanas que tocaban. Un coche se acercó por detrás, y de él descendió Maggie, resplandeciente en su vaporoso vestido blanco. Llevaba trenzada su larga cabellera pelirroja y había elegido un ramo de flores en tonos rojos y blancos para dar realce a su atuendo. Su hermano le ofreció el brazo y así se encaminó hacia su futuro marido.

—Son muy guapos —comentó Julianne cerca de mí.

—Mucho. Y parecen muy felices.

Entramos en la iglesia y asistimos a la entrada de Maggie con una sonrisa en los labios. Ella avanzó por el pasillo con lágrimas en los ojos, acariciando a Mark con la mirada. Flanqueado por Julianne y por mi hija, me sumí en mis recuerdos. En aquella iglesia me había casado con Laura, allí había jurado ante Dios y ante los hombres que la amaría en lo bueno y en lo malo, hasta que la muerte nos separara.

No me había dado cuenta entonces de que dispondríamos de tan poco tiempo.

Precisamente por habernos casado en aquella iglesia, me había negado a celebrar allí el funeral. Habíamos optado por una ceremonia privada, después había esparcido las cenizas de mi mujer en el océano. Todo estaba en el mismo sitio: el púlpito, los cirios, unos cuantos cuadros religiosos que adornaban las paredes grisáceas.

—¿Estás bien? —me preguntó Julianne.

—Estoy bien. Solo... Pensaba en la última vez que vine aquí. Entonces el novio era yo. Recuerdo que hacía mucho calor y que el ambiente estaba lejos de ser... religioso. Había una gran animación. Cuando dije que sí, nos hicieron la ola desde los bancos.

Julianne contuvo una carcajada mientras yo revivía la escena como si hubiera ocurrido el día anterior. Recordaba hasta el último detalle, desde el peinado de mi madre hasta el vestido con perlas engarzadas de Laura, pasando por la mano de Jackson apretándome el hombro hasta hacerme daño. Una sonrisa se dibujó en mis labios y percibí la mirada sorprendida de Julianne sobre mí.

—Hacía casi tres años que no pisaba una iglesia. La última vez que recé, no tuve demasiado éxito. Desde entonces estoy un poco enfadada con el Todopoderoso.

—Tranquila, ya somos dos.

Los novios recitaron sus votos, escritos por cada uno de ellos, y el pastor los declaró marido y mujer. Una salva de aplausos resonó en la pequeña iglesia y los recién casados se dieron un beso todo lo casto que era posible. Abandonamos la iglesia en medio de un alborozado revuelo para ir, a pie en medio del frío, al salón donde Mark y Maggie habían previsto celebrar un cóctel. En el trayecto, me encontré con Jackson y le pregunté por el estado de su relación con Annah.

—¡Para resumir, diría que a tu hermana le gusta tanto tenerme en su vida que desearía enviarme a Guantánamo en el primer vuelo que haya!

—¿No te había pedido que arreglaras la situación?

—Lo intenté. Pero... ha empeorado desde el otro día.

—¿El otro día, cuando anulaste su cita?

—El otro día, cuando por fin conseguí hablar con ella e intenté besarla —confesó—. Ha aceptado venir hasta aquí conmigo solo porque se trataba de la boda de Maggie y porque Cecilia venía con nosotros en el coche.

—No quiero saber nada más —exclamé, levantando una mano.

Jackson gruñó y hundió las suyas en los bolsillos del abrigo. Delante de nosotros, Cecilia y Julianne charlaban animadamente.

—¿Por qué no me habías hablado de ella? —preguntó mi socio finalmente.

—Porque era algo de lo que debía ocuparme yo solo. Sigo teniendo malos momentos contra los que he de luchar. No quería recibir los consejos bienintencionados de todo el mundo.

—Simplemente nos habríamos alegrado por ti. Nos alegramos por ti —rectificó de inmediato.

—Es... No estamos más que al comienzo de nuestra relación.

Jackson me propinó un empellón en la espalda, demostrándome así su apoyo. Julianne volvió el rostro hacia nosotros en ese momento y me guiñó un ojo.

—Y encima es guapa. Eres un desgraciado con suerte.

—Lo sé.

—¿Qué diría Laura? —preguntó él al cabo de un rato.

Era la pregunta que me había repetido más veces desde que conocía a Julianne. ¿Le habría caído bien? ¿Habrían podido ser amigas? No tenía ninguna respuesta para Jackson. Después de otra noche de insomnio, había decidido que atormentarme de esa manera no serviría para progresar en mi relación con Julianne. Así pues había hecho lo que todo el mundo me había aconsejado hacer durante los últimos ocho años: había pasado página. Laura existiría siempre para mí, una parte de mí sería siempre suya, una parte de ella —Cecilia— seguiría siempre conmigo, pero ahora yo debía seguir adelante.

Y Julianne estaba ahí, adorable y congelada por culpa del ligero vestido, ahuyentando mis dudas y mis miedos.

—Seguramente diría que ya era hora.

—¡No, eso es lo que diría yo! —replicó él, riendo—. Ve con ella, no se hace esperar a una chica así.

Me acerqué a Julianne y a mi hija, pero me quedé detrás de ellas, esperando captar retazos de su conversación. Sentía curiosidad por saber cómo se llevaban.

—Tienes que ayudarme, Cecilia —le soltó Julianne con tono conspirador, rodeando a mi hija con el brazo.

—Eh...

—Tu padre es un poco demasiado... perfecto. Estoy buscándole un horrible defecto.

El rostro de mi hija se relajó y se iluminó con una sonrisa de felicidad. Casi me ofendía que la petición de Julianne la alegrara.

—Es... de los callados —dijo mi hija, tras una leve vacilación—. No habla mucho. ¡Ah! Y no cocina. Espero que tú sepas cocinar.

—Tu padre ha sobrevivido hasta ahora, así que diremos que seguirá sobreviviendo, ¿de acuerdo?

—Yo sí cocino, si tú quieres.

—¡Me rindo, sois igual de perfectos los dos, es injusto!

Se redoblaron las risas de mi hija y también yo contuve

una risa nerviosa. Julianne soltó a Cecilia y se frotó los brazos. Desde luego su vestido era demasiado ligero.

—En cualquier caso, me alegro de que estés aquí —prosiguió mi hija, bajando un poco la voz—. Veo a papá mucho mejor.

—Eres muy amable. Yo también me alegro de haber venido.

—Lo único que me inquieta es que hagas bailar a mi padre.

—Oh. ¿No lo apruebas?

—La humanidad no lo aprueba. El dios de la danza no lo aprueba. Y desde luego, ¡yo no lo apruebo! Le gustas mucho. Estaba muy nervioso cuando me habló de ti.

—¿Nervioso?

—Bueno, ya sabes, con mamá... Hace mucho tiempo y... no sé —terminó ella, encogiéndose de hombros.

—Tu madre aún está muy presente, ¿no? Cuando tu padre habla de ella, se percibe el amor que siente todavía.

—A veces me habla de ella. Es lo que quería decir, todo esto es complicado para él. Así que, si...

Agucé el oído. Cecilia cruzó los brazos sobre el pecho, buscando las palabras para continuar. Julianne seguía frotándose los brazos, helada de frío.

—Papá no habla de sus emociones, se cierra. Que te haya traído hoy aquí es su manera particular de acogerte en la familia. Pero...

—Cecilia, no se trata en absoluto de que yo ocupe el lugar de tu madre. Ella ocupará siempre una parte de tu padre y de ti. De todas formas, en cuanto tu padre se dé cuenta de que tengo un humor de mil demonios hasta que me he bebido tres cafés, me enviará de vuelta a mi casa.

—Papá es insoportable sin diez litros de café —replicó mi hija con una carcajada.

—Y esa revelación marca el fin de esta conversación —intervine yo finalmente.

Julianne y mi hija se miraron, atónitas. Estaba claro que no habían reparado en mi presencia durante mi sesión de espionaje. Me quité el largo abrigo de lana y se lo coloqué a Julianne sobre los hombros. Atraje a mi hija hacia mí y la besé en la sien. Su sorpresa aumentó y noté que se relajaba. ¿Cuánto tiempo hacía desde la última vez que había tenido un auténtico gesto afectuoso con mi hija?

Oí a Julianne reprimiendo la risa. Me volví hacia ella y la vi meneando la cabeza y hurgando en su bolso.

—No me va a creer nadie, Cooper. ¡Nadie! ¿Cecilia?

—¿Sí?

—¡Pintalabios!

Julianne le lanzó diestramente el pintalabios, que mi hija atrapó con una mano. Luego se lo aplicó sobre los labios y los movió apretándolos. Noté la mano helada de Julianne deslizándose en la mía.

—¿Julianne? —preguntó mi hija.

—¿Sí?

—¿Acompañarás a mi padre al baile de Nochevieja?

—¡Con mucho gusto!

—¿Ah, sí? —dije yo, volviéndome hacia mi futura pareja de baile. ¡Reconoce que solo has aceptado para tener el placer de bailar conmigo en un gimnasio decorado con papel crespón!

—Exacto. ¡Y por la perspectiva de hacerme un vestido nuevo! Y tu hija me ha dicho que has bailado con ella. ¡Eso tengo que verlo!

—¡Recordadme que no os vuelva a dejar solas nunca más!

El cóctel se desarrolló con alegre efervescencia. El salón de recepciones tenía el techo alto y adornado con unas fantásticas vigas de madera. Las blancas paredes y el antiguo parqué daban calidez al conjunto. Farolillos de colores colgaban sobre nuestras cabezas, y había ramos de flores suspendidos de las paredes. La barra y el bufé ocupaban todo un lateral del salón, y en un rincón, un animador se encargaba del ambiente musical. Se habían dispuesto unas cuantas mesas redondas, pero Mark y Maggie habían optado por no asignar asientos y dejarnos libres para instalarnos donde quisiéramos, en las cómodas butacas de terciopelo beis. Mark pronunció un discurso muy emotivo para su mujer, y Maggie, muy alegre, intentó hacer bailar a su marido recién estrenado.

Pasé buena parte de la velada riendo con mis antiguos amigos. A pesar de la incomodidad inicial, Julianne logró encajar en nuestro grupo como si hubiera pertenecido siempre a él.

Durante el curso de la velada, pillé a Annah y a Jackson en plena y muy animada conversación. Annah siempre había sido una auténtica cabezota. Aunque Jackson hubiera estado libre de cualquier defecto, ella habría encontrado un motivo fundado para rechazarlo. Durante mucho tiempo, mi pérdida y mi duelo habían sido sus excusas favoritas. A sus ojos, ser feliz ella cuando yo estaba en el fondo de un pozo habría sido una ofensa. Yo esperaba que la presencia de Julianne en la boda acabara por hacerle comprender que ya no tenía que preocuparse más por mí.

—Es guapísima —me susurró mi madre, sentándose a mi lado.

Julianne estaba en la barra, esperando pacientemente que le sirvieran dos copas de vino. Yo estaba comiendo un canapé, observándola de lejos.

—Y parece realmente simpática —añadió—. En cualquier caso, por fin podré decirle a Maureen que ya no es necesario que te presente a su hija. ¡Si supieras la lata que me ha dado con eso!

—Dale recuerdos a Maureen de mi parte —dije yo sonriendo.

—Ni hablar. ¡Me va a hacer mil preguntas! ¿Cómo está Cecilia?

—Mejor. Casi diría que es gracias a ti.

Mi madre me miró sin comprender.

—La caja de cartón contenía recuerdos de Laura. Yo... Eso me ha permitido hablar con Cecilia de su madre. Encontré incluso una foto que tomamos en la maternidad. Aún tenemos muchas cosas que decirnos, pero... progresamos.

—Mucho mejor. Me alegro. Y me alegro por ti.

Julianne vino hacia nosotros con dos copas en la mano. Me dejó una delante, antes de sentarse frente a mí en una de las mullidas butacas dispersas por el salón. Entrechocamos los vasos, los ojos fijos el uno en el otro.

—Bueno, ¿así que diseñas vestidos? —preguntó mi madre.

—Sí. Al menos lo intento. Estoy buscando un taller para instalarme definitivamente en Portland.

—Con respecto a eso, he encontrado algo. Podemos ir a visitarlo mañana, si te va bien —propuse yo.

—¿Mañana? Beth, ¿sabe que su hijo es realmente extraordinario? Me regala rosas, me ofrece un pícnic, viene a buscarme en limusina, y ahora me encuentra además un sitio para plasmar mi imaginación en telas.

—¿De verdad has hecho todo eso? —me preguntó mi madre, desconfiada.

Julianne estalló en risas y alzó una ceja triunfal. Yo ya sabía lo que me iba a decir.

—Ya lo ves: ¡no me va a creer nadie!

—Digamos que no concuerda con lo que tus profesores decían de ti en el instituto: que eras insolente y que tu mal carácter, heredado de tu padre, sin duda, acabaría jugándote una mala pasada.

—Me encanta hablar con tu madre, Cooper.

—Pues acaba pronto, ¡porque Maggie va a lanzar el ramo y luego te llevaré lejos de aquí!

—Ya no pregunto nada más —cedió mi madre.

Las chicas solteras que había en el salón se levantaron y se colocaron en el centro. Animé a Julianne a unirse a ellas con una mirada. Ella negó con la cabeza y ocultó el rostro en su copa de vino. Annah apareció de pronto por detrás de ella y, sin pedirle opinión, le tiró del brazo.

—¡Venga, vamos! ¡A ver qué tal se te da el cuerpo a cuerpo!

—Creo que Cooper ya se hace una idea al respecto —replicó Jackson, que vino a sentarse cerca de mí.

—Es hora de que me vaya con viento fresco —dijo mi madre, abandonando la mesa.

—Siempre con tanta clase, Jackson.

—Hazte con ese ramo y me caso contigo mañana —prometió él a mi hermana con una seriedad pasmosa.

—Gracias por ofrecerme la excusa perfecta para dejarlo pasar —ironizó Annah, mientras Julianne se levantaba con dificultad.

—Yo no me casaré contigo mañana —le aseguré a mi pareja.

—¡Gracias por ofrecerme la excusa perfecta para dejarlo pasar! —dijo ella riendo—. ¡No hay razón para que me haga daño!

Annah y Julianne se alejaron y se unieron al puñado de mujeres que estaban ya en el centro del salón. Yo no aparté la vista de Julianne mientras ella se desplazaba hacia la derecha del grupo, evaluando la distancia que la separaba del santo grial. Maggie se colocó de espaldas a ella y giró varias veces sobre sí misma para medir su gesto. Finalmente arrojó el ramo, que salió dando volteretas por el aire. Se oyeron gritos, risas, hubo una pequeña aglomeración, y el ramo acabó aterrizando en las manos de Julianne, que soltó un grito triunfal. Annah le dedicó una mueca de fingido fastidio, y la música sustituyó los gritos y ahogó las conversaciones.

Julianne volvió hacia mí con una expresión de felicidad en el rostro. Me rodeó el cuello con los brazos y me atrajo hacia sí para besarme.

—Tu hermana me odia.

—Mi hermana te adora. Acabará viniendo a verte para preguntarte por tu técnica de recepción de ramo. Bueno, ven, nos vamos...

Ella meneó la cabeza e hizo chasquear la lengua contra el paladar para mostrar su rechazo. Yo le coloqué las manos sobre las caderas y Julianne retrocedió lentamente, llevándonos a los dos hacia el centro de la pequeña pista de baile. Yo sabía perfectamente qué pretendía hacer.

—Vamos a bailar —me dijo, confirmando mis recelos.

—¿Ahora?

—Un baile. ¡Uno solo!

Renuncié a discutir. Julianne tenía ese brillo irresistible en la mirada que me impedía negarle nada. La apreté contra mí y ella acurrucó su cabeza bajo la mía. La voz de Frankie Valli llenó poco a poco el salón y yo acuné a Julianne. El ritmo era lento, todo lo contrario de nuestras experiencias anteriores. Con todo, mis gestos me parecían naturales. A nuestro alrededor, vi que se formaban otras parejas, antes de reparar en Jackson, que bailaba torpemente con mi madre, muy alegre ella. Contuve la risa y deslicé lentamente las manos por la espalda de Julianne. Ella se apartó un poco para dirigirme una sonrisa tímida.

—Para ser una primera cita, ha sido todo un éxito. ¡Has puesto el listón muy alto! ¿Cuándo será la segunda?

—¿Te das cuenta? ¡Me lo estás reclamando a gritos!

—¡Ese toque de arrogancia! ¡Por fin te he encontrado un defecto!

—No es arrogancia, sino una simple certeza. ¡Ser feliz me hace más seguro de mí mismo!

—Ser feliz te hace muy sexi —dijo ella entre risas—. Más vale que te avise cuanto antes, me acuerdo perfectamente de lo que tocaba en la segunda cita: ¡hablaste de un yate!

—Hecho. Entonces, tendremos nuestra segunda cita de aquí a... ¿unos veinticinco años?

—Podría esperarte, ¿sabes?

—Eso espero yo. De todas formas, después de mí no habrá ya nadie que esté a la altura para ti. Puedes llamarlo arrogancia, si quieres, ¡pero pienso conservarte y cumplir con tus compromisos!

—¿Mis compromisos?

—Has atrapado el ramo —le recordé.

—¿Cooper?

—¿Sí?

—¡Vámonos de aquí!

Sin esperar al final de la canción, abandonamos la pista de baile. Fuimos a saludar a Maggie y a Mark para expresarles de nuevo nuestros mejores deseos de felicidad. Deseé a mis amigos un buen fin de velada y pedí a mi madre que se ocupara de Cecilia. Recogí unos cuantos comentarios irónicos y me sentí como un marino que abandona su navío y a sus tripulantes.

Hacía un frío glacial cuando salimos del salón de recepciones. Se había levantado viento y nos soplaba desagradablemente a la cara. Coloqué de nuevo mi abrigo sobre los hombros de Julianne, que con su ligero vestido debía de estar congelada. Cuando nos metimos en el coche, puse la calefacción al máximo al constatar que a Julianne le castañeteaban los dientes.

—Llegaremos enseguida —dije yo, poniendo el coche en marcha.

—¡Eso espero!

Me dedicó una de esas sonrisas de complicidad que no dejaban ninguna duda sobre lo que íbamos a hacer, una vez franqueado el umbral de la puerta. Ingenuamente, yo había imaginado que sería capaz de atenerme a mi plan: acabar la velada besándole la mano, hacerla dormir en la habitación de invitados y volver a verla en el desayuno con la convicción de haberme comportado de la mejor manera posible. Pero lo que sentía por Julianne, ese deseo descarnado e inédito, era demasiado intenso para que pudiera ignorarlo. Tenía la sensación de que la sangre, saturada de adrenalina, me hervía en las venas, impidiéndome incluso pensar racionalmente. Sentir su cuerpo contra el mío era indispensable, recorrer el contorno de sus curvas era primordial, acariciar su piel se había convertido en una obsesión.

Mantener a Julianne cerca de mí era vital. La amaba.

Aparqué en la parte posterior de la casa de mi madre y bajé del coche para abrirle la puerta. Julianne reprimió la risa mientras nos dirigíamos a la entrada.

—¿Tenéis afición por las casas originales en vuestra familia?

—Mi padre era arquitecto, diseñó esta casa y se la ofreció a mi madre el día que le pidió matrimonio.

—¿Sabes qué? Olvida lo que he dicho sobre esta cita. Definitivamente tu padre te supera.

—Me enseñó muchas cosas —reconocí yo—. Fue él quien... quien me dijo que Laura estaba hecha para mí y me ordenó casarme con ella.

Una sombra veló la expresión risueña de Julianne y su sonrisa se desdibujó ligeramente.

—Parece que tu familia adoraba a Laura.

—La conocían desde siempre. No tuve que presentarla oficialmente ni llevarla a visitar la casa. Era evidente, desde el principio, que debíamos acabar juntos. Casi estaba escrito.

Me encogí de hombros, incapaz de explicar claramente mi relación con Laura.

Mi hija tenía razón, apenas expresaba mis sentimientos. En realidad no sabía cómo hacerlo. Desde ese punto de vista, mi relación con Laura me había facilitado considerablemente la tarea: ella sabía interpretarme mejor que nadie.

—Laura era a la vez mi mujer, mi mejor amiga, mi confidente...

—¿Tu alma gemela?

—Mi alma gemela. Sí. Evidentemente.

—Evidentemente —musitó Julianne, caminando a mi lado—. ¿Qué diría tu padre viéndome aquí?

—No tengo la menor idea. ¿Que lo hiciera lo mejor posible? Así me animaba siempre: tenía que hacerlo lo mejor posible.

Recogí las llaves que mi madre escondía bajo una maceta de flores y abrí la puerta. Julianne entró la primera mientras yo encendía una de las lámparas de la gran sala de estar. Sus ojos se pasearon por la estancia en silencio y se quitó el abrigo de los hombros para dejarlo en una silla. Después giró hacia la izquierda y entró en la biblioteca. No era realmente una habitación, sino más bien un pasillo que mi madre había acondicionado para guardar su impresionante colección de libros.

Se detuvo frente a una de las hileras de libros y una sonrisa iluminó su semblante.

—Mi madre arregló todo esto.

—Tiene la colección completa de Kerouac. Es mi escritor favorito.

—A ella también le gusta mucho.

Julianne sacó uno de los libros y lo hojeó rápidamente antes de devolverlo a su sitio. Salió de la biblioteca y yo la tomé de la mano para llevarla a mi habitación. Cerré la puerta detrás de nosotros y Julianne se quitó los zapatos para hundir los pies en la gruesa alfombra. Encendí la lamparita de noche, luego me volví hacia la mujer que amaba. Nos miramos durante largo rato, como si comprendiéramos por fin que ya no debíamos retenernos; ninguna mirada sobre nosotros, una intimidad perfecta.

Sin decir nada, salvé el espacio que nos separaba, tomé su rostro entre mis manos y acerqué sus labios a los míos. Sorprendida, Julianne hipó antes de retroceder hacia la pared cerca de la cama. Yo la besé con pasión, liberando el deseo que sentía por ella. Aún tenía en la memoria la reacción de su cuerpo al besarnos en la limusina. Quería volver a ver esa reacción en su cara, esa dicha intensa, ese maravilloso alivio y el deseo incandescente en su mirada.

Su lengua luchó contra la mía y sus manos buscaron mi pecho para ensañarse con los botones de la camisa. Me desanudó la corbata, luego me echó la camisa hacia atrás bajándola por los hombros. Me separé de su boca y devoré su cuello, luego su garganta. Tenía la respiración jadeante y el miembro ya erecto, listo para ella. Las manos de Julianne se aferraron a mis cabellos mientras yo avanzaba hacia sus pechos. Aún tenía la piel helada, pero, poco a poco, noté que su cuerpo se iba calentando.

—Date la vuelta —le pedí.

Obedeció de inmediato y se encaró con la pared, en la que apoyó las manos. Yo le aparté el pelo y dejé al descubierto la curva de su hombro. Chupé su piel con fruición mientras le deshacía el lazo del vestido. Me quité del todo la camisa, luego le bajé a ella los tirantes.

—Deja que te quite el vestido.

Julianne asintió y deslizó los tirantes a lo largo de los brazos. Su espalda estaba ahora enteramente desnuda, oculta tan solo por su indomable cabellera. Tiré de su vestido, pasando la barrera de las caderas para dejar al descubierto sus blancas bragas.

Apreté el torso contra su espalda y abarqué sus senos con mis manos. Ella se apoyó en la pared, respirando sin resuello. El corazón me latía con violencia en el pecho y la sangre palpitaba en mis venas. Quería poseerla allí, contra esa pared. La necesitaba, necesitaba sentir su cuerpo acoplándose al mío y vibrando.

Sus pezones se pusieron erectos cuando los maltraté deliberadamente. Julianne apretó las nalgas contra mi duro miembro y yo jadeé de dolor.

—Tócame —murmuró ella.

Su voz temblaba de placer y mi mano soltó uno de sus senos para descender hasta su entrepierna. Julianne soltó un juramento ahogado cuando mi mano se posó sobre su húmedo sexo.

—Tengo ganas de ti, aquí —le confesé con voz ronca.

Ella asintió con la cabeza frenéticamente y yo aproveché para acariciarle su ardiente sexo. Le pasé el dedo por la vulva varias veces antes de penetrarla. Ella gritó mi nombre en un jadeo erótico y se arqueó. Su seno se apretó un poco más contra la palma de mi mano mientras mi dedo índice entraba y salía a un ritmo trepidante.

—No tengo preservativos —dije yo, contrariado—. Tú decides, o te doy placer así, o...

—No nos hacen falta —respondió ella entre jadeos.

—¿Segura?

—Segura.

—Solo he estado contigo.

Ella echó la cabeza hacia atrás y me rodeó la nuca con el

brazo. Me dio un beso fugaz y después, lentamente, fue liberándose de mi abrazo para colocarse de cara a mí. Puso las manos sobre mi pecho y depositó un nuevo beso en mis labios, seguido de un segundo beso en el mentón. Su boca se deslizó poco a poco, dejando una huella ardiente sobre mi cuerpo, ya febril. Me dolían los músculos de tan tensos como estaban. Julianne acarició mis pectorales con los labios, besó delicadamente mi tatuaje y luego descendió hacia el vientre. Con las manos en mis caderas, me impidió moverme.

—Solo he estado contigo —susurró contra mi piel.

Me desabrochó el pantalón y me lo bajó hasta los tobillos. Mi bóxer siguió el mismo trayecto. Envié los zapatos al otro lado de la habitación de un puntapié, me quité los calcetines con la mayor rapidez posible, y luego me libré del resto de la ropa. Las manos de Julianne volvieron a subir desde mis tobillos a los muslos antes de posarse en mis caderas. Mi miembro erecto se ofrecía a ella. Levantó su mirada de ascuas ardientes hacia mí y contuve un gruñido de placer.

Julianne se apoderó de mi miembro con la mano derecha. La sensación de presión alternándose con una dulce caricia me hizo gemir. En nuestra primera noche juntos nos habíamos sentido intimidados y confusos; habíamos aprendido a conocer nuestros respectivos cuerpos poco a poco, con prudencia. Esta vez ya no había prudencia ninguna. El deseo saturaba el aire de la habitación, no se oía más que nuestra respiración jadeante en el silencio, y yo no sentía más que el calor de la mano de Julianne sobre mí.

Cerré los ojos para asimilar cada una de aquellas sensaciones.

De pronto, Julianne me besó el miembro antes de recorrerlo enteramente con la lengua. Solté una violenta imprecación y oí su risa ahogada. Yo estaba a un pelo de correrme entre sus manos. Cuando ella puso la boca en la punta del miembro, se me cortó la respiración. Se retiró enseguida, antes de repetir el gesto, pero lamiendo más despacio esta vez.

—Julianne...

—¡Déjame hacer!

Me temblaban las piernas y me dolía todo el cuerpo por la tensión. Habría podido aducir falta de «entrenamiento», pero era la emoción de saber que estaba conmigo lo que me atormentaba. Por fin se metió el miembro en la boca y aspiró con las mejillas para oprimirlo más aún. Jadeando, por un reflejo automático hundí los dedos en sus cabellos, arrodillada delante de mí. Su boca se deslizó a lo largo de mi miembro con un sonido erótico que me hizo gemir aún más. Su ritmo era lento, sensual. De vez en cuando, levantaba hacia mí su mirada abrasadora, como desafiándome a no correrme todavía.

A mi pesar, vi que se levantaba y volví a empujarla contra la pared con un beso febril y apasionado. Su piel satinada acariciaba la mía. Julianne me miró con una sonrisa embriagadora y me rodeó el cuello con los brazos. Puse las manos sobre sus caderas para izarla con un gesto brusco. Sus piernas me rodearon la cintura y, lentamente, la penetré con mi dolorido miembro.

Al sentir su ardor envolvente, sentí que el corazón me daba un vuelco y mi cuerpo empezó a temblar. Aplasté a Julianne contra la pared y hundí los dedos en sus muslos. Nuestras bocas se reencontraron con avidez, nuestros cuerpos se arquearon el uno contra el otro. Ya no existía nada más. Solo hablaban nuestros cuerpos; únicamente el sonido rítmico de nuestros cuerpos en movimiento quebraba el silencio. Nos sonreímos como tontos, más felices y libres que nunca, y Julianne se abandonó a su placer con un grito de deleite. Yo la imité segundos después, con el miembro deslizándose en su interior frenéticamente antes de morder sus labios en el instante en que me corrí dentro de ella.

Su cuerpo distendido se dejó caer sobre el mío. La llevé hasta la cama. Con los ojos cerrados y perdida aún en los meandros de su orgasmo, se acurrucó contra mi cuerpo. Nos eché las mantas por encima, y ella colocó la cabeza sobre mi pecho.

—Sana y salva —dijo entre risas.

—¿Lo dudabas?

—Lo dudo ahora. ¿Quién eres exactamente, Cooper? ¿Un caballero tenebroso en la terraza de un hotel? ¿Un arquitecto de prestigio? ¿Un padre atento? ¿Un amante fogoso?

—Todas esas cosas a la vez. Y un hombre enamorado.

—Adjudicado —balbuceó ella antes de caer dormida.

SEXTA PARTE

Your Song

Al despertarnos, Julianne y yo volvimos a hacer el amor. Bañados por los rayos del sol naciente, dejamos a un lado el frenesí y los gestos impacientes para concentrarnos en el cuerpo del otro. Me tomé mi tiempo para darle placer; sentir cómo vibraba y se estremecía su cuerpo contra el mío era un espectáculo del que no me cansaba jamás.

Tras un desayuno rápido con las Tres Parcas, anuncié que había llegado el momento de marcharnos. Prometí a mi madre que la llamaría y que volveríamos para las fiestas de Fin de Año. Ella me abrazó con fuerza y, por primera vez en años, constaté que su expresión me parecía menos atormentada. Después de tantos años de duelo y de dolor, mi madre debía de sentirse más tranquila al verme con Julianne, y su mundo había recuperado cierta armonía.

El trayecto de vuelta a casa fue interminable. Cecilia y Julianne charlaban, se reían de las mismas bromas, pero por mi parte, mi cerebro se negaba a concederme reposo. No tenía la menor idea de cómo iba a reaccionar Julianne cuando la llevara a visitar el lugar que le había encontrado para su taller. Debía reconocer que no se ajustaba exactamente a sus criterios de selección. Pero esas discrepancias con su pliego de condiciones no eran nada comparadas con la enormidad de la proposición que pensaba hacerle. Estaba inquieto; si Julianne decidía huir de nuevo, no podría reprochárselo.

La obviedad de la solución y la acumulación de buenas razones que Julianne no tendría más remedio que aceptar habían acallado mis dudas durante un tiempo. Cada vez que la miraba todas mis vacilaciones se borraban; tan solo esperaba que ella también olvidara las suyas al verme. Iba a recibir una gran sorpresa, se quedaría atónita. Sacudiría la cabeza, negándose. Amenazaría con hacerme bailar sobre ascuas ardientes, pondría el grito en el cielo, encontraría un modo de huir. Y yo tendría que convencerla.

Aparqué delante de casa y Cecilia salió del coche inmediatamente sin esperar a nadie.

—¿Sigue en pie lo de visitar el sitio que te he encontrado?

—Desde luego. ¡Tengo todo el día! ¿Vamos a Portland ahora mismo?

—Pues no.

Me bajé del coche, haciendo caso omiso de su expresión de perplejidad. Le abrí la puerta y le ofrecí la mano para invitarla a salir. Su vestido estaba algo arrugado y se lo alisó con la mano.

—¿Qué haces? —preguntó, a punto de ceder al pánico.

—Te voy a mostrar tu futuro taller.

Avanzamos hacia casa. Julianne estaba rígida como una estaca y comprendí enseguida que me seguía a regañadientes. Debía de estar preparando ya una lista de argumentos para rechazar mi propuesta.

Tras franquear el umbral, la obligué a subir por las escaleras. Julianne estaba blanca como el papel, pues empezaba a comprender adónde la llevaba.

—¡Cooper, es un no! —dijo finalmente, antes de llegar al último peldaño.

—Deja que al menos te la enseñe.

—Ya conozco esa habitación.

—La has visto con mis ojos. Me gustaría que ahora la vieras con los tuyos. Esa habitación lleva demasiado tiempo desocupada.

—Era la habitación que compartías con Laura. ¿Qué pretendes? Apenas nos conocemos, Cooper. Y yo no soy ella, yo no soy...

—Dame una oportunidad, ¿de acuerdo? Yo vuelvo a enseñarte la habitación y luego podrás rechazarla. Pero... Escucha, he pensado que sería una buena idea.

—¿Para mí o para ti? ¿Has hablado al menos con tu hija? Cooper, esto es un disparate.

Se soltó de mi mano y bajó unos cuantos peldaños antes de que yo reaccionara y volviera a atraparla. Había subestimado sus cambios de humor y no había calibrado bien lo que suponía proponerle mi antigua habitación —la que había compartido con Laura— como taller. Sobre el papel, la idea lo tenía todo para complacerla. Desgraciadamente no había tenido en cuenta la presencia avasalladora de nuestros fantasmas respectivos.

Me llevé su mano a la boca y vi hasta qué punto llegaba su temor y su cólera. Tenía que hablarle, explicarme bien.

—Lo que es un disparate es que mi vida no haya vuelto a ser la misma desde que te conocí en la terraza de aquel hotel.

—Cooper, no puedo hacerlo. No puedo instalarme en la habitación de tu mujer como si no hubiera pasado nada. Es... morboso.

—Lisa diría que es un paso adelante.

—Lisa diría que no se puede sustituir a una mujer por otra. Yo no soy... ¡Yo no soy como te imaginas!

—Perfecto. No imagino nada. Te miro y te escucho. Tú necesitas un taller y yo tengo espacio libre. Me gusta esta casa, pero es verdad —admití— que no tiene alma desde que Laura murió. No quiero reemplazar a mi mujer, te quiero a ti. Puede que parezca disparatado, complicado, pero quiero que esta casa reviva. Y cuando tú estás aquí...

Me mesé los cabellos con nerviosismo. No encontraba las palabras. La falta de sueño, mis sentimientos por Julianne y su súbita cólera me impedían reflexionar adecuadamente. Sin embargo, yo sabía que había tomado la decisión correcta. Proponerle aquella habitación era una prueba: quería a Julianne en mi vida: ¿qué mejor para conservarla cerca de mí que permitirle trabajar en ella?

—Ven a verla al menos. Es una habitación, no...

—No es un mausoleo —dijo la voz de mi hija al pie de la escalera.

Julianne palideció aún más, mientras Cecilia subía por la escalera hasta llegar a su altura. Sin darle opción a negarse, la tomó de la mano y la condujo hasta lo alto de la escalera. Yo sonreí a mi hija mientras Julianne, descompuesta, se dejaba llevar.

—No pretendo reemplazar a mi madre, solo quiero ver a mi padre feliz. Por favor, déjale enseñarte la habitación.

—Cecilia, no es tan sencillo —le espetó Julianne—. Hay montones de cosas que deben tenerse en cuenta.

—Mi madre murió. No volverá.

Su tono resuelto y tranquilo me resultó doloroso. El duelo me había aislado del mundo hasta el punto de hacerme olvidar que mi hija también tenía sentimientos. Era duro oírla hablar así de su madre, con una racionalidad tan fría. No había cólera ni tristeza, solo un hecho tan hiriente como una bofetada.

—Papá, abre la puerta —me ordenó.

Obedecí y entramos los tres en la enorme estancia. Los recuerdos me asaltaron desde todos los rincones, y reapareció la sensación de ahogo que sentía cuando la presencia de Laura era demasiado evidente. Mi hija me lanzó una mirada de aliento, luego se paseó por la habitación.

Julianne bajó la vista al suelo, reprimiendo mal que bien sus ganas de huir. También era por eso por lo que quería que aceptara. En su presencia, mi vida era más agradable. Y si elegía quedarse, ya no tendría que ir buscándola. Con la excusa de la generosidad, mi solución era en realidad muy egoísta.

—Bueno... eh... He pensado que podríamos sacar la cama y la cómoda —propuse—. Así tendrías más sitio. Y después, sugiero conservar el escritorio, si te parece bien.

—¿Podría quedarme con esta lámpara? —preguntó mi hija.

—Pues claro, cariño. Con todo lo que tú quieras.

Julianne estaba paralizada, plantada en medio de la estancia. Intentaba seguir mis sugerencias con la mirada, pero yo no sabía hasta qué punto lograba imaginarse su taller allí. Me situé detrás de ella y puse las manos sobre sus tensos hombros. Se sobresaltó y yo deslicé las manos por sus brazos desnudos.

—Tú decides —le susurré—. Querías algo asequible y con mucha luz.

—No es solo una habitación —musitó Julianne.

—Ahora, sí. Es preciso que se convierta en una habitación. Si además puede serte útil... Me encanta verte en esta casa y me haría muy feliz que aceptaras mi proposición.

Ella seguía vacilante y eso me recordó nuestro encuentro en el hotel. Necesitaba encontrar una grieta en su armadura, recordarle que me había llegado el turno de crear los referentes de nuestra relación. La necesitaba en mi vida, necesitaba que la casa reviviera, necesitaba sentirla cerca de mí. Julianne y su alegría de vivir habían aplastado mi dolor habitual, iluminando mi vida hasta el punto de borrar las sombras.

—Tú necesitas un sitio y yo tengo esta habitación, te encanta la vista e intentas encontrar excusas para no aprovecharla. Eres una auténtica indecisa —dije, conteniendo la risa.

—¡Eso no tiene nada que ver!

—Aquella noche, cuando me preguntaste si tenía algo más de tiempo, si quería prolongar nuestro encuentro, yo vacilé. ¡Pero acabé aceptando!

—¡Confiesa que ahora te arrepientes!

—Solo me arrepiento de una cosa: debería haber aceptado enseguida. Por favor, Julianne, instala aquí tu taller. Míralo como un empujón para ayudarte a empezar. En cuanto estés lista para emprender el vuelo por ti sola, podrás buscarte un taller en Portland. ¿Y por qué no abrir una tienda? Y...

Me callé al verla estallar en risas. Tras su arrebato de cólera y su incomprensión, sus risas resonaron en la estancia. Cecilia se volvió hacia nosotros sin comprender.

—Cooper, si me instalo aquí, no podré irme jamás.

—Es un poco lo que espero en realidad, pero hago ver que se trata de un acto completamente desinteresado. No quiero verte huir gritando que «no quieres hablar de ello».

Julianne se encaró conmigo, se puso de puntillas y se mantuvo así sujetándose con las manos a mi chaqueta. Su aliento en el cuello hizo que me estremeciera.

—Vete a paseo, Cooper —murmuró.

Me besó en la mejilla y cedió al fin.

—De acuerdo. De acuerdo, quiero instalarme aquí.

—¿De verdad?

—De verdad. Pero si no me encuentro a gusto, me iré.

Asentí con la cabeza, feliz. Cecilia exhaló un suspiro de alivio y abrió los grandes ventanales. Luego se volvió hacia nosotros y se frotó las manos.

—¡Venga, tenemos trabajo!

Dos días después, sorprendí a Julianne y a Cecilia en plena conversación. Julianne parecía pelearse con la batidora eléctrica mientras Cecilia le daba instrucciones.

—¡Inclina el cuenco! ¡Un poco más!

—Este chisme puede matar a alguien, ¿sabes? —gritó Julianne, haciéndose oír por encima del ruido del utensilio.

Julianne acabó apagando el aparato, mientras yo, lejos de su mirada, me quitaba la chaqueta. La colgué del perchero y me dispuse a consultar el correo, que estaba sobre la mesa.

—¿El libro es tuyo? —preguntó Julianne, interesándose por el libro de recetas abierto sobre la encimera.

—De mi madre.

Vi a Julianne quedarse paralizada, mirando a mi hija como si acabara de enterarse de que procedía de otro planeta. Dejé de consultar el correo y observé la escena. Hacer que Julianne se instalara en la casa significaba también enfrentarme con el fantasma de Laura. En aquel instante, asistía al choque de mis dos vidas: la que había tenido con Laura y la que tenía con Julianne.

—¿Tu padre lo guardó?

—No. Fui yo. A papá no le gusta hablar de mamá en realidad. Al principio me sorprendió que te propusiera usar su antiguo dormitorio.

—A mí también. Tu madre ocupa mucho espacio en su vida. A mí también me pareció raro.

—Es raro... pero bueno —rectificó mi hija—. Es agradable tenerte aquí. A mí me parece que papá está menos triste. Deberías remover los pimientos antes de que se peguen al fondo de la cazuela.

—Oh. ¡Mierda! —exclamó Julianne, afanándose en los fogones.

—Mi madre era una malísima cocinera —dijo mi hija, riendo.

—¡Con un poco de suerte, podré superarla al menos en una cosa! ¿Sabes?, he visto unas fotos en la habitación, las de su boda. Te le pareces un poco.

—Se le parece mucho —intervine yo.

Mi hija y Julianne dieron un respingo por la sorpresa, y yo me acerqué a ambas arremangándome la blanca camisa. Julianne se llevó la mano al corazón y mi hija volvió a sumergirse en su libro de cocina.

—¿Se ha convertido en una costumbre eso de espiarnos?

—No me puedo resistir. Me encanta escuchar vuestras historias de chicas. Y tienes toda la razón, Cecilia se parece mucho a su madre —confirmé—. No sabía que habías visto las fotos.

Julianne se dedicó a cortar los champiñones, evitando mi mirada deliberadamente. Dejó escapar un suspiro, después dejó a un lado el cuchillo.

—Estaban en un cajón. Debiste de guardarlas allí y las olvidaste.

—Las guardé, en efecto.

Julianne me lanzó una mirada severa, endulzada apenas por una sonrisa forzada. Volvió a oírse el ruido de la batidora eléctrica, que interrumpió nuestra conversación. Sin embargo, persistía cierta tensión en el ambiente. Julianne tenía el rostro crispado y ponía demasiada fuerza y concentración en los champiñones. La atmósfera era opresiva y acabé por preguntarme si mi intervención en una conversación femenina no habría sido desafortunada. Mi hija me ordenó que pusiera los cubiertos, poniendo así fin a mis dudas. Me dispuse a obedecerla a regañadientes.

La cena fue bien, pero cada vez que intentaba captar la atención de Julianne, me rehuía la mirada. Después de cenar, aprovechando que mi hija se retiraba a su habitación, decidí romper el silencio.

—Voy a terminar un encargo y después me iré —me espetó Julianne, dirigiéndose a la escalera.

—Pensaba que ibas a quedarte esta noche.

—Necesito volver a mi casa: tengo que terminar una petición de subvención y ya no me queda ropa limpia. Tengo que...

—¿Es que huyes de mí?

—No, claro que no. Simplemente necesito volver a mi casa. Tengo una cita en el centro mañana por la mañana, ¡así no tendré que levantarme al amanecer! Pero puedes acompañarme ahora y hablamos mientras termino.

Subió por la escalera a toda velocidad sin esperar mi respuesta. Me quedé inmóvil en el centro del salón durante unos minutos. Incluso instalada en mi casa, Julianne lograba encontrar el modo de evadirse. Finalmente me decidí a seguirla y la observé, apoyando el hombro en el marco de la puerta, mientras ella clavaba alfileres en la seda de color marfil.

—Las fotos están en ese cajón —dijo ella sin tan siquiera volverse hacia mí.

—Ya me ocuparé más tarde. ¿Y si me dices qué te pasa? Pareces... enfadada, ¡y sobre todo pareces enfadada conmigo! ¿Es porque os he sorprendido en la cocina?

—No. Es... Bueno, todavía me siento muy incómoda estando aquí, en esta habitación.

Una horrible duda hizo que me estremeciera. En el tono de su voz había una vibración desagradable, más desagradable incluso que su cólera contenida. Me enderecé y me esforcé en observarla. A falta de una explicación clara, esperaba descubrir algún indicio.

Julianne se había acomodado en nuestra vida con una facilidad desconcertante. Después de dos días de ordenar y organizar, se había instalado en la habitación. A mí me había pedido que sacara la puerta y ella había quitado las pesadas cortinas opacas para sustituirlas por visillos de lino. De Laura ya no quedaba casi nada, excepto los recuerdos intangibles y agridulces.

—Es una habitación como cualquier otra —dije yo en un susurro.

—Eso es lo que tú querrías creer.

—Acabas de llegar, creo que simplemente necesitas tiempo para sentirte a gusto.

—¿Tiempo? ¿Cuánto? ¿Ocho años por ejemplo?

Su comentario tuvo el efecto de un violento puñetazo. Sentí que mi cuerpo se ponía rígido y mi corazón, recuperado apenas de su persistente herida, sufrió un sobresalto. Un pesado silencio de sobreentendidos se interpuso entre nosotros, ocupando muy pronto todo el espacio de aquel cuarto tan grande.

—Así que me lo echas en cara —concluí yo—. ¿Me echas en cara que... llorara a mi mujer? ¿O de haberte obligado a instalarte aquí?

—Digamos que no había tenido en cuenta hasta qué punto ella estaba aún presente aquí. Es perturbador.

Se pasó una mano por la cara y sus rasgos se relajaron un poco. Yo hundí las manos en los bolsillos, buscando la manera de restablecer el vínculo entre ella y yo. A pesar de toda mi buena voluntad, mi vida pasada con Laura resurgía para interponerse entre nosotros.

—Simplemente tengo... tengo la impresión de que Laura... Laura es una especie de modelo inalcanzable —empezó ella—. Y está aquí, siempre aquí, haga lo que haga. Abro un cajón, ahí está. Hablo con tu hija, y ahí está. Cocino, y leo sus anotaciones. Yo...

—Lo entiendo. No... No tengo muchas soluciones, aparte de concedernos un poco más de tiempo. En cualquier caso, hay una diferencia primordial entre Laura y tú: ella pertenece a mi pasado y tú... tú estás aquí, muy presente. Es a ti a quien veo moviéndose por la casa, eres tú quien habla con Cecilia, y eres tú quien me hace feliz en este momento.

Una débil sonrisa iluminó su semblante y disipó en parte el enrarecido ambiente. No obstante, eso no bastaría para conseguir que se quedara a pasar la noche, pero al menos me había contado qué era lo que la molestaba.

—Siempre puedo hacer averiguaciones para encontrarte un local en el centro, si quieres.

—Cooper...

—Quiero que te sientas a gusto. A gusto conmigo —precisé—. Y si eso puede ayudarte...

Julianne se acercó a mí y me tomó el rostro entre sus frías manos. Juntó su frente con la mía y nuestras respiraciones se acoplaron al mismo ritmo, lejos de la cólera y la aflicción. Allí, en el umbral de aquella puerta, en nuestra burbuja particular, no existía nadie más que ella.

—Todo irá bien —murmuró en mis labios—. Todo irá bien.

Sentí una dolorosa opresión en el pecho y, a mi pesar, a pesar del deseo de estar con Julianne, a pesar de lo que nos unía, a pesar de su presencia tan cerca de mí, el recuerdo de Laura resurgió con una violencia inaudita. Julianne se separó y reanudó su trabajo. Yo adopté una expresión casi neutra y ahuyenté las devastadoras emociones que me atenazaban antes de regresar al salón y después de recibir una última y radiante sonrisa de Julianne.

«Todo irá bien.»

Esas habían sido las últimas palabras de Laura.

Al aproximarse las fiestas, la atmósfera cambió y mi relación con Julianne se tranquilizó. Cecilia logró convencerme de que comprara un árbol de Navidad, cosa que no había hecho desde la muerte de Laura, convencido de que las tradiciones no cambiarían mi estado de ánimo.

—La última vez que decoré un árbol de Navidad, tu madre estaba embarazada —dije yo, colgando una bola de una rama—. ¿Dónde has encontrado todos estos adornos?

—En el desván. Julianne ha puesto las manos para que yo apoyara el pie y me aupara hasta la trampilla.

Me quedé helado, pensando en todo lo que había almacenado en el desván: ropa, objetos, antiguallas de las que ni Laura ni yo habíamos podido desembarazarnos. Quizá algún día podría deshacerme de todas aquellas cosas de una vez por todas.

—He... He encontrado un vestido viejo de mamá.

Recuperé mis movimientos reflejos y asentí con la cabeza para animar a mi hija a continuar. Colgué otra bola, luego intenté desenredar un ovillo de guirnaldas doradas.

—Es un vestido negro con un ribete azul celeste. Los tirantes van cruzados por delante y...

—Ya sé de qué vestido se trata —la corté yo—. Habíamos ganado nuestro primer concurso de adjudicación y ella organizó un cóctel en el despacho sin avisarme. Llevaba ese vestido.

—Es bonito.

—Sí. Recuerdo que por entonces estábamos pelados. Tu

madre debió de comprar el vestido de segunda mano. Ella misma había preparado los canapés y mi padre puso las bebidas.

—¿Un buen recuerdo?

—Sí. Muy bueno. Bebimos demasiado y regresamos a nuestro cutre apartamento tambaleándonos. Nada de seguir ese ejemplo —dije a mi hija al verla sonreír—. ¿Y si me cuentas qué tal le va a Lee?

—Bien. Yo... Me va a acompañar al baile de Nochevieja.

—Muy bien. Así podré vigilaros de lejos. ¡Espero que sepa bailar!

—La verdad es que no. De todas formas, tampoco yo sé bailar.

—¡Eso lo vamos a arreglar ahora mismo!

—¡Papá, tú tampoco sabes bailar! —exclamó mi hija, mientras yo me dirigía a la cocina para poner en marcha el radiocasete.

La voz de Elton John empezó a sonar y subí el volumen bajo la expresión boquiabierta de mi hija. La canción *Your Song* la cantábamos Laura y yo en el coche como dos locos. Era un himno, casi una oda a la alegría, unos minutos de dulce euforia durante los cuales olvidábamos la enfermedad. Y sí, a veces lográbamos gritar más fuerte. Conseguíamos aparentar que todo era normal. Esa canción nos ofrecía tres minutos de normalidad y de despreocupación.

Era exactamente lo que necesitaba ahora con Cecilia.

—Quítate los zapatos —le ordené.

—Papá, ¿estás seguro de lo que vas a hacer?

—¡Absolutamente!

Aparté la mesa baja y el sillón, luego desplacé la lámpara halógena hasta la chimenea. Mi hija abrió la boca para negarse, pero cambió de opinión. Se quitó los zapatos, también el jersey, y luego se acercó a mí.

—Yo haré de hombre —dije para ayudarla a relajarse.

—¡Papa!

—Esta mano sobre mi hombro, la otra enlazada con la mía. Lee ha de sujetarte así —expliqué, poniéndole la mano en la parte baja de la espalda—. Si baja más la mano lo mato, ¿está claro?

—Muy claro —replicó ella, riendo.

—El hombre lleva, así que lo normal es que Lee marque el ritmo y la cadencia. Así.

Esbocé un primer paso de baile, pero mi hija, rígida como un palo, estuvo a punto de caerse. Se disculpó enseguida y volvimos a intentarlo. Nuestros primeros pasos fueron torpes y bruscos, pero enseguida encontramos nuestro ritmo.

—Tienes que dejar de mirarte los pies y mirar a tu pareja de baile.

La música estaba muy alta y tuve que repetir mi indicación dos veces para que Cecilia levantara la cabeza y me mirara. La canción y sus azules ojos me recordaron de nuevo a Laura. Me sorprendí al sonreír, comprobando que empezaba a controlar mis accesos de melancolía.

—¿Eres consciente de que ya nadie baila así? —dijo la voz de Julianne.

Dejó una funda para ropa sobre el sofá y se sentó. Nos observó hasta el final de la canción, burlándose con ganas de mi rigidez y de mi actitud, demasiado seria. Al no hacerle caso, acabó lanzándome un cojín a la cara, riéndose.

—¡Tu padre es tan anticuado! —dijo a mi hija.

Regresé a la cocina y bajé el volumen de la música hasta el mínimo. Luego me reuní con Julianne en el sofá, le tomé la mano y me la llevé a los labios. Ella contuvo el aliento y me lanzó una mirada ardiente.

—Asumo totalmente mi lado anticuado.

—Tu hija tiene casi quince años.

—Simplemente le estoy enseñando cómo debe tratar un hombre a una mujer. Si Cecilia significa algo para Lee, aprenderá.

—¡Dame tiempo para que me quite el corsé y así podré reírme a gusto!

Le besé la palma de la mano largamente y me gustó verla revolverse en el sofá, incómoda y excitada. Julianne carraspeó y luego miró a Cecilia, que acababa de decorar el árbol.

—Lo he terminado, Cecilia.

Mi hija se volvió hacia nosotros y su rostro se quedó sin sangre. Bajó los ojos y comprendí enseguida que me ocultaba alguna cosa.

—¿Qué es lo que has terminado? —pregunté.

—El vestido de tu hija. Para su baile del fin de semana.

—¿No te habías comprado ya alguna cosa?

—Sí. Pero... cambié de opinión. Ya sabes, por ese vestido del que te he hablado.

—¿El de tu madre?

Me había temblado la voz y el tono era una octava más bajo. No estaba seguro de comprenderlo bien. Cecilia se acercó a mí y suspiró. Yo temía ya la conversación que se avecinaba.

—El de mamá, sí. Yo... Julianne me propuso ajustarlo a mi cintura y arreglármelo. Yo... yo no sabía cómo decírtelo, pero si te parece mal, yo...

—Me habría gustado que primero me lo dijeras, en efecto.

Solté la mano de Julianne y me levanté del sofá. El vestido no era importante, no era más que un detalle de mi vida con Laura. Sin embargo, me sentía herido y traicionado. Quería mantener el control sobre los recuerdos que tenía de mi mujer. Al apropiarse de aquel vestido, Cecilia no había respetado esa regla tácita.

—Ve a probártelo, Cecilia —añadió Julianne.

Yo me planté delante del ventanal y contemplé la noche reflejándose en el lago. Estaba alterado, furioso. Las canciones que sonaban no ayudaban a apaciguarme. Estaba tan tenso que di un respingo al notar las manos de Julianne posándose sobre mi espalda.

—Daba la impresión de ser muy importante para ella. ¡Tienes que verla con el vestido puesto, está guapísima!

—Me habría gustado que me lo dijeras.

—¡Ni siquiera se me ocurrió! Cecilia estaba entusiasmada. No creí que fuera a molestarte.

—¿Que mi hija se ponga un vestido de su madre muerta? —exclamé con irritación.

Me di la vuelta para encararme con ella. La mirada perdida de Julianne se cruzó con la mía. Realmente no lo entendía. Sin embargo, debería haberse dado cuenta de que, si yo había guardado el vestido en el desván, era para no volver a verlo. Debería haber comprendido que aquel vestido hacía que ciertos recuerdos volvieran a la superficie. Vivir en aquella casa era ya suficientemente doloroso de por sí, no necesitaba además ver a mi hija con un vestido de mi mujer muerta.

—Para ella no es más que una forma de acercarse a su madre. ¿Por qué estás furioso conmigo? —preguntó Julianne, apartándose de mí.

—Porque no me gusta que me pongan entre la espada y la pared. Deberías habérmelo dicho. ¡Hace apenas unos días te parecía morboso instalarte en su habitación!

Reculó, herida por mi comentario. Se le descompuso el semblante y vi claramente que contenía las lágrimas.

—No me había dado cuenta —musitó.

—¿De qué no te habías dado cuenta? ¿Que era igual de morboso dejar que se pusiera un vestido de su madre? Pero bueno, ¿en qué pensabas?

—Cooper, yo...

—¡Es mi hija!

—¡Y hace ya ocho años!

—¿Crees que no lo sé? ¿Crees que al ver a Cecilia no pienso siempre en Laura?

Me había dejado llevar por la cólera al hablar, de lo que me arrepentí inmediatamente. Julianne intentaba calmarme y yo volvía sus propios argumentos en su contra. Frunció el ceño y su tristeza se transformó en ira.

—Tu hija necesita a su madre. ¡Pero tú estás tan absorbido por tu dolor que no eres capaz de verlo! Cecilia tiene catorce años y no tiene ningún recuerdo de la mujer a la que amabas.

—Su madre estaba enferma. ¡Casi me alegro de que no tuviera que enfrentarse a eso!

—¿Aún sigues amándola? —preguntó ella secamente.

—¡Esa no es la cuestión!

—¡Es la mía! ¿Sigues enamorado de tu mujer? ¿Estás enfadado porque no soy ella?

—Julianne, hace ocho años que mi mujer murió. Mis sentimientos no son en absoluto... ya no son...

Me sentía desamparado. Nuestra pelea estaba adquiriendo grandes proporciones. Primero estaba alterado por la historia del vestido, y ahora me había enzarzado en una conversación surrealista con Julianne sobre lo que yo sentía.

—Yo no soy ella, Cooper. No lo seré jamás. Pero si no puedes aceptarlo, no sirve de nada que sigamos juntos.

—Lo acepto, te lo aseguro. Julianne, yo... seguramente no soy el más indicado para decir lo que siento. Soy un hombre anticuado, o un hombre fiel si lo prefieres. Simplemente me habría gustado que me hablaras de ello. Necesito que me hables, Julianne.

—¿Sobre Laura?

—¡Sobre todo! Lo que sientes, lo que haces, lo que te gusta, lo que somos. Esto no va a ir bien si guardamos secretos.

Me acerqué a ella prudentemente y la estreché entre mis brazos. Estaba tensa y apenas respondió a mi abrazo. Lamentaba haberme dejado llevar, pero me alivió haber logrado abrazarla.

—No hay nadie más que tú —le susurré al oído.

No respondió. Sopesé entonces los daños provocados por nuestra conversación. El fantasma de Laura estaba demasiado presente en aquella casa, y Julianne también lo sufría.

Cecilia apareció en el umbral del salón y una sonrisa conmovida iluminó su rostro.

—Estás guapísima, cariño —la elogié yo.

Julianne se zafó de mi abrazo y se acercó a mi hija. Del vestido, solo quedaba la parte superior. La inferior era una vaporosa falda azulada formada por capas superpuestas de trozos de tul. Julianne había sacrificado los tirantes y había añadido una tela transparente para cubrir los hombros de Cecilia.

—¿Te gusta? —me preguntó mi hija.

—Estás guapa de verdad. ¡Lo importante es que te guste a ti!

Julianne permaneció silenciosa, admirando a mi hija mientras ella jugueteaba con la tela del vestido. Se aseguró de que todo quedaba bien y que las costuras eran sólidas antes de pedir a Cecilia que fuera a cambiarse.

Aproveché ese momento a solas para tantear mi situación con Julianne. Habría podido decir que nuestra pelea había sido una simple pelea. Sin embargo, al observar las reacciones de su cuerpo, sabía que algo iba mal.

—¿Te quedas esta noche? —pregunté.

—No puedo.

—¿No puedes o no quieres?

—No puedo —repitió ella sin osar apenas mirarme—. Mi compañera de piso celebra su cumpleaños y he prometido asistir.

—Julianne, mírame, por favor.

Suspiró y mostró una expresión exasperada cuando por fin se dio la vuelta para mirarme. El cumpleaños de su compañera de piso seguramente era auténtico y le ofrecía la excusa perfecta para huir de mí.

—Lo que he dicho hace un momento... Estaba enfadado. No quería hacerte daño y lo siento mucho si lo he hecho.

—Lo sé.

—Te conozco, Julianne, y sé que algo va mal.

—Crees que me conoces. No ves en mí más que lo que te ayuda a estar mejor. Esta noche estabas disgustado y me has tomado por chivo expiatorio.

—¡En absoluto! Escucha, solo era... El vestido ha quedado estupendo, es verdad. Y he hecho mal enfadándome. Y te aseguro que no te utilizo.

—Me has metido en esa habitación esperando que eso te ayudara, me invitaste a la boda de tus amigos porque la perspectiva de ir solo te parecía insoportable. No puedo con esto, Cooper. No puedo ser un antídoto, no puedo vivir en esta casa fingiendo ignorar que tu mujer está por todas partes. Tú mismo lo has dicho: es morboso.

De repente, comprendí lo que estaba a punto de ocurrir. Julianne me dejaba. Se iba. Con pocas palabras me daba a entender que yo no estaba preparado para vivir con ella.

—No quiero que te vayas. Tú... tú me haces feliz y...

—¿Y yo? —me cortó ella—. ¿Y tu hija? ¡Todo esto no te concierne solo a ti!

—En la limusina me dijiste que estabas bien conmigo.

—Contigo. No con Laura por todas partes. Seguramente

no habría podido competir jamás con ella cuando estaba viva, pero murió y, a tus ojos, es una santa, Cooper.

—Quédate, te lo ruego.

—No es posible. ¿Sabes por qué te pedí que quitaras la puerta? Esperaba que vinieras a verme. Pero no has venido una sola vez a la habitación desde que me instalé en ella. Te comportas como si... como si fuera una intrusa en esta casa.

—¡Julianne, por favor, sabes que eso no es verdad! —exclamé con desesperación, y me desplomé en el sillón más cercano. Había amado a Laura con todo mi ser, la había llorado con todas mis fuerzas, pero jamás había llegado a darme cuenta de lo presente que seguía en mi vida. Al huir de todos mis recuerdos, le había creado un lugar aparte, inalcanzable, y que solo me pertenecía a mí. Me refugiaba en él con más frecuencia de la que quería admitir. Y en esos momentos, tenía la sensación de estar con ella, tenía la impresión de que mi mujer seguía conmigo. Mis recuerdos, antes tan reconfortantes, ahora parecían volverse contra mí y me sentía atrapado.

—Fui a verte la noche que cocinaste con Cecilia.

—¡Viniste, pero no entraste! —replicó ella—. Me miraste desde el umbral, ni siquiera pusiste un pie en el interior. Desde el principio, tengo la sensación de que... de que ella está aquí. Aunque hayas recogido sus objetos y hayas guardado sus recuerdos, ¡ella sigue aquí! No puedo. Así no. Y quizá sea mejor así para ti y para mí.

—No veo en qué es mejor ver marcharse a la mujer a la que amo.

—Porque te niegas a verlo. Hace tiempo que me temía que esto acabaría así.

—¿Y?

—Y te he visto bailar con tu hija. No me necesitas a mí para ser feliz, Cooper.

—Yo sé lo que necesito. Te necesito a ti. Quiero que te quedes. Me he enfadado, me he comportado con torpeza, es cierto, y me he disculpado.

—Yo soy la primera en saber que disculparse no es suficiente —se mofó ella.

Se puso el abrigo y me dirigió una última mirada afligida. La miré una última vez, pero no vi ya su alegría de vivir habitual ni su entusiasmo desbordante. Era como una cáscara vacía, triste y apagada. Eso me consoló por la certeza de que había otra cosa, de que su súbita y cruel decisión no se debía únicamente a nuestra pelea.

—Vendré a buscar mis cosas durante la semana —me indicó.

—¿Vendrás al baile de Cecilia?

—Me pasaré.

Y en un segundo desapareció, franqueando la puerta con mis remordimientos y nuestra relación. Cuando Cecilia volvió al salón, comprendió inmediatamente que Julianne se había ido para siempre. Sin decir nada, vino a sentarse a mi lado y entrelazó su mano con la mía.

—Lo siento mucho —murmuró.

—No es culpa tuya.

Era la única cosa de la que estaba seguro: Cecilia no tenía nada que ver.

En cuanto a mí, me sentía perdido.

Dos días después, me enteré de que Julianne había aprovechado mi viaje a California para vaciar la habitación. Había dejado la llave de la puerta sobre la barra de la cocina sin dejar una nota. Yo pasé la noche en vela, vagando por la casa. Acabé franqueando el umbral de mi antiguo dormitorio y me senté en el suelo, apoyado en la pared.

Quizá no estaba hecho para vivir con otra mujer. Quizá me había refugiado detrás de una imagen de la felicidad ideal. Había llegado incluso a dudar de mis sentimientos por Julianne. Sin embargo, la echaba de menos de un modo tan doloroso que sin duda la amaba.

Intenté adoptar el punto de vista de Julianne, imaginar la habitación con sus ojos. Pensé en la boda de Maggie y Mark, donde tanto nos habíamos reído.

—¿Y si le grabaras un casete a ella también? —propuso mi hija.

Estaba delante de la puerta, vestida con la vieja camiseta gastada y unos gruesos pantalones de pijama. Llevaba trenzados los largos cabellos y sus ojos azul cielo se clavaron en mí con una intensa mirada. Entró en la habitación y se sentó sobre la cama.

—Con mamá funcionó —añadió.

—Julianne no tiene nada en común con tu madre. Y es justamente eso lo que me reprocha, que viva todavía con Laura.

—¿Has intentado llamarla?

—Cientos de veces. No... no sé siquiera qué decirle.

Cecilia se tumbó en la cama y miró el techo. Yo sabía que mi hija intentaba consolarme, pero era de madrugada y ella estaría mejor metida en su cama.

—Deberías volver a acostarte.

—Mañana no tengo clase.

—Ya, el día del baile —recordé.

—Día del baile. Lee me ha confirmado que no sabe bailar —dijo ella, riendo—. De todas formas solo es un detalle.

—Son los detalles los que conforman la personalidad. Tu madre, por ejemplo, siempre había soñado con ser fotógrafa; entonces, con mi primer contrato importante, le regalé una cámara de fotos de las mejores. Se le rompió dos meses más tarde y se quedó destrozada. Los detalles cuentan, Cecilia.

—A Lee le gusta tumbarse en la hierba después de clase, ¡quizá debería tejerle una manta! ¿Conoces algún detalle sobre Julianne?

—Le gusta pasear descalza. Pero tengo la sensación de haberme perdido un montón de detalles sobre ella, ¿sabes?

Después de la sorpresa por su partida, me había sentido lleno de remordimiento y ya no me había abandonado. Nuestra relación, demasiado corta, tenía algo de inacabada, una horrible sensación de desperdicio, del que me consideraba el responsable exclusivo. No había sabido ver sus dudas, ni afrontar la situación en la que nos habíamos metido, ni tranquilizarla cuando ella lo necesitaba.

Ni siquiera había sabido entrar en aquella habitación.

—Julianne me dijo que pasaría mañana para verte.

—Fantástico. Eso te dará ocasión de hablar con ella.

—No creo que venga para hablar conmigo. También creo que tiene razón.

Mi hija se incorporó y contempló el desastre de aquella habitación vacía. Era peor incluso que antes de Julianne. Yo conocía el duelo, sabía cómo enfrentarme a él, cómo sobrevivir con él. Pero afrontar la ausencia era algo nuevo; Julianne estaba viva, estaba en alguna parte, y yo no tenía ninguna solución.

—Papá, puede que esto te parezca cruel, pero... deberías vender.

—¿Vender? ¿Vender la casa?

—Vender. Esta casa, lo has dicho tú mismo, es mamá. Está en todas partes. Podrías comprar otra casa, o un apartamento en el centro.

—Cecilia, también es tu casa.

—No es más que una casa, papá. Paredes, tejado, unos

muebles. Mamá ya no está aquí, pero nosotros sí. Y... Sí, creo que deberías venderla.

—¿Por Julianne?

—Por ella, si la amas. Por ti también, para empezar de nuevo, de verdad. Y por mí... De aquí a unos años me iré a la universidad, ¡y esta casa será demasiado grande!

—No sé. Es... Es complicado.

Sonreí, para mi sorpresa. «Es complicado»: la respuesta fácil a todas las preguntas para las que no tenía respuesta. A Julianne le habría encantado oírme y se habría burlado de mí mandándome a tomar viento. Cecilia bostezó y yo decidí que ya era hora de que volviera a la cama.

—Tú también tienes que dormir, papá.

—Enseguida voy.

Salimos de la habitación y Cecilia se fue a la suya. Yo regresé al salón y contemplé la estancia, desde el enorme ventanal hasta el alto techo. Laura y yo habíamos creado aquella casa metro a metro, desde el proyecto hasta la construcción. Habíamos elegido todos los colores, todos los muebles. Allí habíamos hablado sobre la terraza, habíamos bebido una copa de vino, habíamos comido, habíamos hecho el amor, habíamos babeado viendo a Cecilia dar sus primeros pasos. Habíamos cantado, habíamos bailado y habíamos recibido a los amigos. Nos habíamos peleado, nos habíamos besado y abrazado. Habíamos llorado de alegría y de tristeza.

Nos habíamos amado en aquella casa.

Abrí el ventanal y dejé que el frío irrumpiera en el salón. El lago estaba apacible bajo una noche negra como la tinta. Hacía mucho tiempo —mucho antes de la muerte de Laura— que había guardado la mesa y las dos tumbonas. Entré en el cobertizo contiguo en busca de una manta para protegerme del frío. Finalmente encontré una, cuidadosamente doblada, en un estante.

De vuelta en la terraza, la desplegué y la sacudí para quitarle el polvo. Oí un ruido sordo y descubrí en el suelo uno de los libros preferidos de mi mujer. Debía de haberlo guardado allí con la esperanza de volver a sacarlo un día. Hojeé el viejo título de Jim Harrison. Laura tenía la costumbre de maltratar sus libros: les doblaba las esquinas, subrayaba pasajes, hacía anotaciones, rodeaba palabras con círculos.

En aquel libro estaba concentrada ella misma, su energía, su curiosidad y su amor. Acabé volviendo a cerrarlo, conteniendo las lágrimas y la angustia. Había llegado el momento de despedirme de Laura, de un adiós de verdad.

Volví a doblar la manta y dejé otra vez dentro el libro con cuidado. Lo guardé todo en el cobertizo y volví al interior de la casa. El silencio resultaba insoportable y volvía la ausencia de Julianne aún más dolorosa. Aquella casa que había sido mi refugio durante años, mi lugar predilecto para sumergirme en mis recuerdos felices con Laura, representaba ahora el principal obstáculo para mi relación con Julianne.

Una cara tranquilizadora y una cruz aterradora. Sin embargo, en medio de aquel salón no veía más que la cara, el mausoleo inerte de mi relación con Laura, el símbolo de mi dolor. Durante mucho tiempo, Annah y Jackson me habían animado a vender. Debía seguir adelante, debía pasar página, debía olvidar a mi mujer. Siempre me había negado. Vender era perder a Laura una segunda vez, era renegar de todo lo que habíamos sido, era construir una vida que yo no quería.

Ahora las cosas habían cambiado. Cecilia se había hecho mayor, Julianne había aparecido en mi vida y la casa, con sus espectaculares vistas, me parecía una sombra lúgubre y triste sobre toda mi vida.

Asomé la cabeza al interior del cuarto de mi hija para comprobar que dormía profundamente. Garabateé una nota rápida para ella y luego me vestí para irme a Portland. Al cerrar la puerta, lancé una última mirada al salón.

En aquella casa había amado a Laura. Más que a nada en el mundo. Ahora había llegado el momento de hacer que la casa recobrara la función para la que la habíamos construido: albergar un amor feliz.

Fui contemplando la vista sobre el lago con los ojos llenos de lágrimas y un nudo en la garganta, y acabé tomando la decisión que se imponía.

Para recuperar a Julianne, tenía que despedirme de Laura.

Y de la casa.

—Todo irá bien —murmuré—. Todo irá bien, Laura.

Pasé buena parte de la noche en mi despacho del trabajo. Me instalé en mi viejo escritorio, iluminado por la lamparita. Seguía atormentándome lo que me había dicho Julianne. Pero quería demostrarle que ella era, a pesar de todo, la mujer más importante en mi vida, que era con ella con quien quería hablar, comer, beber, hacer el amor, pelearme, envejecer, vivir.

Ella y no Laura. Ella y no mis recuerdos teñidos de amargura. Ella y no una casa detenida en el tiempo. Ella y no mi vida anterior.

A las ocho de la mañana, Emma me sorprendió al entrar en mi despacho con una pila de dosieres. Se quedó parada en la puerta, absteniéndose de entrar.

—¿Ha pasado la noche aquí?

—Más o menos. Es sábado, ¿cómo es que ha venido?

—Olvidé aquí las llaves y he pensado que podía aprovechar para poner los dosieres de la semana sobre su escritorio. Creo que es la primera vez que lo veo sin afeitar.

—¿Se dejó las llaves y no ha acudido hasta esta mañana? ¡Oh! Perdón, ahora lo entiendo.

—He dormido en casa de una amiga —dijo ella con expresión disgustada.

—¿Y su novio? ¿El que la presentó a los amigos en la bolera?

—Estaba de viaje. Me espera abajo para ir a hacer una copia de sus llaves. Para mí —añadió, como si no la hubiera entendido.

—¿Y no está nerviosa? ¡No hace mucho estaba muerta de miedo ante la idea de ir a la bolera y aún contaba el número de citas!

Su cambio de estado de ánimo me sorprendió. Ante mí, Emma, con sus tejanos usados y sus viejas zapatillas deportivas, exhibía una sonrisa confiada. Yo me alegraba por ella, pero temía que acabaría echando de menos nuestras conversaciones de los viernes por la tarde.

—No lo sé. Al final decidí que no tenía importancia y que me daba igual lo que pensaran sus amigos.

—¿De qué vamos a hablar ahora los viernes por la tarde?

—¿Qué le parece si lo hacemos de su vida amorosa? Annah me ha hablado de Julianne.

—Acabamos de romper.

Emma arqueó una ceja y vino hacia mí. Acercó una silla y se sentó. Yo la miré mientras ella respiraba profundamente.

—Voy a ser franca con usted: no me sorprende. ¿Sabe?, al principio de todo, cuando entré a trabajar aquí, estaba realmente colada por usted.

Se sonrojó y disimuló una sonrisa avergonzada. Me reí yo también y me hundí en el fondo del asiento.

—Creo que era parte del mito de la ayudante y su jefe. De todas formas, al reflexionar sobre ello, sabía que su duelo estaba demasiado presente para que pudiera mirar a otra mujer.

—Es verdad —admití yo—. En fin, era verdad. Dicho esto, en lo que a usted se refiere, diría que llego demasiado tarde.

—Para mí, sí. Pero quizá no para ella. Y tiene razón: en el fondo las relaciones amorosas son sencillas.

—¿De verdad escucha mis consejos?

—Siempre. No tengo la menor idea de lo que ha vivido, no tengo la menor idea de lo que se siente al perder a una persona a la que se ama tanto. Ni siquiera he conocido el duelo en mi familia. Pero sé lo que se siente al enamorarse y... es absolutamente genial.

Me dedicó una cálida sonrisa antes de levantarse para salir de mi despacho.

—¿Absolutamente genial? —repetí yo, sonriendo.

—Ya sabe, el instante preciso en que miras a la otra persona y te dices que la vida es perfecta. Cuando todos los planetas están alineados, cuando sabes exactamente lo que piensa o el color que más le gusta. Cuando te falta el aliento si no está a tu lado. Se lo aseguro, es genial. Porque cuando se conoce eso, ya no se quiere conocer otra cosa.

Salió de mi despacho con una sonrisa en los labios. Yo me quedé mirando la puerta durante un buen rato, meditando sobre su último comentario. De Julianne, sabía un montón de cosas, conocía ciertos detalles y podía adivinar sus pensamientos.

Y efectivamente, no quería conocer otra cosa.

SÉPTIMA PARTE

Save the Last Dance for Me

—¡Cecilia, he vuelto! La limusina estará aquí dentro de una hora.

Mi hija estaba en su cuarto con unas cuantas amigas. Imaginaba que se estaban preparando para la velada. Les informé de mi presencia llamando suavemente a la puerta. Al abrir la puerta, Cecilia por poco arranca las bisagras. Le brillaban los ojos por la excitación, y yo fingí no ver la gruesa capa de brillo sobre sus labios.

—¿Has reservado una limusina? —exclamó ella con un tono agudo en exceso.

—¡La más grande de todas! Prepara una lista con las direcciones de todas tus amigas para ir a buscarlas.

Cecilia me saltó al cuello con un fervor inusitado. Yo la apreté calurosamente contra mí, disfrutando con su presencia y su alegría de vivir. Ella me plantó un sonoro beso en la mejilla, mientras sus amigas brincaban a nuestro alrededor.

—Voy a darme una ducha y os seguiré en mi coche.

—¿No vienes en la limusina con nosotras? —preguntó ella, separándose.

—Tengo que arreglar unas cosas, me reuniré con vosotras al principio del baile.

Ella asintió con la cabeza y regresó al interior de su cuarto. Un clamor entusiasta traspasó las paredes y yo volví a reír, dirigiéndome hacia mi cuarto de baño. Bajo el chorro de agua, pulí los últimos detalles de mi plan. Lo más difícil sería retener a Julianne y obligarla a escucharme. Si lo conseguía, quizá tendría una posibilidad de recuperarla.

En cualquier caso, así lo esperaba.

Las cuatro jovencitas se montaron en la limusina y yo me instalé al volante de mi coche. Tras asegurarme de que no había olvidado nada, las seguí. Me desvié al llegar a la rotonda y enfilé la larga avenida flanqueada por suntuosos edificios antes de aparcar delante del centro comercial.

Veinte minutos más tarde, volvía a partir en dirección al instituto de mi hija, e hice una nueva parada que me llevó más tiempo del que imaginaba. Diez minutos más tarde, me detuve delante del instituto y me bajé del coche. Como antes de las reuniones importantes con ciertos clientes, había preparado toda una serie de argumentos, que iba ensayando cuidadosamente para no olvidar nada.

Entré en el gimnasio e inmediatamente reparé en mi hija enzarzada en una animada conversación con un joven moreno. Era mucho más alto que ella y claramente le había sacado brillo a sus zapatos antes de ir al baile. Habían decorado el gimnasio con los colores de la Navidad y habían esparcido nieve falsa por el suelo. Unas guirnaldas de luces calentaban el ambiente y un animador se encargaba de cambiar la música cada tres minutos.

Vi a unos cuantos adultos observando la pista de baile, pero ni rastro de Julianne. Después de veinte minutos de espera, cada vez sentía mayor desazón. La solución más sencilla habría sido presentarme en su casa. Mentiría si dijera que no me había tentado hacerlo, pero quería un terreno neutral, un sitio donde no hubiera recuerdos perturbadores ni para ella ni para mí. Sobre todo esperaba que los días transcurridos lejos el uno del otro hubieran limado asperezas.

Viéndome desesperado, mi hija acabó invitándome a bailar, arrastrándome hacia la pista con una gracia y una firmeza extraordinarias. Había retenido visiblemente bien mi clase de baile, pues se colocó como yo le había indicado y me dejó llevar el ritmo.

—Te queda bien ese nuevo *look* con barba.

—No he tenido tiempo de afeitarme.

—Te vi bailar con Julianne en la boda. Y no os vi en esta posición —me señaló ella.

—Yo soy un adulto, es completamente distinto. ¿Quién es ese chico que está ahí, al lado de Lee?

—Es David, un amigo —respondió mi hija volviendo la cabeza hacia el interesado.

—No te mira como un amigo.

—¡Papá!

—¡Era solo un comentario! Te está comiendo con los ojos. ¿Sabes?, en mi época daba un poco de vergüenza a los catorce años que te vieran con tu padre o tu madre.

—¡Has alquilado una limusina, papá!

—¡Oh! ¿Entonces el truco está en la limusina? Me lo imaginaba...

—¿Sabes...? Me alegro de haberme quedado —confesó en un murmullo.

—Y yo me alegro de que te hayas quedado.

La música cesó, di un tierno beso a mi hija en la frente y dejé que volviera con sus amigos. Regresé a mi puesto, cerca de la puerta de entrada. Paseé la mirada por la sala. Julianne aún no había llegado. Iba a servirme un zumo de frutas cuando por fin apareció en la puerta.

Ataviada con una voluminosa falda roja y un top blanco realzado por una estrella, era una visión que cortaba la respiración. A su lado, con mis ojeras y mi barba de cinco días, me sentía un desgraciado. Recorrió la sala con la mirada y vio a Cecilia. Le hizo un leve gesto con la mano para saludarla. Luego sus ojos se posaron en mí. Nos miramos durante largo rato. En su rostro se dibujó una sonrisa vacilante y educada.

Por algo se empezaba.

Me apoderé de una servilleta de papel y garabateé una nota para ella. Al reparar en un adolescente que estaba delante de mí, le confié la servilleta y le pedí que se la entregara a Julianne. El muchacho obedeció y vi que su rostro se iluminaba con una sonrisa. Ella le dio vueltas a la servilleta entre las manos antes de volver a mirarme y musitar: «¿Es tuya?»

Asentí con la cabeza, mirándola mientras ella leía las cuatro palabras que le había escrito. Julianne estaba a dos pasos de la salida y yo temía que escapara en cualquier momento. Sin embargo, mi sorpresa fue mayúscula cuando volvió a doblar la servilleta y se acercó a mí.

—Supongo que no debería sorprenderme —dijo.

—¿Por el contenido de la nota?

—Por la nota. ¿Te has acordado?

—Nunca habías recibido una nota, sí, me acuerdo. De eso y de todo lo que me has dicho, incluida la noche que te fuiste.

Nos miramos, incómodos. Quizá deberíamos habernos saludado con un beso, pero la vergüenza se impuso sobre todo lo demás. Ella se fijó en mi atuendo —el mismo traje que llevaba el día de nuestro encuentro en el hotel— y apretó los labios para reprimir una sonrisa.

—Borra inmediatamente esa sonrisa burlona de tu cara —le espeté.

—Cooper, por favor. ¡He venido para ver a tu hija, no para volver a escribir nuestra relación!

—No quiero reescribir nuestra relación. Quiero vivir una relación y vivirla contigo, aquí.

—No voy a quedarme más que unos minutos —me advirtió ella—. Quería ver a Cecilia con su vestido.

Nos quedamos en silencio, observando a los adolescentes que bailaban delante de nosotros. Estar tan cerca de Julianne sin poder tocarla me perturbaba. Tenía ganas de notar su cuerpo contra el mío y de tomarla de la mano.

—Tu hija está muy guapa. ¿Vais a... vais a pasar las Navidades en Barview? —preguntó Julianne.

—En casa de mi madre, sí. ¿Irás tú a vagar por mi playa en solitario?

—Tengo la impresión de estar vagando desde hace días —confesó ella.

Nuestros dedos se rozaron y ella se movió enseguida para evitar todo contacto. Después de todo lo que habíamos vivido, después de todas nuestras conversaciones, nuestras confesiones, nuestras noches juntos, ver a Julianne tan fría conmigo me rompía el corazón.

—Yo también.

—Me gusta mucho la barba —dijo ella, sonriendo.

Se volvió hacia mí y, sin decir una palabra, alargó las manos hacia el cuello de mi camisa. El calor de su cuerpo y su perfume levemente ácido me embriagaron al instante. Incliné la cabeza hacia ella, disminuyendo aún más el espacio que nos separaba. La dejé hacer mientras me quitaba la corbata.

—¿Esto lo haces a menudo? —pregunté.

—La última vez que lo hice, me enamoré.

—¿Amor a primera vista?

—No. Simplemente ocurrió sin que me diera cuenta. Despacio. Él me sedujo poco a poco. ¡No era algo que yo hubiera previsto!

La corbata se deslizó por mi cuello y Julianne me desabrochó el primer botón de la camisa. Sus dedos recorrieron mi piel, siguieron el contorno de mi mandíbula antes de posarse en mis mejillas.

—¿Qué pasó después?

—El pasado volvió a atraparnos.

—¿Y entonces qué? ¿Lágrimas, gritos?

—Lágrimas. Muchas lágrimas. No voy a ser capaz de volver a llorar en bastante tiempo.

Una sonrisa resquebrajó la máscara de su tristeza.

—Pero sigo enamorada de él —añadió, clavando la mirada en la pista de baile—. Aprendí a amarle y ahora me gustaría saber cómo olvidarlo. Más que nada para que no me duela tanto cuando lo veo y todo mi cuerpo me reclama poder tocarme.

Me inundó una oleada de alivio. Tras horas de reflexión, tenía por fin algunas respuestas a mis preguntas. Julianne estaba allí, a mi lado, me hablaba, pero había algo que la retenía. Me conmovió verla tan frágil. Detestaba haberle hecho daño.

—¿Qué te parece si bailamos? —propuse, poniéndole una mano en la parte baja de la espalda.

—¿Aquí? Pero...

—Aquí. No nos mira nadie en realidad.

—De acuerdo. Luego me iré.

—Pues entonces tengo tres minutos para persuadirte de que te quedes.

Las primeras notas de *Save the Last Dance for Me* en su versión original me hicieron sonreír. Quizá sería nuestro último baile...

Rodeados de adolescentes, desentonábamos con nuestra

iniciativa. Julianne adoptó la posición académica: su mano izquierda sobre mi hombro y la mano derecha en la mía. Coloqué la mano libre en su espalda y, lentamente, nos desplazamos por el parqué del gimnasio. Julianne mantenía la vista clavada en el suelo y sus gestos eran inseguros, como si buscara las marcas. Sin embargo, su cuerpo mostraba una clara reacción. Oí su respiración jadeante y sentí sus dedos cerrándose con más fuerza sobre los míos.

—Lo siento —dijo después de haberme pisado.

—¿Por qué estás tan nerviosa?

—Porque no ocurre todos los días que un hombre me entregue una nota pidiéndome que lo perdone.

La estreché contra mí y su mano subió del hombro a mi nuca. Clavó sus ojos avellana en los míos y vi en ellos más aflicción y dolor que nunca. Bajé la mano unida a la de ella y besé sus dedos. Su mirada se veló y su sonrisa se hizo aún más temblorosa.

—Perdóname —musité con tono suplicante—. Me odio a mí mismo por haberte hecho daño. No he dormido gran cosa desde que te fuiste.

—Yo tampoco.

Apoyó la frente en mi hombro y nuestros movimientos, bastante lentos ya, se hicieron casi inexistentes. Estábamos apoyados el uno en el otro, perdidos y desolados por lo que nos ocurría. Yo tenía la sensación de haber malogrado nuestra relación, de haber destruido ese vínculo tan fuerte que nos unía.

—Solo estás tú —murmuré—. Desde el día que nos conocimos en el hotel, solo tú logras hacerme feliz.

Por toda respuesta, dejó escapar un suspiro y su cuerpo se amoldó delicadamente al mío. Mis manos recorrieron su espalda, luego sus brazos, antes de volver a su cintura. Se estremeció y me acarició los cabellos con la punta de los dedos.

—Y nadie te amará tanto como yo —añadí—. ¿Sabes en qué momento supe que estaba enamorado?

Alzó los ojos hacia mí y yo resistí las ganas de besarla allí mismo.

—En Barview, viéndote bailar. Bailar contigo siempre es una experiencia.

Soltó una breve carcajada, antes de asentir.

—No lamento ni un solo minuto de todo lo que he vivido. Lo bueno y lo menos bueno. Porque todo me ha llevado a ti y tú me has abierto los ojos sobre mi vida. Quiero que vuelvas, Julianne. Aunque para ello tenga que bailar durante años, aunque tenga que inventar un montón de citas imaginarias, aunque tenga que enviarte notas a hurtadillas para verte sonreír... Quiero que vuelvas.

Ella no respondió y se separó de mí. No fue hasta entonces que me di cuenta de que la música había cambiado. Clavó en mí su mirada, de la que no había desaparecido la tristeza.

—Tengo que irme —dijo con voz estrangulada.

Giró sobre sus talones y atravesó el gimnasio a paso vivo. Pasados unos segundos de sorpresa, la seguí y acabamos los dos en el aparcamiento. Yo no comprendía nada, a pesar de que me parecía que el baile nos había permitido resolver la situación. Esperaba que ella me diera una nueva oportunidad, pero se iba sin decir absolutamente nada.

—¡Julianne, espera!

Casi corría, mientras buscaba las llaves en el bolso con ademanes frenéticos. Cuando llegó a su coche y abrió la puerta, conseguí detenerla y cerré la puerta antes de que se sentara al volante. Sin resuello, notando su espalda contra mi pecho, le espeté:

—¿Cuál es tu pintor preferido?

—¿Qu... qué?

—¿Tu pintor preferido?

—Kandinsky. ¿Por qué?

—Chocolate con leche, las rosas, el verde, Kandinsky y Kerouac —recité yo a su oído.

Se dio la vuelta y me miró sin comprender. Su pecho subía y bajaba velozmente. Llevaba el mismo pintalabios que el día de nuestro primer baile. Con el corazón a cien, le repetí lo que acababa de decirle, más despacio.

—Chocolate con leche, las rosas, el verde, Kandinsky y Kerouac. Son los detalles que te definen. Así que no puedo permitir que digas que no te conozco. Te conozco, Julianne. Recuerdo todo lo que me has dicho, recuerdo nuestros bailes y tus besos, recuerdo cómo reacciona tu cuerpo cuando estás conmigo.

—No lo sabes todo —murmuró ella.

—¿Qué es lo que debo saber?

Ella esquivó mi mirada y trató de zafarse de mi abrazo. Cuando mis ojos se encontraron con los suyos, vi que asomaban las lágrimas. Julianne apretó los labios y respiró hondo.

—¿Recuerdas nuestro segundo encuentro en Barview? Te dije que había tenido una semana difícil y que necesitaba tomar el aire.

Su voz era ronca, embargada por una emoción tal que le impedía hablar. Le pasé los pulgares por las mejillas para secar las lágrimas ardientes que rodaban por ellas. La Julianne que tenía delante de mí no se parecía en nada a la que había conocido en el hotel.

—Después del parto, hubo complicaciones y... y no es seguro que pueda tener más hijos.

—¿Qué relación tiene eso con Barview?

—Estaba en la playa —me recordó—. Quería... quería meterme en el océano hasta olvidarlo todo. Quería acabar con todo, creo.

—Pero...

—Pero llegaste tú y... Tú has sido mi razón para continuar viviendo. Sigues siéndolo. Tú eres la única persona que me mira así, como todas las mujeres querrían que las mirasen. En fin, eras la única persona que me miraba así.

Su confesión me dejó sin palabras. Pero ahora todo cobraba sentido: su forma de mirar a Cecilia, su solícita atención a mi hija, su reacción cuando yo me había enfadado a cuenta de mi hija.

—¿Por qué no me contaste nada? —pregunté.

—Porque en aquel momento me pareció que no tenía importancia. Estaba sola, no pensaba que iba a conocer a nadie y... y te abordé en el hotel. No lo tenía previsto. Así no. Pensaba que tú y yo acabaríamos donde habíamos empezado, en la terraza del hotel. Me pillaste desprevenida y, sinceramente, no es el tipo de cosas que se cuentan al cabo de diez minutos de conversación.

—¿Por eso te fuiste? ¿Porque creías que te iba a mirar de una forma distinta?

—Te he visto con tu hija. No sé, fue como un detonante. Y Laura... era tan perfecta a tus ojos... No he cambiado de opinión, no puedo rivalizar con ella.

Se enjugó las lágrimas con el dorso de la mano y se esforzó por recomponer el semblante. Jugueteó con las llaves de su coche mientras yo asimilaba todo lo que me había dicho: la playa, su bebé, su situación, nuestra relación...

—Lo que te dije era verdad: haces que me sienta mejor —prosiguió ella—, pero no sería muy honesto por mi parte quedarme contigo. Ya has vivido cosas terribles, no necesitas convivir además con mis cicatrices.

Puso las manos sobre mis rasposas mejillas y depositó en mis labios un beso dulce y triste. Olvidé el frío que me entumecía y el corazón hecho pedazos por ella. Junté mi frente con la suya y respiré con ella al unísono.

—Te amo —dije finalmente.

—¿Qué?

—Te amo. A ti. Entera y con todos los detalles. Amo mirarte y decirme que cada vez descubro algo nuevo.

—Cooper, no es...

—No me importa nada de todo lo demás. Te amo. Y no voy a dejar de amarte porque tú consideres que es así como debe ser. De todas formas, si no querías que me enamorara de ti, ¡no deberías haberme abordado en el hotel! Ahora es demasiado tarde, estoy metido hasta el cuello y no pienso renunciar.

—¡Y si tú no querías que me enamorara de ti, no deberías haberme besado en aquel pasillo oscuro!

—Esa es la diferencia entre tú y yo: yo quería que te enamoraras de mí, en cuerpo y alma. Quería convertirme en tu universo, como tú te has convertido en el mío. Y a propósito, mi color favorito es el azul.

Ella exhaló un suspiro y su rostro se iluminó de pronto. Apoyó una mano en mi pecho, en el lugar mismo donde mi corazón amenazaba con estallar. Tomé su mano y tiré de ella hacia mí. La abracé con fuerza intentando ahogar la pena que la atenazaba.

—Sígueme —susurré.

—¿Ahora? Pero... ¿y tu hija?

—Ya está previsto que la acompañen a casa. Hay una cosa que quiero hacer contigo.

La conduje hasta mi coche y le abrí la puerta. Me instalé al volante y di media vuelta en el aparcamiento. Julianne me lanzó una mirada inquisitiva cuando tomamos la dirección opuesta a mi casa.

—Hay una cosa para ti en la guantera —le dije.

La abrió con cautela y sacó del interior un estuche. Me miró con el estuche en la mano antes de estallar en carcajadas. Cómo había echado yo de menos esa risa...

—¿Nuestra segunda cita? —comentó.

—¿Ves cómo te acuerdas de ciertas cosas? ¡Ábrelo!

Julianne levantó la tapa despacio, dejando ver un fino brazalete de oro blanco. Lo deslizó hasta su muñeca y le dio vueltas, haciéndolo centellear a la luz de las farolas. Su radiante sonrisa me tranquilizó. Parecía sosegada, aunque su mirada delataba un vestigio de tristeza.

—Hemos llegado.

Aparqué delante de una franja de terreno. Julianne me lanzó una mirada perpleja y se desató el cinturón de seguridad para seguirme. Saqué una bolsa y dos gruesas mantas del maletero del coche. El sol aún no se había puesto. Esperaba que Julianne comprendiera la alusión.

—Esto tenía que ser un pícnic, pero, con el frío que hace, ¡tengo miedo de que acabemos bajo la nieve!

—¿Qué hacemos aquí?

Sujeté las mantas bajo el brazo y luego tomé la mano de Julianne. Avanzamos con dificultad por el terreno cubierto de maleza. Quedaban algunos arbustos aquí y allá. Desplegué una manta allí en medio y abrí la botella de vino tinto. Julianne se sentó a mi lado mientras yo encendía una pequeña linterna que apenas iluminaba los vasos.

—Tápate.

Julianne se echó la segunda manta por encima de las piernas y yo me senté detrás de ella, con su espalda apoyada en mi pecho. Dobló las rodillas y se envolvió bien los pies con la manta. Una vez que estuvo cómodamente instalada, oí su risa contenida.

—La puesta de sol —dijo finalmente—. Y la manta, claro está. ¿Qué tienes previsto exactamente para la próxima cita?

—Aún no lo he pensado, pero me gustaría mucho volver a lo más sencillo. Una cena en un restaurante, con velas. Tú llevarías un vestido vaporoso y compartiríamos el postre, haciendo que nuestros vecinos de mesa se murieran de envidia por nuestra felicidad perfecta.

—Me he quedado en lo del postre —dijo ella entre risas.

—Y acabaríamos bailando.

—¿En el restaurante?

—No. En nuestra casa. Entonces podría quitarte el vestido y hacerte el amor toda la noche, hasta que olvidaras al resto del mundo.

—¿En nuestra casa? —repitió ella con voz apagada.

—En nuestra casa. Quiero vivir contigo. Quiero esa velada en ese restaurante y ese último baile.

Ella se enderezó con presteza y su expresión de pánico me hizo reír. Miró a un lado y a otro y acabó apurando su vaso de vino de un trago.

—Después de que te fueras, decidí vender la casa.

—Cooper, no tienes que hacer eso por mí.

—Lo hago por mí sobre todo. Para vivir otra vida y despedirme de Laura definitivamente. Tenías razón en lo de mis recuerdos y mi manera de hablar de ella. Pero ahora tú estás aquí, conmigo, y yo quiero estar contigo. Quiero poder recitarle al infinito: chocolate con leche, las rosas, el verde, Kandinsky y Kerouac.

—¡Eso no explica qué hacemos aquí!

—Bueno, si me ciño a nuestra segunda cita, se supone que debo robarte un primer beso apasionado.

—¿Sana y salva después?

—Hace demasiado frío aquí fuera para que te robe la honra —le susurré yo, alzándole el mentón.

Apreté mi boca contra la suya y de sus labios se escapó un gemido de placer. Su lengua se introdujo en mi boca y Julianne se dio la vuelta para sentarse a horcajadas sobre mí. Recuperé la manta para echársela encima de los hombros. Una dulce calidez iba apoderándose de nosotros. Mis manos se perdieron por su espalda mientras Julianne me desabrochaba los botones accesibles de la camisa.

—Espera. Yo tenía en mente hacer el amor en una cama calentita.

—Solo te estoy besando —replicó ella con tono travieso.

—Julianne, estás sentada sobre mis muslos y no soy más que un hombre. Y te deseo. Te deseaba ya en aquel pasillo oscuro, te deseaba en la playa y te deseo ahora. No ha cambiado nada para mí.

Ella colocó una mano entre los dos y comprobó lo que acababa de admitir. Su suave presión me hizo soltar un gemido sibilante, que intenté enterrar en su cuello. Se le puso la piel de gallina y también ella gimió de placer. Le chupé entonces la piel del cuello y lentamente deslicé hacia abajo el tirante de su vestido para dejar el hombro al descubierto.

—Aún tengo otra cosa más para ti.

Julianne se separó de mí para que le entregara una hoja de papel.

—¿Otra nota?

—Otra nota —confirmé.

Ella desplegó la hoja doblada en cuatro partes y la leyó. Oculta tras el papel, yo no alcanzaba a verla. Sin embargo, por el modo en que sus dedos se cerraban firmemente sobre la hoja, sabía que estaba bajo una fuerte impresión.

—No es una petición de matrimonio —dije yo al ver el pánico reflejado en su rostro.

—¿Qué es...?

—Es nuestra casa. Si tú quieres.

—¿De verdad quieres que vivamos juntos?

—De verdad, sí. Quiero compartir las comidas, beber, dar fiestas, disfrutar con Cecilia, hacer el amor, darnos baños y bailar... Contigo. Solo contigo. Y aquí. ¡Aquí solo estás tú!

Su mirada se desvió de mi cara al plano del papel, antes

de volver de nuevo a mí. Con el dedo índice, siguió el contorno de las distintas estancias. Yo me había pasado buena parte del día dibujando ese plano, y esperaba que le pareciera bien. Julianne se levantó de mis muslos y se sentó a mi lado. Transido de frío, nos eché la manta por encima para arrebujarnos en ella.

—Aquí he puesto tu taller. Le da el sol gran parte del día.

Me levanté y le ofrecí la mano. Ella se levantó también y se sacudió el vestido para quitarle unas briznas de hierba que se le habían pegado. Saqué mi móvil y puse la canción de Stevie Wonder que nos había permitido bailar juntos la primera vez.

—Cooper, nadie ha hecho jamás... Por Dios, no me va a creer nadie —dijo, con una risita ahogada.

—¿Nadie creerá qué?

—¡Que un hombre me ha dado una nota para pedirme que viva con él! Que un hombre «al que amo» me ha dado una nota para pedirme que viva con él.

Me rodeó el cuello con los brazos y mis manos encontraron su lugar en su cintura, por detrás. Ella se acurrucó contra mí y yo empecé a moverme lentamente, meciéndonos. En aquel terreno, rodeados de maleza, sentí de nuevo el corazón de Julianne latiendo con el mío. El sol se ponía lentamente sobre las colinas cuando Julianne se puso de puntillas para besarme. Su risueña mirada se posó en la mía y me pasó el pulgar por la boca.

—Pintalabios.

—Virtud intacta.

No sé cómo, logré hacerle dar vueltas entre mis brazos y la falda se le arremolinó alrededor de las caderas. Julianne rompió a reír y me miró con complicidad.

—¿Un último baile? —preguntó.

—El primero, más bien.

La atraje hacia mí, plantada la mano en su espalda, y aplasté mis caderas contra las suyas. Nuestros dedos se entrelazaron y de nuevo la hice girar sobre sí misma, llevándola lo más lejos posible para atraerla mejor hacia mi pecho. Luego su boca se unió a la mía, jadeante, y Julianne me miró a los ojos.

Bailamos. Igual que el día de nuestro primer encuentro, igual que el día en que me había enamorado de ella, igual que en nuestra primera noche juntos.

Bailamos. Como si no existiera nada más. A mis ojos, no había nadie más que ella.

La voz de Stevie Wonder se apagó y Julianne volvió a ponerse de puntillas. Y, como si me hubiera leído el pensamiento, me susurró a la oreja:

—Aquí no hay nadie más que nosotros.

PLAYLISTS

Julianne
Signed, Sealed, Delivered, I'm Yours, Stevie Wonder
My Girl, The Temptations
Crazy Little Thing Called Love, Queen
Can't Take My Eyes Off You, Frankie Valli
You Are the Best Thing, Ray LaMontagne
Somewhere Only We Know, Keane
Dance with Me, Clarensau
Save the Last Dance for Me, The Drifters
Fire Escape, Matthew Mayfield
Tonight, Matthew Mayfield

Laura
My Girl, The Temptations
It's Your Thing, The Isley Brothers
Your Song, Elton John
For Once in My Life, Stevie Wonder
My Brown Eyed Girl, Van Morrison
Feel Like Living, Hothouse Flowers
Half the World Away, Oasis

This Guy's in Love with You, Herb Alpert
Come Back Home, Matthew Mayfield

Canción de Cecilia
Cecilia, Simon & Garfunkel

Canción de Cooper
I Was Broken, Marcus Foster

AGRADECIMIENTOS

Cuando me piden que defina mi «género», acostumbro decir que escribo lo que me apetece leer, escribo historias que me hacen sentir bien.

Con Cooper, tenía ganas de escribir una historia en la que el amor estuviera presente en cada línea: el amor por su trabajo, el amor por su familia, por sus amigos, el intenso amor por su hija, el amor más fuerte que la muerte por Laura, el amor, a pesar de todo, por Julianne. Y eso es esta novela, varias historias de amor. Diferentes, fuertes, imprevisibles, tiernas, apasionadas, irresistibles.

Tengo la enorme suerte de escribir historias, la enorme suerte de poder ofrecéroslas, la grandísima suerte de veros leyéndolas, devorándolas, amándolas.

¡Y os tengo a vosotros! Y esa es una suerte aún más grande. Nos encontramos a veces, nos escribimos a menudo, conversamos, intercambiamos opiniones. Gracias a todo ello, a todas vosotras y a todos vosotros, sigo teniendo ganas de escribir libros y sigo olvidándome de irme a dormir. Gracias a vosotros, puedo crear heroínas fuertes, luchadoras, divertidas e inteligentes. Gracias a vosotros, puedo crear héroes intensos, vibrantes e imprevisibles.

Así pues, gracias a vosotros. Por estar ahí, en todos los libros, en todas las firmas y todas las ferias de libros. Gracias por venir, gracias por quedaros.

También soy muy afortunada por tener un equipo fantástico a mi alrededor, a mi lado, listo para embarcarse en cada una de mis historias. Su apoyo me proporciona una increíble libertad para escribirlas.

Gracias por tanto a todo el equipo de HarperCollins Francia por ofrecerme la libertad inestimable de ser y de seguir siendo yo misma.

Finalmente, tengo la suerte suprema de amar y ser amada. Dos hijos, un marido, un gato. Y todos, incluso el gato, me apoyan de manera inquebrantable. Este libro también es para ellos, por todos los detalles que cuentan, por todas las canciones que cantamos en el coche, por todas nuestras veladas con pizza delante de la tele para ver el Disney Channel.

Gracias a ellos.

Gracias a vosotros. Gracias.